ROBERT DOMES

# Almwiesengift

Allgäu Krimi



emons:

**Bibliografische Information der Deutschen Nationalbibliothek**
Die Deutsche Nationalbibliothek verzeichnet diese Publikation in der Deutschen Nationalbibliografie; detaillierte bibliografische Daten sind im Internet über http://dnb.d-nb.de abrufbar.




Umschlagmotiv: © mauritius images/David & Micha Sheldon
Umschlaggestaltung: Tobias Doetsch
Gestaltung Innenteil: César Satz & Grafik GmbH, Köln
Lektorat: Carlos Westerkamp
Druck und Bindung: CPI – Clausen & Bosse, Leck
Printed in Germany 2015
ISBN 978-3-95451-546-2
Allgäu Krimi
Originalausgabe



Dieser Roman wurde vermittelt durch die Verlagsagentur
Lianne Kolf, München.

*Ich wollte nie erwachsen sein,*
*hab immer mich zur Wehr gesetzt.*
*Von außen wurd' ich hart wie Stein,*
*und doch hat man mich oft verletzt.*
*Irgendwo tief in mir bin ich ein Kind geblieben.*
*Erst dann, wenn ich's nicht mehr spüren kann, weiß ich,*
*es ist für mich zu spät, zu spät, zu spät.*

Peter Maffay: »Nessajas Lied«

# EINS

Wenn der Mond sich verfinstert und die Nacht der Geister anbricht, wenn Hexen durch die Luft reisen und Teufel um das Feuer tanzen, dann sieh dich vor. Suche einen heiligen Ort, ziehe einen Kreis und schütze dich. Stärke dich mit magischen Kräutern, dann wird dir nichts geschehen.

Die Stimme ist überall. Sie kommt mit dem Abendwind, sie flüstert zwischen den Bäumen, sie steigt aus der Erde und raschelt im Gras. Die Warnung ist eindeutig. Der schwarze Mond am Himmel, die seltsamen Geräusche in der Luft, die schemenhaften Gestalten, die um das Feuer tanzen. Die Gefahr ist nahe. Es wird Zeit, einen magischen Schutzkreis zu ziehen, sich in die Mitte zu setzen und sich zu wappnen.

***

Sie hätte auf ihre Ahnungen hören sollen. Schon den ganzen Tag hatte Olivia Austin ein ungutes Gefühl im Bauch. Ein Grummeln, so als liefe tief in ihr drin ein Aggregat nicht rund. Nur eine kleine Unwucht, ein kaum spürbares Vibrieren, das leicht zu übersehen war, das sich aber, wenn man sich nicht darum kümmerte, zu einem ausgewachsenen Motorschaden auswachsen würde. Es fing immer mit einem leichten Schaben an der Motorwand an und endete mit einem Kolbenfresser. Wenn sie nicht auf die ersten Anzeichen achtgab, wenn sie die feinen Erschütterungen aus dem Innersten nicht ernst nahm, endete es mit Totalschaden.

Jede Katastrophe hatte einen unscheinbaren Anfang. Das Leben ist eine Werkstatt, dachte Olivia. Der beste Werkzeugkasten, das teuerste Schweißgerät, die neueste Prüfelektronik halfen nichts, wenn Gefühl und Erfahrung fehlten. Man musste hineinhören in die Maschine, ihr Flüstern verstehen, ihren Takt erkennen und daraus die richtigen Schlüsse ziehen. Alles hatte einen funktionalen Ablauf. Kolben rauf, Verdichtung, Zündung, Kolben runter.

Alles musste zur rechten Zeit passieren, alles musste aufeinander abgestimmt sein. Jedes kleinste Schräubchen musste an seinem Platz sein und funktionieren. So wie bei der alten Vespa, die unter Olivias Hintern vor sich hin schnarrte.

Irgendetwas an diesem Schnarren war nicht in Ordnung. Ein leichter Fehlton, Schwankungen in der Melodie, eine kleine Störung im Takt. Es war nicht wirklich hörbar, aber Oli war sicher: Etwas an ihrer Maschine war nicht in Ordnung. Hoffentlich lag es nicht am Öl. Olivia erinnerte sich an den gelackten Fachverkäufer, der sie zu einem sportiven Leichtlauföl überredet hatte. Sündhaft teuer, dafür aber eine Wellnesskur für die Maschine, der reinste Balsam für den Motor, so wohltuend wie eine Bodylotion für die Haut. Sie brauche auch nur noch zwei Prozent Beimischung im Sprit, hatte der Lackaffe gelockt. In der alten Gebrauchsanleitung standen aber fünf Prozent. Und vielleicht mochte eine Vespa, die mehr als fünfzig Jahre auf den Felgen hatte, kein Racing-Öl. Warum überhaupt Racing-Öl, wo Tempo achtzig ihren Oldtimer bereits an die Grenze der Selbstauflösung brachte?

Möglicherweise vertrug die Vespa die kalte Luft nicht. »Ich kann das gut verstehen«, murmelte Oli unter ihrem Helm und zog den Schal enger um ihren Hals. Sie hatte sich eindeutig verschätzt. Es war ein lauer Tag gewesen, ungewöhnlich warm für Ende April. Aber das hatte im Allgäu nichts zu bedeuten. Jetzt in der Abenddämmerung war die Luft schneidend kalt – und sie hatte noch dreihundert Höhenmeter vor sich.

Oli haderte damit, dass sie für diesen Ausflug nicht das Auto statt des Rollers genommen hatte. Es hätte der Vespa ebenso gut getan wie der Fahrerin.

***

Eine Wolkenbank schiebt sich vor das Abendrot. Die letzten Lichtflecken auf dem Moos verschwinden. Unter dem Baum hat sich die Dunkelheit angesammelt. Auch der Feuerschein und die Geräusche vom Kraftplatz reichen nicht bis hierher. Die Stimme aber ist präsent. Das Flüstern kommt von allen Seiten.

Lass dich nicht täuschen von den freundlichen Gesichtern. Sie sind falsch. Sie lauern nur darauf, dass du einen Fehler machst. Du hast gesehen, wer da ist. Sie haben Verstärkung geholt. Und das ist nur, was sie offen zeigen. Wer weiß, wer noch alles in den Büschen steckt. Das Dickicht hat Augen und Ohren. Sie spionieren dich aus. Sie haben etwas Großes vor, etwas Großes und Böses.

Beltane an Neumond, die Kräfte könnten gegensätzlicher nicht sein. Sie wollen die Verwirrung nutzen. Denn der Schleier zur Anderswelt ist heute Nacht besonders durchlässig. Du musst dich schützen, mit aller Macht, die dir zu Gebote steht. Du musst auch die Unschuldigen schützen, die Unwissenden, damit sie nicht alles verlieren.

***

Vielleicht war es auch der Vergaser. Wie oft hatte dieser kleine Schlingel schon Ausflüge beendet. Oli überlegte, wann sie das letzte Mal nach ihm gesehen hatte. Es dürfte gut vier Wochen her sein. Sehr viel war sie in diesem nassen Frühjahr bisher nicht gefahren, aber das musste nichts bedeuten. Dieser Vergaser war eine Diva, die sich nicht um die Kilometerleistung kümmerte, sondern nach Tageslaune arbeitete. Auch die Zylinderkopfdichtung stand in Olis Dauerverdacht. Oder lag es am Auspuff?

Sie hätte einfach zu Hause bleiben sollen, eine Flasche Prosecco öffnen oder vielleicht besser einen Glühwein machen und eine schlechte Serie im Fernsehen anschauen. Stattdessen fuhr sie in dieser Kälte auf den Auerberg. Walpurgisnacht mit Hexentanz, Krafttanken am Druidenplatz, Beschwörung der Geister. Es wäre besser gewesen, die guten Geister für die Vespa zu beschwören. Olivia schimpfte laut vor sich hin. Sie hatte mit dem ganzen Esoterik-Kram nicht viel am Hut und machte sich zumeist über die vielen absonderlichen Angebote lustig. Das Allgäu schien Spinner jeglicher Art geradezu anzuziehen. Engelchanneling auf Almwiesen, Karmaberatung im Bauernhof, energetisches Haareschneiden auf Kraftplätzen, Aura-Heilung, Lichtreisen, schamanisches Trommeln, Klangschalenmeditation. Wer nach Heilung oder Sinn suchte, wurde reichlich bedient.

Und jetzt ein Hexen- und Druidenfest. Seit Wochen sprach Franziska von nichts anderem mehr. Beltane, sie redete immerfort von Beltane – die magische Nacht. Hexentänze, Kraftorte, die Verbindung zur Welt der Geister, Bewusstseinserweiterung. Eine ausgelassene Hexenfeier in der Nacht auf den 1. Mai. Franziska drängelte, das dürfe Oli sich nicht entgehen lassen. Oli hingegen bezweifelte, dass sie eine Bewusstseinserweiterung brauchte. Eine weitere Ausdehnung würde sie wahrscheinlich in kürzester Zeit in den Wahnsinn führen. Aber was tat man nicht alles, wenn die beste Freundin bat und bettelte.

Olivia seufzte tief. Und ihre Vespa seufzte auch. Mitten im Anstieg auf den Auerberg verlor die Maschine an Kraft. Auf halber Strecke der Serpentinenstraße blieb sie einfach stehen. Genervt stieg Oli ab und widerstand der Versuchung, ihrem Oldtimer einen kräftigen Fußtritt zu versetzen. Sie nahm den Helm ab, hängte ihn über den Lenker und steckte sich erst mal eine Zigarette an.

Die Spitze des Auerbergs mit der darauf thronenden Kirche lag direkt über ihr. Nur noch drei oder vier Kurven bergauf, dann hatte sie es geschafft. Die Vespa am Wegrand abzustellen, kam nicht in Frage, also beschloss sie, das Motorrad den restlichen Weg zu schieben.

Die alte Vespa Grand Sport wog gut zwei Zentner. Schon nach hundert Metern war Oli durchgeschwitzt und musste eine Pause einlegen. Sie bockte die schwere Maschine auf, setzte sich auf den Sattel und betrachtete das weite Tal im Südosten, in dem bereits die Dämmerung angekommen war. Dahinter glänzten die oberbayerischen Alpen. Hier zu sitzen und die Berge zu betrachten war wahrscheinlich besser für das Bewusstsein als der Hexenschmarrn, grübelte sie.

Eine Männerstimme hinter ihr ließ Oli hochfahren.

»Kann helfen?«

Wenige Meter bergauf stand ein hagerer Typ auf der Straße und schaute sie mit leicht schräg gelegtem Kopf an. Er trug einen kurz geschnittenen Vollbart, eine zwei Nummern zu große Jeans und eine abgetragene Jacke. Unschlüssig, ob er näher kommen sollte, war er stehen geblieben.

»Mein Gott, haben Sie mich erschreckt. Ich hab Sie gar nicht kommen hören.«

Der Fremde hob beschwichtigend die Hand. »Ich bin Yasin.« Danach schwieg er, als wäre das genug Erklärung für alles, für sein Dasein, seinen komischen Aufzug, dafür, dass er hier mitten auf der Straße stand.

»Aha«, sagte Oli und fand sich doof dabei.

»Unfall? Kann helfen?«, radebrechte der Fremde. Er blieb weiterhin stehen, als hätte man ihm die abgewetzten Schuhe angenagelt.

Oli ratterte im Kopf die Möglichkeiten durch. Türke? Araber? Kosovo-Albaner? Das, was man in Polizeimeldungen gerne als »südländischen Typen« bezeichnete. In solchen Polizeimeldungen war zumeist von Überfall, Raub, Vergewaltigung die Rede. Was hatte er hier mitten in der Pampa zu suchen? Hatte er sie beobachtet? Hatte er Komplizen? Wohin konnte sie rennen, wenn ...? Wenn was, Oli? Jetzt mach dich mal nicht verrückt. Sie holte tief Luft.

»Nein. Kein Unfall. Irgendein Motorschaden. Keine Ahnung. Das Ding will nicht mehr.« Sie stieg vom Sattel und fügte hinzu: »Olivia.« Mein Gott, was für ein Gestammel, schalt sie sich.

Die Namensnennung schien der Fremde namens Yasin als Aufforderung zu verstehen, näher zu kommen. »Willst du zu Gasthaus?« Er zeigte nach oben zur Auerbergkirche, unter der ein Ausflugslokal lag.

Oli kniff den Mund zusammen und nickte.

Yasin lächelte unter seinem dunklen Bart. »Kann helfen.«

Ohne eine Antwort abzuwarten, griff er den Lenker und schob die Vespa bergauf. Oli brauchte ein paar Sekunden, um zu reagieren. Dann rannte sie hinterher und schob am Gepäckträger mit.

***

Unter den Stimmen rührt sich etwas anderes. Es ist nur schwach zu vernehmen, aber du weißt, es ist da. Der Auerberg ist ein Blutberg. Tief in seinem Inneren stöhnen und jammern die

Verdammten. Die armen Seelen, die in den unterirdischen Höhlen und Gängen leben müssen, sind erwacht. Das Feuer, das Lachen und Trommeln hat die Dämonen geweckt. Es sind die Bewohner der gottlosen Stadt, die einstmals hier stand und die zur Strafe im Erdboden versunken ist. Hören die anderen denn das Wehklagen nicht? Hören sie nicht das Donnern der Pferdehufe? Die Kutsche fährt durch die unterirdischen Straßen. Auf ihr sitzt der Herr der Gottlosen, dessen Namen niemand nennen darf. Er fährt, um Gericht zu halten. Er fährt, um alles zu vernichten.

Die Hexen mit ihrem dummen Küchenhokuspokus werden nichts ausrichten. Sie haben keine Ahnung. Wenn sich die Erde auftut, wird sie alles verschlucken. Nur wer ein Licht trägt, wird verschont werden.

***

Obwohl Yasin auf den letzten tausend Metern Straße und fast hundert Metern Anstieg die Hauptarbeit erledigt hatte, kam Olivia außer Atem am Parkplatz neben dem Panorama-Gasthof an. Innerlich fluchte sie über ihren Zigarettenkonsum. Yasin hingegen wirkte frisch und munter.

Auf dem Weg hatte sie erfahren, dass er zu einer Gruppe von zwölf Syrern zählte, die in einem ehemaligen Jugendheim am Auerberg untergebracht waren. Das Haus stand direkt an der Straße unterhalb von Kirche und Gasthaus. Von hier hatte man eine großartige Aussicht über das Lechtal und die Voralpenlandschaft. Das war aber auch schon alles. Die Flüchtlinge, die der Landkreis hier einquartiert hatte, waren komplett isoliert und auf sich allein gestellt. Es gab weit und breit keinen Laden, keine größere Ansiedlung, nicht einmal Internet, über das sie Kontakt zu ihrer Heimat halten konnten. Yasin erzählte, wie einsam und trostlos das Leben hier oben war. Einige seiner Landsleute hätten versucht zu flüchten, seien aber wenige Tage später frustriert wieder aufgetaucht.

»Den ganzen Tag spazieren gehen stelle ich mir ziemlich öde vor«, sagte Oli.

»Nix spazieren. Arbeit.« Yasin zeigte mit dem Finger ins Tal, wo Bernbeuren lag. »Adler.«

Oli brauchte eine Weile, um zu begreifen. »Du arbeitest im Gasthaus Adler?«

Er nickte erfreut.

»Dann bist du jetzt nur meinetwegen wieder hier hochgelaufen?«

Er nickte wieder. »Helfen.«

»Helfen.« Oli schüttelte lächelnd den Kopf. »Da könnte sich hier so mancher eine Scheibe abschneiden.«

»Abschneiden?« Yasin stellte wieder den Kopf schräg.

»Schon gut. Auf jeden Fall danke ich dir sehr.« Sie gab dem Mann die Hand. »Und wenn ich helfen kann, dann tu ich das gerne.« Sie kramte eine Visitenkarte aus der Tasche und gab sie ihm. Er nahm sie wie einen Schatz in die Hände und verbeugte sich leicht.

***

Nur wer wach und bereit ist, wird gegen den Angriff des Bösen bestehen. Reinige deinen Geist von der Angst. Sie ist dein größter Gegner. Du bist vorbereitet, das ist das Wichtigste. Der Überraschungsangriff aus dem Dunklen, den sie geplant haben, wird damit vereitelt. Im Gegenteil, sie wissen nicht, dass du da bist, dass du bereit bist, dass du ein Kämpfer des Lichts bist. Aber sie werden es erfahren.

Das Ritual beginnt, das Trommeln wird stärker. Sie fangen an. Tritt aus dem Kreis, du bist gerüstet. Sei wachsam.

***

Franziska hatte Oli den Weg zum Hexenplatz genau beschrieben. Er lag gut versteckt mitten in einem Waldstück am südwestlichen Rand des Bergplateaus. Sie musste nach etwa fünf Minuten den Wanderweg verlassen, ein Stück über eine Kuhweide und dann durchs Unterholz. Offenbar waren schon einige Menschen vor ihr den Schleichweg gegangen. So konnte Oli sich an den

Fußstapfen orientieren. Dennoch musste sie sich beeilen. Es wurde schnell dunkel, und bald konnte sie den Weg nicht mehr erkennen.

Mitten auf der Wiese klingelte ihr Handy. »Unbekannter Anrufer«. Das war bestimmt Franziska, die sich fragte, wo ihre Freundin blieb. Als Oli ranging, meldete sich eine Männerstimme.

»Na, wie wär's heute mit einem kleinen Tanz in den Mai?«

Wie vom Donner gerührt blieb sie stehen.

Er redete weiter. »Wenn du nicht tanzen willst, können wir einfach nur ein Glas trinken. Obwohl ein bisschen Bewegung dir bestimmt guttut. Du hockst doch bestimmt wieder auf dem Sofa und glotzt Hartz-IV-Fernsehen.«

Olivia atmete hörbar aus. »Hartmut, du Scheusal!«

»Ja, sag böse Worte zu mir! Gib mir Tiernamen«, erwiderte er fröhlich.

»Du … du …«

»Na was? Fällt dir etwa nichts mehr ein?«, neckte er. »Oder hast du deinen Wortschatz für heute bereits in der besten aller Lokalzeitungen verbraucht?«

»Wart's nur ab, Henry Higgins. Du traust dich doch nur aus der Ferne, so frech zu sein. Ich werde dir deinen Beamtenarsch versohlen, wenn du ihn das nächste Mal aus dem schönen Köln ins Allgäu bewegst.«

»Versprochen?«

»Du wirst um Gnade winseln.«

»Ich freu mich. Aber vorher gehen wir noch aus. Ich hätte heute Abend noch nichts vor.«

Oli runzelte die Stirn. »Wo bist du denn eigentlich?«

»Na, in Kaufbeuren. Hab ich das nicht gesagt?«

»Was machst du in Kaufbeuren?«

»Ich hab ein paar Tage frei und dachte mir, ich muss mal wieder gute Allgäuer Landluft schnuppern. Muttern freut sich auch, wenn sie mich bekochen darf. Aber das hab ich dir doch erzählt.«

»Gar nichts hast du, du scheinheiliger Mistkerl, und das weißt du genau.«

»Wahrscheinlich erinnerst du dich nicht mehr. Du hast beim letzten Telefonat deutlich gelallt.«

»Ich erinnere mich an alles!«, fuhr Oli auf. »Und ich habe nicht gelallt. Aber egal. Was den Tanz in den Mai angeht, muss ich dir leider einen Korb geben. Ich bin heute schon vergeben.«

»Ach so.« Seine Stimme klang enttäuscht.

»Bin gerade auf dem Weg zu einem Hexen- und Druidenfest auf dem Auerberg. Weißt schon, wilde Tänze, Feuer, Trommeln, Geisterbeschwörung, Fliegen auf dem Besen und heiße Rituale.«

»Musst du drüber schreiben?«

»Nee, ist mein Privatvergnügen.«

»Wusste gar nicht, dass du auf so was stehst.«

»Pure Neugier.«

»Komm, sag schon, wie heißt der Druide?«

»Tststs, Herr Kommissar, was Sie schon wieder denken. Ich kann dich beruhigen, das ist ein reiner Frauenausflug.«

»Na, dann verflieg dich mal nicht mit dem Besen. Und wenn du wieder runterkommst, könnten wir vielleicht am Wochenende was unternehmen. Oder hast du da schamanisches Schuhplatteln?«

»Nein, stell dir vor, ich hab frei. Und Sohnemann ist auch nicht da.«

Hartmuts Stimmung hellte sich auf. »Was hältst du von einer Bergtour?«

»Wohin denn so?«

»Das Wetter wird gut. Ich bin dafür, dass wir Freitag auf die Mindelheimer Hütte gehen. Samstag dann Rappenseehütte. Und dann sehen wir weiter. Ich schätze, deine Kondition reicht eh nicht länger.«

»Ich hab ja einen kräftigen Kerl dabei, der mich huckepack nimmt. Oder hat es der Herr Kommissar wieder im Kreuz?«

»Der Herr Kommissar ist total fit. Aber bringt es nicht Unglück, wenn man an einem Freitag eine Hexe spazieren trägt?«

»Im Gegenteil. Der Volksmund sagt: Hexe auf dem Rücken und alles wird dir glücken.«

»Na, Odin sei Dank. Besser als: Morgens früh um sechs geht dir die Hex schon auf den Käks.«

Oli kicherte wie ein kleines Mädchen. »Wir beenden das wohl

besser, bevor dem kleinen Poeten noch wildere Reime auf Hex einfallen.«

»Einen hab ich noch«, tönte Hartmut.

»Verschone mich. Ich muss zum Schuhplatteln.«

»Na dann, Weidmannsheil.«

***

Zuerst hörte sie das Kreischen, dann sah sie die Schatten an den Bäumen auf und ab tanzen. Als Olivia aus dem Unterholz trat, bot sich ihr ein skurriles Bild. Es erinnerte sie an eine Faschingsparty im Wald. Frauen in bunt gemusterten Fetzenröcken mit Hexenmasken auf dem Kopf hüpften kreischend um ein großes Lagerfeuer. Neben dem Feuer saßen zwei Trommlerinnen, ebenfalls im Hexenkostüm, die den Takt schlugen und die Tänzerinnen mit Jauchzen anfeuerten. Am Waldrand war eine improvisierte Theke aufgebaut, an der zwei weitere Hexen die Gäste mit Essen und Getränken versorgten.

Auf der kleinen Lichtung verteilten sich dreißig bis vierzig Menschen. Die meisten waren wild geschminkt oder trugen Augenmasken. Einige tanzten, andere standen zusammen und unterhielten sich, wieder andere beklatschten die Vorführung. Es herrschte ein klarer Frauenüberschuss. Oli konnte gerade eine Handvoll Männer ausmachen. Wobei nicht sicher war, ob hinter jeder Hexenmaske auch eine Frau steckte.

Am liebsten wäre Oli auf der Stelle umgekehrt. Der überraschende Anruf von Hartmut hatte ihr endgültig die Lust auf dieses Fest genommen. Wie schön wäre es jetzt, mit ihm gemütlich ein Glas Wein zu trinken, sich alte und neue Geschichten zu erzählen, zu lachen, zu flirten. Er hätte vorher wenigstens einen Ton sagen können. Dabei telefonierten sie bestimmt zwei Mal die Woche. Ein stetiger Austausch von Sehnsüchten, die zwischen Kaufbeuren und Köln hin- und herflossen. Hartmut, der vor einem Jahr Kaufbeuren verlassen hatte, um seine neue Dienststelle bei der Kripo Köln anzutreten, hatte vom ersten Tag an Heimweh nach seinem geliebten Allgäu. Olivia hingegen wünschte sich seit Jahren weg aus Kaufbeuren, haderte mit der Enge und Kleingeistigkeit ihrer Heimat, haderte mit ihren Eltern, mit ihrem Job bei der Lokalzeitung, mit ihrer Rolle als alleinerziehende Mutter, vor allem aber – auch wenn sie das nie zugeben würde – mit ihrer Einsamkeit. Sie vermisste Hartmut, der es seit vielen Jahren schaffte, nie mehr als ein guter Freund für sie zu sein.

Letztes Jahr hatte er die Tür ein erstes Mal weiter aufgestoßen. Aber ihnen beiden hatte der Mut gefehlt, hindurchzutreten. Seither waren sie beide ein bisschen befangen. Wie Adam und Eva, die zum ersten Mal erkannten, dass sie nackt waren. Ein Stück Unschuld war verloren gegangen. Wer weiß, was passiert wäre, wenn Hartmut hiergeblieben wäre, dachte Oli. Sein Weggang nach Köln hatte die alte Ebene wiederhergestellt. Sie waren gute Freunde, die sich alles erzählten und dabei einen Punkt nicht berührten.

Oli überlegte, ob das mit der gemeinsamen Bergtour eine gute Idee war.

Während Oli gedankenverloren am Waldrand stand, war eine dicke Frau mit einem mütterlichen Lächeln im Gesicht an sie herangetreten. Sie trug bunte Bänder in den grauen Haaren und eine Halbmaske mit Hakennase, die sie auf die Stirn geschoben hatte.

»Aber hallo, da ist ja eine neue Schwester. Nur nicht so scheu«, sagte sie mit lauter Stimme.

Oli drückte die ihr entgegenstreckte Hand. »Ich heiße Olivia. Eine Freundin hat mich eingeladen. Ich hoffe, das ist in Ordnung.«

»Aber natürlich. Tritt herein in unseren Kreis«, sagte die Dicke, die offenbar die Oberhexe war.

Oli fühlte sich fehl am Platz, dazu falsch angezogen in ihrem Parka. Unwillkürlich musste sie an die Geschichte von der kleinen Hexe denken, die unbedingt bei den großen Hexen mittanzen wollte.

»Wer ist denn deine Freundin?«

»Franziska Winkler, ich habe sie bisher nicht entdeckt. Ist sie denn überhaupt da?«

Die Dicke grinste schief. »Die Franzi lässt sich so ein Fest doch nicht entgehen. Sie ist bestimmt im Wald unterwegs, um ein bisschen zu jagen.«

»Um zu jagen?«, sagte Oli verdutzt.

»Wir haben Beltane. Es ist die Nacht der Jägerin.« Die Dicke wippte mit ihren dunklen Augenbrauen. »Und ich weiß, auf wen ihre Pfeile zielen.«

Bevor Oli etwas erwidern konnte, zeigte die Oberhexe zum anderen Ende der Lichtung.

»Ah, da kommt sie ja. Dann kann sie dir ja gleich selber erzählen, ob sie Beute gemacht hat.«

Olivia folgte dem Blick der Oberhexe. An der gegenüberliegenden Theke stand Franziska und holte sich soeben einen Becher Maibowle. Als Olivia sich wieder umdrehte, war die Oberhexe verschwunden. Da hörte sie Franzi rufen, die sich mit einem Freudenschrei auf sie stürzte. Sie umarmte Oli, als hätten sie sich jahrelang nicht gesehen, und hüpfte mit ihr auf und ab.

Olivia und Franziska konnten gut als Zwillinge durchgehen. Beide eins achtzig groß, beide schlank, beide glatte braune Haare. Nur durch die aktuelle Frisur waren sie für Fremde zu unterscheiden. Derzeit trug Franziska einen Pagenschnitt und Pony, während Olis größter Aufwand ein Haargummi für einen schnell gewickelten Knoten oder Pferdeschwanz war. Schon zu Schulzeiten hatten die beiden die Spitznamen Hanni und Nanni bekommen. Sie hatten ihre Kleider, die Frisuren und Schminke abgestimmt, hatten sich sogar die gleichen Schulranzen zugelegt und mit ihrer Taktik die Lehrer verwirrt.

Franzi war aufgekratzt und bester Laune. Mit glühenden Wangen strahlte sie ihre Freundin an.

»Ich dachte schon, du kommst nicht mehr. Mein Gott, wie ich mich freue, dass du da bist. Es ist Beltane. Und das hier am Kraftplatz zu feiern, ist etwas ganz Besonderes. Ist das nicht alles wundervoll hier? Diese tollen Menschen. Spürst du die große Kraft, die von diesem Ort, von dieser Nacht ausgeht?« Sie zwinkerte Oli zu und fügte schmachtend hinzu: »Beltane.«

»Hab ich schon was verpasst?«, fragte Oli.

»Nur die Begrüßungsrede von Wilma.« Franzi deutete auf

die Oberhexe. »Sehr mystisch, aber nicht so wichtig.« Sie trank einen großen Schluck. »Das Schönste kommt ja noch.«

»Nämlich?«

»Wart's einfach ab, lass dich treiben. An so einem Abend ist nichts unmöglich. Auf jeden Fall lassen wir es uns gut gehen. Wir tanken Kraft.«

Sie drehte sich zur Theke um und bestellte für Oli eine Maibowle.

»Hast schon ein bisschen vorgeglüht«, grinste Oli.

»Nein, keinen Tropfen.«

»Ach komm, erzähl mir doch nichts.«

»Wir haben ein bisschen was geraucht«, gestand Franziska mit einem schelmischen Grinsen. Sie zauberte ein Plastiktütchen aus der Hosentasche. »Magst du auch was?«

Oli schüttelte den Kopf. »Das reicht fürs Erste.«

Sie prosteten sich zu, und Franzi holte gleich Nachschub. Oli hätte lieber ein Glas Wein oder Prosecco gehabt als die Plörre, doch sie spürte schnell die Wirkung. Franzi redete ohne Unterlass. Von den Ritualen dieser Nacht, von der Bedeutung der schamanischen Trommeln und Gesänge.

»Sie stimmen die Geister gutgesinnt und laden sie ein, mit uns zu feiern. Der Schleier zwischen unserer Welt und der Geisterwelt ist heut Nacht so dünn wie sonst nie.«

»Ach wirklich?«, sagte Oli und fragte sich, warum man dann so einen Höllenlärm machen musste. Der Radau am Feuer klang eher wie eine Teufelsaustreibung als eine Einladung an freundliche Geister.

Franzi nahm sie bei der Hand. »Komm, ich stell dir ein paar Leute vor.«

Sie hüpfte über den Platz wie ein kleines Mädchen, das seiner Mama die Schulklasse vorstellte. Schließlich blieb sie bei einer größeren Gruppe hängen. Mehrere Frauen hatten sich um einen groß gewachsenen Mann geschart.

»Mein Guru«, flüsterte Franziska ehrfürchtig und drängte sich zu ihm. »Joscho, das ist meine Freundin Olivia.« Der Mann trug schulterlanges schwarzes Haar, in dem silberne Strähnchen glänzten. Über der Hakennase saßen zwei hellblaue Augen, die

die Umgebung genau kontrollierten und nun Olivia mit einem langen Blick von oben bis unten abscannten.

»Namasté, Olivia«, sagte er und schenkte ihr ein sonniges Lächeln und einen kräftigen, warmen Händedruck. Allerdings ließ er ihre Hand nicht mehr los. Vielmehr legte er auch noch seine zweite Hand drauf und blickte ihr tief in die Augen. Oli spürte die Wärme in ihre Hand wandern, dann den Arm hoch in ihre Wangen.

»Servus«, sagte sie mit belegter Stimme.

»Du hast ein leuchtendes Herz – eine echte Feuerfrau«, sagte Joscho.

Oli merkte, dass ihr der Mund offen stand. Sie fühlte sich in seinem Griff und seinem Blick gefangen.

»Eine wunderschöne Aura. Sehr hell, viel Rot. Aber es gibt da ein paar dunkle Stellen. Du solltest aufpassen. Du hast keine gute Erdung und wenig Verbindung zum Universum. Dein Wurzelchakra und dein Kronenchakra sind gestört. Angst vor Veränderung und Orientierungslosigkeit im Leben.« Er ließ ihre Hand los, hob den Kopf, wie um sie zu beschnuppern, und fügte hinzu: »Hast du ein erfülltes Sexualleben?«

Olis Gesicht wurde röter als ihre Aura. Sie räusperte sich. »Also, ich kann mich nicht beklagen.« Ihr Grinsen fiel allerdings ziemlich dünn aus.

Joscho ließ seine wasserblauen Augen noch einen Moment auf ihr ruhen, dann nickte er und wendete sich Franziska zu. »Schön, dass du deine Zwillingsschwester mitgebracht hast.«

»Ich weiß, wir sehen uns sehr ähnlich, aber wir sind nicht …«, begann Franzi.

»Du weißt, was ich meine.« Joscho legte einen Zeigefinger auf Franzis Stirn, dann auf ihr Herz. »Seelenschwestern. Alte Seelen begegnen sich bei ihrer Reise durch die Zeiten immer wieder. Nichts passiert zufällig.«

Das sieht aus, als würde er Franzi zufällig an den Busen greifen, dachte Oli. Aber Franzi schien es zu genießen, schmolz bei der Berührung förmlich dahin. »Danke, dass ich mit dir reisen darf«, hauchte sie.

»Ich habe zu danken.« Er faltete die Hände, legte sie mit einer leichten Verbeugung an Stirn, Mund und Herz. Franzi tat es ihm nach.

***

»Er mag deine Aura«, sagte Franziska, als sie Richtung Theke gingen, und es klang ein wenig eifersüchtig.

Oli schaute ihre Freundin erstaunt an. »Erfülltes Sexualleben – was bildet sich der Kerl eigentlich ein, wer er ist!«

Franzi kicherte. »Ist schon ein Süßer, gell?«

»Ist das der Reserve-Jesus, von dem du mir erzählt hast?«

Franzi zog einen Schmollmund. »Oli! Wenn einer echt erleuchtet ist, dann Joscho. Der macht seit dreißig Jahren Bewusstseins- und Lichtarbeit.«

»Vor allem macht er viel Kohle damit, wenn er den Leuten was von ihrer Seelenreise und ihrem Sexualleben erzählt.«

»Das scheint dich ja echt getroffen zu haben.«

»Ich finde es ziemlich unverschämt und übergriffig, wenn mir jemand bei der ersten Begegnung zuerst in mein Hirn und dann in meinen Schlüpfer schauen will.«

»Ach komm, ich wusste gar nicht, dass du so prüde bist. Joscho ist halt geraderaus. Er sagt immer offen, was er denkt.«

»Wenn du mich fragst, ist der einfach nur scharf wie Nachbars Lumpi, vor allem auf dich.«

Franzi lächelte lasziv. »Na wenn schon. Es gibt wirklich Schlimmeres.«

»Was sagt denn eigentlich Manfred dazu?«

Franzi winkte ab. »Der hat doch nichts anderes als die Firma und die Computer im Kopf. Manfred würde es nicht mal merken, wenn ich nackt am Frühstückstisch sitzen würde.«

»Hast du es schon mal ausprobiert?«

Franzi machte eine wegwerfende Handbewegung.

»Wie wär's mit Reden? Soll schon oft geholfen haben«, sagte Oli.

»Joscho sagt, ich muss auf mich achten. Er macht jetzt mit mir Energiearbeit.«

Oli schaute ihre Freundin kritisch an. »Ich weiß nicht, ob er der richtige Berater ist. Meinst du nicht, eine Paartherapie wäre besser?«

»Wieso Paartherapie? Wir führen seit zwölf Jahren eine gute Ehe.«

»Für mich hört sich das aber nicht so an.«

Franzi fuhr hoch. »Du hast ja keine Ahnung, Oli. Ausgerechnet du willst mir was von einer guten Beziehung erzählen. Dass ich nicht lache. Du warst doch noch nie länger als ein paar Wochen mit einem Typen zusammen.« Ihre Stimme war immer schärfer geworden.

»Ich komme gut mit meinem Leben klar und brauche auf jeden Fall keine Energiearbeit.« Das letzte Wort dehnte Oli wie einen alten Kaugummi.

»Doch, genau das brauchst du!«, rief Franzi laut. »Möchte nicht wissen, wann du das letzte Mal einen Mann hattest. Du lässt doch keinen an dich ran. Die Kaufbeurer sind dir nicht gut genug. In Wirklichkeit hast du Angst, dass es ernst werden könnte, deshalb rennst du ständig davon. Joscho hat es sofort gesehen, dein unerfülltes Sexualleben.«

Inzwischen war Franzi so laut geworden, dass die Umstehenden erstaunt die Köpfe drehten.

Oli, die bereits tief Luft geholt hatte, atmete geräuschvoll aus und senkte drohend die Stimme.

»Jetzt pass mal gut auf, Franzi. Erstens ist mein Sexualleben nicht unerfüllt. Und zweitens geht es dich und deinen selbst ernannten Guru einen Scheißdreck an.«

Franzi fing vor Wut an zu hecheln und rief laut: »Du bist nichts als eine unbefriedigte Kuh. Und deine griesgrämige Art lässt du an den anderen aus, du –« Bevor sie den Satz beenden konnte, lag die schwere Hand von Wilma auf Franzis Schulter.

»Du kennst die Regeln, Franzi. Das ist ein heiliger Ort«, mahnte sie.

Franzi schüttelte die Hand ab. »Ja, ich kenne die Regeln – vielleicht besser als du.« Zu Oli zischte sie: »Du ziehst mich runter mit deiner negativen Energie, du ziehst das ganze Fest runter. Joscho hat mir beigebracht, mich vor den dunklen Energien zu schützen.«

Oli funkelte Franzi böse an. »Und das tust du, indem du fremdgehst?«

Wütend drehte sich Franzi ab und stapfte in den Wald. Oli überlegte, ihr zu folgen. Doch Wilma hielt sie auf.

»Lass sie, der Wald und die Geister werden sie beruhigen.«

Oli griff sich ihre Tasche und wandte sich zum Gehen. »Dann werde ich auch mal …«

»Warum bleibst du nicht hier?«, fragte Wilma sanft.

Oli zuckte mit den Schultern. »Ich glaube, das hier ist nichts für mich.«

»Erstens ist das nicht Franzis Fest, sondern meins. Und zweitens kriegt sie sich schon wieder ein. Hol dir einfach was zu trinken. Die Party hat ja noch gar nicht richtig angefangen.«

Wie zur Bestätigung begann die Gruppe am Feuer wieder zu trommeln und zu singen.

***

Als Franziska eine halbe Stunde später immer noch nicht aufgetaucht war, machte Oli sich Vorwürfe. Sie und Franzi hatten noch nie so heftig gestritten. Du hast eindeutig überreagiert, Oli, dachte sie. Es geht dich nichts an, was Franzi treibt. Es geht dich nichts an, wie sie ihre Ehe führt und ob sie Manfred betrügt. Und als moralische Instanz taugst du nun wirklich nicht.

Das Schlimme war, Franzi hatte mit ihren Vorwürfen recht. Ihr Beziehungsleben war eine Katastrophe. Das war schon mit Alex' Vater so gewesen. Das einzig Gute, das er ihr hinterlassen hatte, war ihr Sohn. Nach der Trennung hatte sie keinem Mann mehr so richtig vertraut. Die Angst vor der nächsten Enttäuschung, dem nächsten Betrug saß tief. Es gab eine Reihe von heftigen Affären, aber keine dauerte länger als ein paar Monate. Schnell wurde es ihr zu eng, zu spießig, zu fade. Dabei wünschte sie sich, endlich anzukommen, nicht mehr suchen, sich nicht mehr anstrengen zu müssen. Und den Einzigen, bei dem sie sich fallen lassen konnte, dem sie blind vertraute, hielt sie auf Distanz. Kein Wunder, dass er nach Köln gegangen ist. Bevor du anderen eine Therapie empfiehlst, könntest du selber eine gebrauchen.

Eine Erscheinung am Waldrand unterbrach Olis Selbstgespräch. Ein gut aussehender Mann war zwischen den Bäumen aufgetaucht. Dunkler Typ, kurze schwarze Haare, Lederjacke. Seine Augen wanderten über den Platz, als würde er jemanden suchen. Joscho, der den Mann ebenfalls entdeckt hatte, verließ seinen weiblichen Fanclub. Die beiden debattierten kurz, wobei Joscho mit den Händen gestikulierte. Vielleicht planten sie eine Teufelsaustreibung ... Oli grinste vor sich hin und wandte sich den Thekenhexen zu.

»Habt ihr eigentlich auch was anderes als dieses Kracherl?«

Zwei Hexenmasken starrten sie an. »Was soll des heißa? Schmeckt's dr it?«, fragte eine der beiden, offensichtlich eine Allgäuer Landhexe.

»Doch, ich hätte nur lieber ein Bier oder ein Glas Rotwein.«

»Mir hant koi Bier, und Rotwein hammer o it«, sagte die Landhexe lakonisch.

»Vielleicht Weißwein?«

»Des isch halt dr Gleiche wia in dr Maibowle. Bloß ohne Waldmeischtr«, sagte die Landhexe.

Oli schlenderte mit ihrem Weißwein zu dem Typen in der Lederjacke, der noch immer am Rande der Lichtung stand und sich soeben eine Zigarette anzündete.

»Haben Sie mir auch eine?«, fragte sie.

Erstaunt schaute er sie an. »Aber sicher«, sagte er mit rollendem R.

Als er ihr Feuer gab, roch sie sein angenehmes Parfüm. Elegant und teuer. Der Kerl sah wirklich gut aus. Olivfarbener Teint, durch den ein schwarzer Bartansatz schimmerte, dunkle Augen, helles Lächeln.

»Sind Sie auch so ein Magier, ein Druide, ein Guru?«, fragte Oli.

Er lachte. »Meine Mutter sagt immer, ich bin eine kleine Teufel.«

»Und was macht der kleine Teufel hier?«

»Oh, der kleine Teufel hat viele Freunde. Und Sie? Sind Sie die böse Hexe?«

»Nein, nein, ich bin die gute Hexe.« Oli lächelte verführerisch und prostete ihm zu.

»Da bin ich aber beruhigt.«

»Ich heiße Olivia.«

»Sind Sie Italienerin?«

»Nein, ich bin aus Kaufbeuren. Als ich geboren wurde, hatten meine Eltern gerade ihre italienische Phase. Aber Sie klingen italienisch.«

»Meine Vater ist Italiener. Ich bin in Deutschland geboren.«

Eine Stichflamme sprang aus dem Feuer, die Funken stoben in den klaren Nachthimmel. Ein Raunen lief durch die Anwesenden. Wilma, die ein Schälchen in der Hand hielt, ergriff das Wort.

»Meine lieben Schwestern! Es tut gut, euch alle hier versammelt zu sehen in dieser besonderen Nacht.«

Sie warf eine Handvoll Pulver aus ihrer Schale ins Feuer, das wieder hochschoss.

»Ich freue mich, dass so viele Freunde mit uns Walpurgis feiern. Wir haben eine Gruppe vom Bodensee zu Gast, dann unsere guten Freundinnen vom Hexenkreis München. Besonders freue ich mich über die lieben Freundinnen und Freunde vom Akasha-Hof in Neugablonz.«

Lautes Johlen und Klatschen begleitete die Begrüßung der Gäste. Erst jetzt fiel Oli auf, dass Joscho nicht mehr da war. Ob er sich wohl mit Franzi im Wald vergnügte? Geht mich nichts an, grummelte sie.

Vor ihren Augen begannen die Hexen um Wilma ihr Walpurgisnachtritual. Ein rhythmischer Tanz, zu dem sie eine melancholische Melodie sangen, die langsam anschwoll. Zuerst langsam und leise, steigerte sich der Gesang bis zu einem wüsten Geschrei. Die Frauen tanzten immer ausgelassener, im Feuerschein sah es aus, als ritten sie durch die Nacht. Plötzlich, mit einem Trommelschlag, hörte der wilde Ritt auf. Wilma warf den Rest des Pulvers ins Feuer und unter dem Lodern der meterhohen Stichflamme rannte die Truppe kreischend in den Wald.

»Ich sollte auch mal in den Wald gehen, vielleicht gibt es da was umsonst«, sagte Oli. Aber sie bekam keine Antwort. Der italienische Typ, der die ganze Zeit neben ihr gestanden hatte, war wie vom Erdboden verschluckt.

Oli schüttelte den Kopf. »Irgendwas kapier ich hier nicht.«

Sie setzte sich ans Feuer und wärmte ihre Beine, die vom Rumstehen im feuchten Gras ganz klamm geworden waren. Selbst die Trommelhexen waren im Wald verschwunden. Wilma war als Einzige zurückgeblieben.

»Was ist mit dir?«, fragte sie Oli und wies mit der Nase zu den Bäumen.

Oli runzelte die Stirn. »Ich hab keine Ahnung, was ich dort soll.«

Wilma lachte heiser. »Das ist ganz dir überlassen. Du kannst tanzen, schreien, jagen, Sex haben, fliegen, Bäume umarmen, meditieren. Das ist das Schöne an diesem Fest: Niemand schreibt dir etwas vor. Du kannst dein ureigenes weibliches Ritual feiern.«

»Dann trinke ich einfach meinen Wein und wärme mich am Feuer«, sagte Oli kleinlaut.

»Wenn du etwas brauchst, sagst du es.« Wilma zwinkerte Oli zu und verschwand in Richtung Theke.

Oli betrachtete die Sterne, in die sich die Funken des Feuers mischten. Was hatte Joscho gesagt? Orientierungslosigkeit und Angst vor Veränderung. Jetzt kam auch noch Wilma mit den ureigenen weiblichen Ritualen. Oli schloss die Augen. Sie hatte sich noch nie Gedanken über ihre Weiblichkeit gemacht, schon gar nicht über weibliche Rituale. Und was für ein Ritual wohl Franzi jetzt unter den Bäumen feierte?

Aus dem Wald drangen tierische Geräusche, Muhen, Blöken, Grunzen, Pfeifen.

Wilma war zum Feuer zurückgekehrt. Sie hatte ein großes Kuhhorn dabei und blies kräftig hinein. Der dumpfe Ton hallte durch die Nacht, und die Geräusche verstummten. Nach und nach kehrten alle Hexen zurück und stürmten die Theke, wo ein herzhafter Eintopf ausgeschenkt wurde. Das Thekenteam hatte inzwischen Verstärkung bekommen, um dem Ansturm Herr zu werden.

Mitten in dem Gewusel tauchte plötzlich Franzi vor Oli auf. »Ich möchte mich entschuldigen.«

»Nein, *ich* muss mich entschuldigen!«, betonte Oli.

Franzi hatte Tränen in den Augen. »Ich weiß nicht, was mit

mir los war. Ich hab mich echt scheiße benommen. Kannst du mir verzeihen?«

»Na ja, ich war ja auch nicht besser.« Oli umarmte ihre Freundin. »Vergessen wir's.«

Franzi war sichtbar erleichtert. »Ich dachte schon, du wärst gegangen. Komm, lass uns anstoßen, ich hol mir schnell was.«

Oli sah ihr nach, wie sie leichtfüßig zur Theke tänzelte, sich von einer der Masken einen Becher Maibowle reichen ließ und wie Pippi Langstrumpf zurückhüpfte. Franzi war ein verrücktes Huhn. Sie nestelte in ihrer Handtasche und förderte ein kleines braunes Fläschchen zutage. Daraus träufelte sie ein paar Tropfen in den Becher. Als sie Olis fragenden Blick bemerkte, reichte sie ihr das Fläschchen, auf dem »Franziska« stand.

»Keine Drogen, nur meine Medizin«, grinste Franzi.

Oli hob den Becher. »Auf unsere Freundschaft.«

»Auf unsere Freundschaft«, erwiderte Franzi und stieß so heftig an, dass die Hälfte überschwappte und Olis Jeans besudelte. »Oh, was bin ich für ein Schussel. Es tut mir leid.«

»Das macht nichts, die Hose war eh schon eingesaut. Jetzt riecht sie wenigstens nach Waldmeister. Apropos, was hast du eigentlich so lange im Wald gemacht?«

Franzi pfiff durch die Zähne. »Oh Mann, ich hab echt wilde Sachen erlebt. Zuerst habe ich mit den Baumgeistern gesprochen. Und du wirst es nicht glauben, sie haben geantwortet. Du kannst dir gar nicht vorstellen, was in so einer Nacht alles möglich ist.« Franzi verdrehte die Augen und hüpfte auf und ab.

»Mir scheint, du hast dich bei den Geistern gut vergnügt.« Oli zwinkerte ihr zu.

»Das kann man so sagen. Auf jeden Fall muss ich noch mal zurück und mich bedanken. Lauf nicht weg, ich bin in zehn Minuten wieder da. Und dann«, Franzi senkte verschwörerisch die Stimme, »erzähle ich dir, was sonst noch alles abging.«

Sie lachte wild auf und rannte davon. Vom Waldrand hörte man noch ihr Lachen, dann war sie in der Dunkelheit verschwunden.

***

Nach einer halben Stunde hatte Oli das Warten satt. Sie folgte dem Pfad, auf dem ihre Freundin verschwunden war. Trotz ihrer Handylampe stolperte Oli über Wurzeln und blieb an Zweigen hängen. Sie fluchte leise vor sich hin und wollte eben wieder kehrtmachen, als sie Franzi entdeckte. Sie saß im Schneidersitz unter einer Buche, an den Stamm gelehnt. Oli konnte nicht erkennen, ob sie meditierte oder eingeschlafen war, weil Franzi ihr den Rücken zukehrte.

Sie blieb stehen und räusperte sich geräuschvoll. »Ich hab mir schon Sorgen gemacht.«

Als Franzi nicht reagierte, umrundete Oli den Stamm und leuchtete ihre Freundin an. Sie blickte in Franzis wunderschöne dunkelblaue Augen. Aber diese Augen blickten nicht zurück. Matt und mit großen Pupillen ruhten sie im Nichts. Eine Haarsträhne hing über Mund und Nase, kein Atem, der sie bewegte.

Oli brauchte eine Weile, bis sie begriff. Dann kniete sie sich vor ihre Freundin, berührte behutsam ihre Wange. Sie war eiskalt. Puls? Fehlanzeige.

***

Es dauerte eine kleine Ewigkeit, bis Hartmut ans Telefon ging. Er fand nur schwer aus dem Schlaf.

»Weißt du, wie spät es ist?«

»Hartmut, du musst mir helfen.« Olis zitternde Stimme war kaum mehr als ein Flüstern.

»Was ist passiert?«

»Sie ist tot«, hauchte Oli.

»Was ist los? Wer ist tot? Und wo bist du überhaupt?«

»Immer noch am Druidenplatz auf dem Auerberg.«

Hartmut seufzte. »Na klar. Hattest du einen guten Flug?«

»Hast du gehört, was ich gesagt habe? Sie ist tot!«

»Oli, was hast du getrunken?«

»Ein bisschen Maibowle. Hörst du mir eigentlich zu?«

»Klar doch. Joints, Pillen, Pilze?«

»Jetzt lass das, das ist kein Scherz.«

»Wahrscheinlich hat deine Freundin sich ins Koma gesoffen

oder die letzten Hirnzellen weggeraucht. Ich geb dir einen Tipp: Ein Eimer Wasser und du vollbringst ein Wunder.«

Oli flehte. »Hartmut, du musst herkommen. Bitte! Sie ist tot.« Oli schluckte. »Und du kennst sie.«

Stille.

»Es ist Franziska Winkler.«

Hartmut Mohry war mit einem Schlag hellwach.

# ZWEI

Der Morgen des 1. Mai schob finstere Wolken aus den Bergen ins Voralpenland. Die Beamten des Kriminaldauerdienstes packten ihre Sachen ins Auto. Nur eine Streife blieb zurück, um den Tatort zu bewachen. Die Leiche von Franziska Winkler war bereits in der Pathologie. Im Panorama-Gasthof warteten Hartmut und Olivia. Sie waren die Letzten. Alle anderen Teilnehmer des Festes waren von der Polizei erfasst, befragt und nach Hause geschickt worden. Lediglich bei Oli hatte Kriminalhauptkommissarin Susanne Kohlbeck eine Ausnahme gemacht und sie gebeten, bis zum Ende der Zeugenbefragung zu warten. Kohlbeck war eine schicke Enddreißigerin. Sie hatte einen strengen Ton am Leib, der keinen Widerspruch zuließ.

Oli hatte ihr Gesicht in den Händen vergraben. »Das ist doch alles nicht wahr, oder? Bitte sag mir, dass das ein böser Traum ist.«

Hartmut reagierte nicht. Er biss sich auf die Unterlippe und starrte dumpf aus dem Fenster.

»So eine Scheiße!« Oli haute mit der flachen Hand auf den Tisch. Dann stand sie auf und lief erregt hin und her. »Hartmut, ich will jetzt hier weg.«

»Oli, es hilft doch nichts. Du hast doch gehört, was die Kommissarin gesagt hat.«

»Eine ganz schöne Schnepfe, deine Nachfolgerin«, schimpfte Oli.

Hartmut seufzte. »Die kann doch auch nichts dafür. Die macht nur ihren Job.«

Oli wurde laut. »Na klar. Die macht ihren Job. Die hat ja auch nicht ihre beste Freundin verloren.«

»Wenn du hier Rumpelstilzchen spielst, machst du Franzi auch nicht wieder lebendig.«

Wütend funkelte Oli ihn an. Dann schnaufte sie tief durch und setzte sich wieder.

»Du hast ja recht. Ich bin einfach runter mit den Nerven. Und dann kommt auch noch diese Kripo-Tussi.«

»Ich weiß gar nicht, was du gegen die Kohlbeck hast. Sie wirkt vielleicht etwas unterkühlt. Aber sie ist eine gute Kommissarin.«

»Ich frage mich, wieso die Kaufbeurer den Fall übernommen haben. Der Auerberg gehört doch schon zu Oberbayern.«

»Nicht ganz«, sagte Hartmut. »Die Grenze verläuft genau über den Bergrücken. Dein Kraftplatz liegt bereits auf der Allgäuer Seite.«

»Das ist nicht mein Kraftplatz!«, moserte Oli.

Hartmut ging nicht darauf ein. »Die Veranstalter des Festes kommen aus Kaufbeuren und Umgebung, die meisten Teilnehmer auch, ebenso das Opfer. Da sind die Weilheimer Kollegen bestimmt nicht unglücklich, wenn die Kohlbeck das an sich zieht.«

»Auf jeden Fall glaubt sie mir nicht. Es kann doch nicht sein, dass niemand außer mir diesen Italiener gesehen hat.«

»Die Kohlbeck ist einfach vorsichtig. Die hat dreißig, vierzig Zeugen, von denen wahrscheinlich jeder etwas anderes erzählt. Es gab jede Menge Alkohol und Drogen. Du warst ja auch nicht gerade nüchtern.«

»Jetzt fängst du auch noch an. Es ist ja nicht so, dass ich besoffen durch die Gegend gewankt bin.«

Hartmut hob beschwichtigend die Hände. »Die Frage ist: Bist du dir sicher, dass all deine Erinnerungen so stimmen?«

»Ich hatte jedenfalls keine Aussetzer, falls du das meinst«, sagte Oli scharf.

»Nein, aber du weißt, wie das ist. Manchmal täuscht man sich, manchmal verwechselt man was, manchmal vergisst man was.«

Schweigend blickten beide aus dem Fenster, wo sich eine graue Wolkenwand aufbaute und den Bergblick verhinderte.

»Wie lange wart ihr eigentlich zusammen?«, fragte Oli.

»Franzi und ich? Hm, vielleicht ein Jahr.«

»Und warum hat es nicht gehalten?«

»Keine Ahnung. Ist lange her. Ich war zweiundzwanzig, sie war neunzehn. Ich bin dann weg auf die Polizeischule, und wie das halt so geht: Sie war jung, sie war einsam, wollte nicht allein rumsitzen.«

Wieder hingen sie ihren Gedanken nach. Oli dachte daran, dass sie mit neunzehn schwanger war. Wie sich mit der Geburt von Alex alles mit einem Schlag verändert hatte. Ihre Freundinnen gingen aus, hatten Spaß, sammelten Erfahrungen. Und sie saß zu Hause mit einem schreienden Kind, dessen Vater sich um nichts kümmerte und sich nach einem halben Jahr aus dem Staub machte.

Hartmut dachte daran, wie sehr er in die hübsche und lebenslustige Franzi verliebt gewesen war. Und wie verletzt, als sie ihm am Telefon sagte, dass es vorbei sei. Damals hatte er getobt und geheult, dann den Schmerz im Alkohol zu ertränken versucht, dann im Sport und in der Arbeit.

Als hätte Oli seine Gedanken gelesen, sagte sie: »Du hast den Kontakt komplett abgebrochen.«

Er nickte. »Sie wollte, dass wir Freunde bleiben. Aber ich konnte das nicht.« Er knetete seine großen Hände. »Meinst du, sie hat eine Überdosis genommen?«

»Das wird die tolle Hauptkommissarin bestimmt herausfinden«, sagte Oli spitz.

»Du hast Franzi doch erlebt. Wie war sie denn drauf? Meinst du, sie könnte …«

Oli schaute ihn mit großen Augen an. »Selbstmord? Das ist absurd. Sie war fröhlich, fast euphorisch. Als ich zum letzten Mal mit ihr gesprochen habe, war sie in bester Laune. Sie wollte mir erzählen, was für tolle Sachen sie im Wald erlebt hat. Ich glaube, sie hat sich verliebt und hatte ein Techtelmechtel unter den Bäumen.«

»Dann vielleicht eine versehentliche Überdosis«, spekulierte Hartmut weiter. »Sie raucht was oder nimmt irgendwelche Pillen oder Pflanzen, um das Glücksgefühl zu steigern. Und zack. Weißt ja, wie das ist.«

»Nein, ich weiß nicht, wie das ist«, sagte Oli mit einem drohenden Unterton. »Aber sag mal, du bist doch der deutsche Sherlock. Warum denkst du nicht über einen Mord nach?«

»Wer sollte Franzi ermorden? Dein geheimnisvoller Italiener? Der hochverehrte Guru? Oder eine der Hexen? Und mit welchem Motiv, Miss Marple?«

»Vielleicht war der Italiener der Lover, und der Guru war

eifersüchtig. Oder andersherum. Oder vielleicht stand Franzi einer der Hexen beim Liebesglück im Weg.«

»Und jeder von denen hat zufällig eine kleine Giftampulle im Ärmel stecken«, sagte Hartmut schnippisch.

»Das Ganze war vorbereitet. Das Gift war in dem braunen Fläschchen, von dem ich dir erzählt habe.«

»Das man aber leider nicht gefunden hat.«

»Weil es der Mörder hinterher wieder an sich genommen hat.«

Hartmut seufzte. »Wie du schon gesagt hast: Das wird die tolle Hauptkommissarin bestimmt herausfinden.«

Oli schlug sich mit der Hand an die Stirn. »Scheiße!«

Hartmuts Gesicht und Hände froren in der Bewegung ein.

»Die Vespa. Die hat irgendwas am Motor. Ich musste die letzten Meter hier raufschieben.«

»Das ist mal echt was Neues«, seufzte Hartmut. »Dann schlage ich vor, du lässt dein Kultobjekt stehen, und wir organisieren heute Nachmittag, wie es zurückgebracht wird. Und du …«

Hartmut hielt inne. Unvermittelt war Kommissarin Kohlbeck an ihren Tisch getreten. »Frau Austin, darf ich Sie noch mal bitten, mitzukommen.« Es war keine Frage, sondern ein Befehl.

»Was gibt es denn noch?«, fragte Oli gereizt.

»Das würde ich gerne mit Ihnen auf dem Präsidium besprechen.«

»Auf dem Präsidium? Bin ich jetzt verhaftet, oder was?«

Hartmut mischte sich ein. »Frau Kollegin, Sie sehen doch, dass Frau Austin völlig übernächtigt ist. Ich wollte sie gerade nach Hause bringen. Das Gespräch hat doch sicher Zeit bis zum Nachmittag, wenn alle ausgeruht sind.«

Susanne Kohlbeck schaute Hartmut herablassend an. »Herr Mohry, soweit ich weiß, sind Sie weder im Dienst noch hier zuständig.« Sie machte eine Kunstpause. »Also lassen Sie mich bitte meine Ermittlungen führen.«

Hartmut wollte aufstehen, aber Oli legte ihm die Hand auf den Arm. »Schon gut. Wenn es der Wahrheitsfindung dient.« Sie stand auf und folgte der Kommissarin.

***

Auf der Kaufbeurer Polizeiwache wurde Oli ins Vernehmungszimmer gebracht, bekam einen Kaffee, der nach lauwarmem Spülwasser schmeckte, und musste eine halbe Stunde warten. Schließlich erschien Susanne Kohlbeck, begleitet von einer Polizistin. Oli kannte sie und grüßte freundlich, doch die Beamtin nickte nur scheu. Die Kommissarin blätterte in einer Aktenmappe und zog ein Papier hervor: ein erstes vorläufiges Ergebnis des Pathologen, aus dem hervorging, dass Franziska Winkler an einer Überdosis von Giftstoffen starb, die vermutlich pflanzlicher Herkunft waren.

»Wollen wir den Abend noch einmal durchgehen, Frau Austin?«

»Wie oft denn noch?«, fragte Oli genervt. »Ich hab Ihnen doch schon alles erzählt.«

»Das stimmt. Und ich danke Ihnen für Ihre Kooperation. Aber ich möchte mich über den Ablauf noch einmal vergewissern. An einigen Stellen habe ich noch keine Klarheit. Da widersprechen Sie auch den anderen Zeugen. Sind Sie wirklich sicher, dass Ihre Erinnerung auch der Realität entspricht? Immerhin hatten Sie nicht wenig Alkohol getrunken.«

»Ja, ich bin sicher«, sagte Oli und schloss die Augen. In Wahrheit war sie verwirrt, wusste nicht mehr, wo vorne und hinten war.

»Verstehen Sie mich nicht falsch, aber Sie berichten von Personen und Ereignissen, die keiner der anderen Zeugen beobachtet hat. Es könnte ja sein, dass Sie sich täuschen. Oder dass Ihre Wahrnehmung durch den Alkohol getrübt war.«

»Sie glauben mir nicht, Frau Kohlbeck.«

»Ich sammle Fakten, Frau Austin. Das Glauben überlasse ich der Kirche.«

Kohlbeck blätterte wieder. »Mehrere Zeugen haben ausgesagt, dass Sie und Frau Winkler gestern Abend lautstark gestritten haben.«

»Das habe ich Ihnen doch erzählt.«

»Es soll sehr heftig und aggressiv im Ton gewesen sein.«

»Wir wurden etwas laut zwischendurch. Aber nicht aggressiv.«

»Worum ging es denn in Ihrem Streit?«

»Ich habe ihr Vorwürfe gemacht, weil ich dachte, dass sie fremdgeht. Und sie hat sauer reagiert, sie meinte, das sei allein ihre Sache.«

»Und?«

»Was, und?«

»Ging sie fremd?«

»Ich vermute, sie hatte ein Date mit einem Mann im Wald.«

»Wissen Sie, mit wem?«

»Nein. Ich kann mich auch täuschen. Vielleicht hat sie im Wald auch nur meditiert.«

»Obwohl Sie nur eine Vermutung hatten, haben Sie Ihrer Freundin Vorwürfe gemacht.«

»Sie hat ja den ganzen Abend schon mit Joscho rumgeflirtet.«

»Sie meinen Josef Brutscher?«

Oli nickte.

»Es gibt Zeugen, die sagen, Sie hätten mit Herrn Brutscher ebenfalls geflirtet.«

»Das ist ja wohl die Höhe«, brauste Oli auf. »Eine glatte Lüge.«

Die Kommissarin blieb kühl. »Kann es sein, dass Sie eifersüchtig auf Ihre Freundin waren?«

»Quatsch. Ich wollte nur nicht, dass sie sich diesem aufgeblasenen Guru an den Hals wirft.«

»Und sie hat sich diese Einmischung verbeten?«

»Ja.« Oli seufzte. »Und sie hat ja recht. Sie ist erwachsen und kann tun, was sie will. Es hat mir hinterher auch leidgetan.«

Kohlbeck zitierte aus den Akten. »›Später standen Frau Austin und Frau Winkler zusammen, unterhielten sich und tranken etwas. Es sah so aus, als würden die beiden sich aussprechen. Frau Austin nahm Frau Winkler in den Arm. Danach prosteten sie sich zu. Kurz darauf rannte Frau Winkler eilig in den Wald.‹«

Die Kommissarin klappte die Mappe zu und schaute Oli erwartungsvoll an. Oli war beeindruckt.

»Wow, da hat aber jemand ganz genau aufgepasst. Wenn Sie wissen wollen, ob das so stimmt: Ja, alles korrekt. Nur dass die Zeugin – ich nehme mal an, es war eine Frau – vergessen hat, dass Frau Winkler vorher ein paar Tropfen aus einem braunen Fläschchen in ihren Becher schüttete.«

»Ach ja, das berüchtigte Fläschchen, das keiner außer Ihnen gesehen hat. Ebenso wie den großen Unbekannten.«

Oli kaute auf ihrer Unterlippe. »Joscho hat sich auch mit dem Typen unterhalten. Der kann das bestimmt bestätigen. Und das Fläschchen muss doch irgendwo sein. Ich denke mir so etwas doch nicht aus.«

»Bei der Leiche haben wir nichts gefunden.«

»Vielleicht hat sie es irgendwo im Wald verloren.«

Susanne Kohlbeck zuckte mit den Schultern und versenkte sich wieder in die Akten.

»Warum sind Sie Frau Winkler in den Wald gefolgt?«

Oli war von dem Gespräch zunehmend genervt. Vor allem ärgerte sie der Unterton in Kohlbecks Stimme. Es war wie das schwache Schaben im Motor, erste Anzeichen für eine Unwucht, die irgendwann zum Kolbenfresser führte.

»Ich bin ihr nicht gefolgt. Ich habe auf sie gewartet. Sie sagte, dass sie in zehn Minuten wieder da sei. Nach einer halben Stunde habe ich nach ihr geschaut.«

»Sie haben sich also Sorgen um sie gemacht?«

»Was heißt Sorgen? Ich wollte einfach nur sehen, wo sie bleibt und ob alles okay ist.«

»Hatten Sie denn Grund zur Annahme, dass nicht alles okay sein könnte?«

Oli ließ sich im Stuhl zurücksinken. Jetzt war es so weit. Das leichte Vibrieren wuchs sich zu einem echten Motorproblem aus.

»Glauben Sie etwa, ich hätte meine beste Freundin umgebracht?«

Kohlbeck schaute sie lange schweigend an. »Und? Haben Sie?«

»Nein!« Oli haute mit der Faust auf den Tisch.

»Offenbar neigen Sie zu impulsiven Handlungen, das streiten Sie doch nicht ab.«

»Jetzt reicht's aber«, schimpfte Oli. »Ich will jetzt nach Hause. Wenn nicht, dann will ich sofort einen Anwalt sprechen.«

Die Kommissarin raffte ihre Unterlagen zusammen. »Ich denke, wir lassen das mal so stehen. Bald werden wir mehr wissen über die Todesursache und die Umstände. Dann passt vielleicht mehr zusammen als bisher. Gehen Sie nach Hause und schlafen Sie sich aus. Aber ich bitte Sie, halten Sie sich für uns zur Verfügung.«

Als Oli bereits in der Tür stand, fügte Kohlbeck hinzu: »Noch ein Hinweis, Frau Austin. Sie sind sehr eng in den Fall verstrickt. Ich erwarte, dass Sie das bedenken, wenn Ihre Zeitung über den Vorgang berichtet.«

Oli schaute die Kommissarin herausfordernd an. »Höre ich da einen Eingriff in die Pressefreiheit heraus?«

»Wir wollen mal nicht die Ebenen durcheinanderbringen«, sagte Kohlbeck kühl. »Ich unterhalte mich mit der Zeugin Olivia Austin, nicht mit der Journalistin. Und ich finde, auch Sie sollten das sehr sauber voneinander trennen. Juristisch gesehen würde ich sagen, dass Sie eindeutig befangen sind. Wie Sie das journalistisch sehen, müssen Sie natürlich selbst entscheiden.«

Oli schloss die Augen. Kohlbeck mochte eine arrogante Kuh sein, blöd war sie nicht.

***

Als Oli zu Hause an ihrem Garderobenspiegel vorbeiging, erschrak sie vor dem Anblick. Eine ausgelaugte Frau mit strähnigen Haaren, dunklen Augenrändern, in schmutziger Jacke und Hose blickte ihr entgegen. Sie sah aus wie zweiundfünfzig und nicht wie zweiunddreißig. Kein Wunder, dass die Kohlbeck gestutzt hatte, als sie Olis Geburtsdatum notierte. Kein Wunder, dass die Kommissarin sie so von oben herab behandelt hatte. Die hatte ja gerade so getan, als hätte Oli Franzi das Gift gegeben.

Das Gift. Klar doch. Wenn es in Franzis Becher war, musste es auch auf Olis Hose sein. Die Flecken von der Maibowle, die Franzi verschüttet hatte, waren eingetrocknet, aber immer noch deutlich erkennbar. Sie packte die Jeans in eine Tüte und stellte sich unter die Dusche.

Eine halbe Stunde später stand Oli vor dem Reihenhaus ihrer Eltern. Sie atmete tief durch und drückte auf den Klingelknopf.

»Aha, da kommt ja unsere Streunerin.« Die Hände in die Hüften gestemmt, stand Olis Vater mitten im Flur.

»Du hast gesagt, du bist früh da. Jetzt ist es Mittag. Die Redaktion hat schon mehrmals angerufen. Und wir haben es auch bei dir versucht. Hattest du dein Handy nicht dabei?«

Vier Vorwürfe hintereinander. Olis erster Gedanke war: Wenn er weiter in dem Ton mit mir spricht, gehe ich ihm an die Gurgel. Dann fiel ihr Kohlbecks Satz ein: »Offenbar neigen Sie zu impulsiven Handlungen.«

Sie schloss kurz die Augen, atmete durch und sagte betont ruhig: »Der Akku ist leer.« Eine Aussage, die auf das Handy ebenso zutraf wie auf sie selbst.

Ihre Mutter kam mit einem Handtuch aus der Küche. »Und wie du aussiehst. Als hättest du auf einer Kuhweide übernachtet.«

»Hallo, Mama, ich bin frisch geduscht. Davon abgesehen *habe* ich auf einer Kuhweide übernachtet. Und ich habe dabei meine beste Freundin ermordet. Deswegen hat mich die Polizei auch so lange festgehalten. Aber ich bin auf Bewährung raus.«

Gerda Austin schüttelte den Kopf. »Du solltest mal zum Friseur.«

»Und ein bisschen Schminke könnte dir auch nicht schaden«, fügte ihr Vater hinzu.

Oli knetete mit der Hand ihre Augen. »Sagt mal, gibt es noch was zu essen?«

Das Stichwort brachte Gerda in Bewegung. »Setz dich hin. Ich hab noch Flädlesuppe und Rinderbraten und Spätzle.«

Oli ließ sich auf die Jodlerstil-Bank im Esszimmer fallen. »Wo ist Alex?«, rief sie in die Küche.

»Oben beim Spielen«, klang es zurück.

Wenige Minuten später stand ein Menü vor ihr, das Oli an das Bankett von Asterix und Obelix erinnerte.

»Das mit dem Mord und der Polizei war übrigens kein Spaß«, sagte sie.

Gerda und Walter, die sich zu ihr gesetzt hatten, schauten sie mit großen Augen an.

Während Oli aß, erzählte sie von den Ereignissen der Nacht. Ihre Eltern reagierten entsetzt.

»Die Franzi war ja schon nett, aber auch ein bisschen ein Luder. Kein Wunder, bei den Eltern«, sagte ihre Mutter.

Walter brummte vor sich hin. »Diese Kommissarin, wie heißt sie noch, Kohlbeck, der muss man mal ordentlich auf die Füße treten.«

»Und dieses Getue mit Hexentanz und Magie, das ist doch albern«, sagte Gerda und fügte hinzu: »Und obendrein gefährlich, wie man sehen kann.«

»Mama, die Franzi ist nicht an einem Hexenritual gestorben, sondern an einer Vergiftung. Und die Kommissarin, Papa, ist nicht blöd. Die ist schon auf der richtigen Spur.«

»So geht es nicht, der muss man auf die Füße treten«, wiederholte Walter Austin.

»Sag ich doch – gefährlich«, fügte Gerda hinzu.

Ihr Vater schaute Olis Mutter verzweifelt an. »Du musst zuhören, Gerda. Hör doch zu, was sie sagt.«

»Ach, er nun wieder«, erwiderte Gerda spitz. »Er hackt immer auf mir rum, hörst du das, Oli? Dabei kriegt er selber nur die Hälfte mit.«

»Ich kriege alles mit«, schimpfte Walter Austin. Zu Oli gewandt sagte er: »Siehst du, so geht es den ganzen Tag.«

Olivia stand auf, um nach Alex zu schauen. Er saß an Opas Computer und spielte ein Jump-and-Run-Spiel. Oli hielt ihm von hinten die Augen zu. Er schüttelte den Kopf, um die Augen wieder frei zu bekommen.

»Mensch, Mama, jetzt hab ich das Level versaut.«

»Dir scheint's ja richtig gut zu gehen hier«, sagte Oli.

»Besser als bei dir auf jeden Fall«, motzte Alex.

Oli setzte sich neben ihn und schnaufte tief durch. »Tut mir leid mit dem Level. Weißt du was: Ich freue mich, dich zu sehen.«

Ohne vom Bildschirm aufzublicken, hielt Alex ihr seine Wange hin, und sie drückte ihm einen Kuss darauf.

»Gibst du mir noch fünf Minuten?«, bettelte er.

Sie fuhr ihm durch die Haare.

Als sie wieder runterkam, diskutierten ihre Eltern über das Hexenfest.

»So ein Schmarrn«, sagte Gerda.

»Wir bleiben da schön bei unserem Glauben«, sagte Walter. »Am Freitag haben wir wieder einen Termin bei der Frau Schönacker in Wörishofen. Die ist über achtzig, eine Wunderheilerin. Die hilft bei jeder Krankheit – nur mit Beten und Handauflegen. Da gehen wir seit Jahren hin.«

Gerda war genauso begeistert. »Seine Hüftschmerzen oder meine Schilddrüse, die Frau Schönacker bekommt es wieder hin. Wir wollen übrigens den Alex mitnehmen. Hast du gesehen, er hat zwei Warzen an der linken Hand. Sie kann ihm die abbeten.«

Oli schüttelte den Kopf. »Die Hexen auf dem Auerberg lehnt ihr ab, aber die Hexe in Wörishofen findet ihr toll. Das soll einer verstehen.«

»Das ist keine Hexe«, verteidigte sich Gerda. »Die Frau Schönacker hat alle Zimmer voll mit Kruzifixen hängen.«

»Ja dann«, Oli nahm ein Wasserglas und hielt es in die Höhe, »halleluja.«

***

Susanne Kohlbeck hatte den Kollegen Ewald Dahlen aus der Feiertagsruhe geholt. Allerdings konnte man bei Dahlen nicht von Ruhe sprechen. Er hatte den Vormittag des 1. Mai für einen Trainingslauf genutzt. Nach zwei Stunden und achtzehn Kilometern war er zufrieden nach Hause zurückgekehrt. So gelassen der Endvierziger nach außen wirkte, so sehr brauchte er den körperlichen Auslauf. Außerdem stand der Münchener Halbmarathon vor der Tür, und Dahlen war in der Endphase des Trainings.

Nun hing der hagere Körper des Hauptkommissars über dem Konferenztisch. Dahlen strich sich die langen blonden Haare aus dem Gesicht, während er in den Unterlagen blätterte.

»Weiß man schon, was für ein Gift das war?«

Kohlbeck, die ihm gegenübersaß, zog ein Blatt aus der Aktenmappe. »Wir haben Hyoscyamin, Scopolamin und Atropin im Körper der Toten gefunden. Könnte Tollkirsche sein oder Stechapfel oder Bilsenkraut.«

»Für mich klingt das nach einem missglückten Hexentrip«, sagte Dahlen.

»Könnte sein«, antwortete Kohlbeck. »In ihrem Blut waren

außerdem THC, Alkohol und Cumarin. Alles in geringen und nicht tödlichen Mengen. In ihrer Hosentasche fanden wir null Komma vier Gramm Marihuana.«

»Also ein netter Abend«, murrte Dahlen, der in der Inspektion der Drogenfachmann war. »Zuerst ein Joint, dann ein paar Gläser Wein, aber woher kommt das Cumarin?«

»Es gab Waldmeisterbowle«, sagte Kohlbeck.

Dahlen nickte. »Also, was haben wir? Unfall, Suizid oder Mord?«

Kohlbeck zuckte mit den Schultern. »Im Moment ist alles offen. Deshalb sollten wir schnellstens die wichtigsten Zeugen befragen.«

Dahlen blätterte weiter, sah die Liste der Zeugen und pfiff durch die Zähne. »Da war ja ganz schön was los.«

»Deshalb brauche ich Sie ja. Am besten teilen wir sie auf.«

»Was ist mit dem Ehemann?«

Die Kommissarin rieb sich die Augen. »Er war heute früh da, hat seine Frau identifiziert.«

»Warum hat man ihn nicht gleich in der Nacht verständigt?«

»Wir haben ihn nicht erreicht.«

Kohlbeck berichtete, dass in der Nacht eine Polizeistreife zu Manfred Winkler nach Hause gefahren war. Dort sei alles dunkel gewesen, auf das Klingeln wurde nicht geöffnet. Ebenso wenig sei er ans Telefon gegangen. Er habe eine Schlaftablette genommen, hatte er gesagt, weil es ihm nicht gut ging, und habe deshalb nichts mitgekriegt. Bezeugen könne das niemand, weil er allein war.

Dahlen rieb sein kantiges Kinn. »Wie hat er die Nachricht aufgenommen?«

»Wir haben ihn heute Morgen von zu Hause abgeholt. Er ist in der Pathologie fast zusammengebrochen. Völlig fertig.«

»Gab es von ihm noch irgendwelche Hinweise? Vermutungen?«

»Nichts. Keine Spur.«

Kohlbeck schüttelte den Kopf. Sie wirkte müde.

***

Peter Schild kämpfte mit der Technik. Wie ging noch mal die Übertragung von Inhalten aus dem Redaktionssystem ins Onlineportal? Und wie konnte er etwas auf Facebook verlinken? Der Redaktionsleiter des Kaufbeurer Kurier hasste solche Feiertagsdienste. Er musste die morgige Ausgabe allein mit nur einem Kollegen stemmen, und dieser war schon seit Stunden unterwegs auf irgendwelchen Maikundgebungen, die ohnehin niemanden interessierten. Das Sekretariat war unbesetzt, und so blieb ihm nichts anderes übrig, als die lästigen Kleinarbeiten selbst zu übernehmen. Wenn er nur wüsste, wie.

Schild war dermaßen in die technischen Probleme vertieft, dass er Oli nicht bemerkte. Sie stand hinter ihm und schaute ihm belustigt dabei zu, wie er versuchte, einen Artikel zu kopieren, und dabei vor sich hin fluchte: »Scheiß online.«

»Online first!«, tönte Oli, und Schild fiel vor Schreck fast aus dem Bürostuhl.

»Was geistern Sie denn hier herum und erschrecken brav arbeitende Menschen?«

»Ich erschrecke nur die bösen und fluchenden Menschen«, sagte Oli mit Grabesstimme. »Die mit ihrer negativen Energie das Unglück anziehen.«

»Hören Sie auf.« Schild winkte ab. »Sie klingen schon wie meine Frau. Die redet auch immer von negativen Karmapunkten.«

»Vielleicht sollten Sie mal auf Ihre Frau hören.«

»Nerven Sie mich nicht. Es reicht schon, dass das System mich quält.«

»Sie müssen über die Zwischenablage arbeiten, sonst geht da gar nichts.«

Schild schaute Oli nun wirklich an wie einen Geist. Sie beugte sich über seinen Schreibtisch, und mit ein paar Handgriffen hatte sie den Text online gestellt. Es war eine Zusammenfassung der Dorffeste zum 1. Mai. Maibäume, Maitänze, Maifeuer, Maisingen.

»Facebook und Twitter müssten Sie ja selber können. Einen Link reinzukopieren dürfte für einen Onlinespezialisten wie Sie nicht schwer sein.«

»Sparen Sie sich Ihren Sarkasmus.«

Oli hob abwehrend die Hände. »Kein Sarkasmus. Ich finde es nur gut, dass Sie mal sehen, wie viel Arbeit das macht. Wo Sie doch immer sagen, das bisschen Online geht locker nebenher.«

»Ist auch so«, bellte er. »Das muss sich nur erst einspielen.«

»Aber Sie haben mich doch bestimmt nicht angerufen, damit ich Ihnen am Tag der Arbeit technischen Support leiste.«

Schild funkelte sie böse an. »Nein. Aber Sie könnten mir sagen, was da heute Nacht am Auerberg los war.«

Oli erinnerte sich, dass Sie mit ihrem Chef über das Hexenfest diskutiert hatte. Er wollte unbedingt eine Reportage plus Fotoserie davon haben, aber sie hatte sich gesträubt. Sie gehe dort rein privat hin.

»Eine Tote beim Hexenfest«, fuhr Schild fort. »Die Polizeimeldung ist wie immer sehr dürftig. Sie waren doch dabei.«

Oli ließ sich auf einen Stuhl sinken. »Was soll ich sagen. Bisher tappen alle im Dunkeln. Vermutlich eine Vergiftung, womit und wie, ist noch unklar. Im Moment weiß keiner, wie das passieren konnte. Das ist alles.«

»Mensch, Oli, das ist doch spannend. Ich schlage Ihnen hundertzwanzig Zeilen für den Aufmacher frei. Titel habe ich auch schon: ›Tod in der Walpurgisnacht‹ oder ›Tod beim Hexensabbat‹. Was halten Sie davon? Noch schöner wäre ›Mord beim Hexensabbat‹. Haben Sie Fotos?«

Oli holte tief Luft. »Nein, ich habe keine Fotos. Und ich werde dazu auch nichts schreiben. Die Tote ist Franziska Winkler, eine gute Freundin von mir. Das geht einfach nicht.«

»Jetzt hören Sie mal. Wo bleibt Ihre professionelle Haltung? Eine bessere Geschichte kann Ihnen doch nicht vor die Füße fallen.«

»Jetzt hören *Sie* mal. Ich habe heute Nacht meine beste Freundin verloren. Ich bin bis soeben bei der Polizei gesessen und bin über jede Minute ausgefragt worden. Ich werde jetzt den Teufel tun und mich hierhin setzen und eine reißerische Story drüber schreiben.«

Oli war laut geworden. Schild presste die Lippen zusammen. »Na gut. Erst mal mein Beileid. Aber Sie können mir doch wenigstens erzählen, was da passiert ist.«

Oli berichtete in Kürze, wie das Fest ablief, wie Franzi irgendwann im Wald verschwand und nicht mehr wiederkam und wie sie ihre Freundin dann tot aufgefunden hatte. Oli kannte ihren Chef. Deshalb erwähnte sie weder ihren Streit mit Franzi noch die Männergeschichten, die sowieso nur ihre Vermutung waren. Auch von dem Unbekannten und dem ominösen Fläschchen sagte sie nichts.

Dennoch ging sie mit einem unguten Gefühl aus der Redaktion. Schild hatte einen Hang zum Dramatisieren. Wenn sie Pech hatte, blies er die Story nicht nur auf, sondern schrieb auch noch einen belehrenden Kommentar gegen Alkohol und Drogen. Ausgerechnet er. Bestimmt hatte er selbst noch Restalkohol von gestern Abend im Blut.

***

Wilma Ostenried kam im Feiertagsgewand. Sie hatte für ihren Besuch bei der Polizei ihr bestes Dirndl aus dem Schrank geholt und die braunen Haare kunstvoll zu einem Dutt hochgesteckt. Die Verwandlung war beeindruckend. Als Kohlbeck die Frau sah, die von der Oberhexe zur Sonntagsbäuerin geworden war, musste sie sich ein Grinsen verkneifen.

Wilma Ostenried kam aus Baisweil und betrieb in dem kleinen Dorf einen großen Bauernhof und nebenzu eine schamanische Praxis. Die Kundschaft bestand zu neunzig Prozent aus Frauen. Sie trafen sich zu schamanischen Heilkreisen, Chakra-Meditationen oder Basteln eigener Engelkarten, sie zelebrierten Vollmondrituale, Schwitzhüttenwochenenden und feierten Hexenfeste.

Kommissarin Kohlbeck erhielt einen Einblick in das umfassende Angebot der schamanischen Bäuerin. Es schien sich um ein gutes Geschäftsmodell zu handeln. Die Kundinnen reisten aus dem ganzen Allgäu an, manche auch von weiter her, um sich trösten, heilen oder beleben zu lassen. Die Kurse waren voll, die Praxis warf im Moment mehr ab als die Landwirtschaft.

Franziska Winkler sei vor gut einem Jahr dazugestoßen, habe ein paar Kurse besucht. Inzwischen komme sie nur noch zu den Hexenfesten.

»Die Franzi ist sehr beliebt bei allen, weil sie immer so lebendig und lustig ist – äh war.« Wilma Ostenried machte eine Pause und schluckte.

»Gab es einen bestimmten Grund, warum Frau Winkler zu Ihnen kam?«, fragte Kohlbeck.

»Das war wie bei den meisten. Die Suche. Die Menschen stecken in ihrem Alltag fest. Sie suchen nach etwas Höherem.«

Wilma schaute die Kommissarin an und sah das Stirnrunzeln.

»Kennen Sie das nicht? Sagen Sie sich nicht auch, das kann doch nicht alles gewesen sein?«

Kohlbecks Mundwinkel zuckten kurz, dann wechselte sie das Thema. »Wie lief das Fest heute Nacht ab?«

»Es war wie immer. Es gibt ein paar Trommelrituale, ein großes Feuer, um die bösen Geister zu vertreiben. Dann feiern wir die große Göttin und bringen ihr zu Beltane ein Opfer dar.«

»Was für ein Opfer?«

»Wir werfen Weihrauch und anderes Räucherwerk ins Feuer und legen ein paar Kleinigkeiten auf einen Altar im Wald. Schokolade, Münzen, kleine Stofftiere, die wir vorher selbst basteln.«

Kohlbeck nickte, als wäre das alles ganz selbstverständlich. »Und Sie schenken ein berauschendes Getränk aus.«

»Sie meinen die Maibowle. Das ist nur Weißwein mit etwas Waldmeister. Bei uns wird weniger Alkohol getrunken als bei jedem Dorffest.«

»Wie steht es mit anderen Drogen? Sie sind da ja nicht so zimperlich.«

»Die Waldmeisterbowle ist die einzige Droge, die wir ausschenken. Ich selbst nehme keine Drogen und bin auch kein Freund davon. Es gibt viel bessere Wege, in einen anderen Bewusstseinszustand zu kommen. Aber ich kontrolliere die Leute nicht. Es sind erwachsene Menschen.«

»Verwenden Sie bei Ihren Ritualen auch psychoaktive Pflanzen oder Pflanzenmischungen?«

»Im Räucherwerk gibt es viele Mischungen. Aber in meinen Kursen nehmen wir nichts ein, und wir rauchen auch nichts, wenn Sie das meinen.«

Die Kommissarin musterte ihr Gegenüber. Die Frau war sicher schräg, aber sie schien äußerst bodenständig und glaubhaft.

»Frau Winkler starb an einer Vergiftung mit Alkaloiden pflanzlicher Herkunft. Können Sie sich vorstellen, wie das passieren konnte?«

»Unsere Maibowle kann es sicher nicht gewesen sein.«

»Vielleicht fällt Ihnen sonst etwas ein.«

Wilma schüttelte den Kopf. »Franzi war nicht auf Drogen aus. Sie rauchte hier und da einen Joint, das war auch schon alles.«

»Könnte es sein, dass Frau Winkler etwas ausprobierte?«

»Das kann ich mir bei ihr nicht vorstellen. Dazu war sie viel zu vorsichtig.«

»Vielleicht hat ihr auch jemand absichtlich die giftige Substanz in ihr Getränk gemischt?«

»Wer sollte denn so etwas tun?«

»Es gibt eine Zeugin, die von einem unbekannten Mann spricht, der auf dem Fest aufgetaucht sein soll. Schlank, dunkle kurze Haare, etwa eins fünfundsiebzig groß, südländischer Typ, gut aussehend. Können Sie sich an den Mann erinnern?«

Wilma überlegt eine Weile. Dann schüttelte sie den Kopf. »Die Leute, die da waren, habe ich alle gekannt. Und ein gut aussehender Mann wäre mir bestimmt aufgefallen. Es war ja schließlich Beltane.«

Sie grinste schelmisch.

Kohlbeck ging nicht darauf ein. »Wissen Sie, ob Franziska Winkler private Probleme hatte?«

»Sie meinen Selbstmord? Nein! Franzi wollte leben, mit allen Sinnen und Fasern nur leben. Sie war hungrig nach Leben.« Wilma machte eine Pause. »Andererseits – wer kann schon in die Menschen hineinschauen?«

Während Wilma Ostenried nachdenklich ihr gesticktes Schultertuch in den Händen zwirbelte, suchte Kohlbeck in ihren Unterlagen. »Kennen Sie die Frauen, die bei Ihrem Fest die Theke bedienten?«

»Theres und Lisa, die sind ein eingespieltes Team. Die machen das seit Jahren. Auf die lasse ich nichts kommen.«

***

»Und das sollen fünf Minuten gewesen sein?«, beschwerte sich Alex. Zwanzig Minuten lang hatte er im Auto gewartet, bis seine Mutter wieder aus der Redaktion kam.

Oli hatte schon eine bissige Bemerkung auf der Zunge. Dann überlegte sie es sich anders. Das Leben war viel zu kurz, um zu streiten. Sie wuschelte ihrem Dreizehnjährigen durch die Haare.

»Was hältst du davon, wenn wir jetzt erst mal Eis essen gehen und uns dann einen schönen Abend machen?«

Alex schmollte noch ein bisschen, um zu zeigen, dass er nicht so leicht beeinflussbar war. Dann bestellte er Chips und Cola, ließ sich von Oli auf Bionade herunterhandeln und forderte, dass er das Fernsehprogramm bestimmen dürfe. Oli verzog den Mund. Sie hätte wissen müssen, dass ihr Sohn andere Vorstellungen von einem schönen Abend hatte als sie. Er wollte unbedingt eine Comedyshow anschauen.

In der Kaufbeurer Altstadt waren viele Ausflügler unterwegs, die das schöne Wetter am Maifeiertag nutzten. Die Cafés hatten geöffnet und waren gut besucht. Dennoch machte die Innenstadt auf Oli einen gespenstischen Eindruck. Fast jeder dritte Laden stand leer oder hatte Schilder in den Fenstern hängen, auf denen »Räumungsverkauf« stand. Dem Einzelhandel ging es offenbar nicht gut. Viele alteingesessene Händler hatten schon längst aufgegeben, ihre Geschäfte waren durch Ladenketten und Ein-Euro-Shops ersetzt worden. Auch in der viel gepriesenen guten Stube der Stadt schritt die Deichmannisierung voran.

Als sie mit Alex im Eiscafé saß, fiel Oli der Termin morgen Abend ein. Im Stadtsaal stand eine Bürgerversammlung an, in der über das geplante Fachmarktzentrum diskutiert werden sollte. Oli konnte das Wort Fachmarktzentrum nicht mehr hören. Seit über einem Jahr wurde darüber gestritten, ob am alten Mühlbach in direkter Nachbarschaft zum Stadtzentrum eine große Shopping-Mall entstehen sollte. Würde so ein Einkaufszentrum die Altstadt neu beleben? Oder würde es den bestehenden Geschäften endgültig das Wasser abgraben? Das Für und Wider wurde in mehreren Gutachten beleuchtet, es beschäftigte den Stadtrat und füllte die Leserbriefspalten der Zeitung. Oli erwartete von der

Versammlung nichts als den Austausch altbekannter Argumente. Dennoch würde der Stadtsaal voll werden.

Eigentlich war das Leben zu schade für solche Veranstaltungen, grübelte Oli. Eigentlich war es zu schade, um es in einer kleinkarierten Stadt zu verbringen und in der Redaktion einer hausbackenen Lokalzeitung zu arbeiten. Warum vergeudest du hier deine Zeit, Oli? Was hält dich hier überhaupt? Das Leben konnte so schnell zu Ende sein, wie man an Franzi sah. Die Worte ihrer Freundin stiegen in Oli hoch: »Du bist nichts als eine unbefriedigte Kuh. Und deine griesgrämige Art lässt du an den anderen aus.« War es wirklich so? Hatte Franzi recht, und sie war dabei, eine verbitterte Zicke zu werden? Was war überhaupt der Sinn des Ganzen?

Sie schaute auf Alex, der seinen großen Eisbecher in Rekordzeit in sich reingeschaufelt hatte. Er schleckte sich die Mundwinkel ab und schaute seine Mutter fragend an. »Bin ich verschmiert?«

Oli schüttelte nur den Kopf.

Alex hüpfte von seinem Stuhl. »Wegen mir können wir gehen.«

***

Eigentlich ist das Leben auch zu schade für blöde Comedyshows, dachte Oli wenige Stunden später. Egal. Wann hatte sie schon Gelegenheit, mit ihrem Sohn auf dem Sofa zu kuscheln? Sie hatte alle weiteren Pläne für den Tag abgeblasen. Hartmut hatte angerufen, er hatte einen Anhänger für die Vespa aufgetrieben. Aber Oli hatte beschlossen, sie stehen zu lassen. Sie konnte auch bis morgen auf dem Auerberg bleiben.

Während im Fernsehen dumme Kandidaten dumme Aufgaben meistern mussten, erzählte Alex begeistert von seinem Tag bei Oma und Opa. Er war von Oma mit Schnitzel und Pommes und Kuchen verwöhnt worden und durfte danach auf Opas Computer spielen. Gestern waren sie noch einkaufen gegangen, und Opa hatte ihm ein neues Spiel für die Playstation gekauft. Oli fand das doof, verkniff sich aber einen Kommentar. Erst als sie das

Spiel sehen wollte und Alex sagte, er habe es bei den Großeltern vergessen, winkte sie misstrauisch mit den Fingern.

»Komm, zeig schon her.«

»Aber nicht schimpfen, Mama«, sagte er kleinlaut, als er ihr die Verpackung reichte.

Bereits das Monsterbild und der Titel »Dark Souls« sagten Oli alles. Stumm drehte sie die Verpackung um. Ein Kampf- und Actionspiel.

»Das ist ab sechzehn, und das weißt du auch.«

Alex verdrehte die Augen. »Mama, das spielt heutzutage jedes Baby. Ist überhaupt nicht schlimm.«

»Ich finde es schlimm, mir reicht schon das Bild vorne drauf. Ich verstehe gar nicht, wie der Opa so was kaufen konnte.«

Alex war das schlechte Gewissen anzusehen. Es war eindeutig, dass er seinen Großvater ausgetrickst hatte.

Oli tippte mit dem Finger auf das Cover. »Da steht, dass das Spiel ab sechzehn ist, das heißt, du spielst das nicht. Keine Diskussion.«

»Du bist so blöd.«

Abrupt war der schöne Abend zu Ende. Alex verzog sich auf sein Zimmer und ließ Oli mit dem Gefühl zurück, eine schlechte Mutter zu sein. Der passende Ausklang für diesen Tag, dachte Oli.

Sie war todmüde, aber an Schlaf war nicht zu denken. Mit einem Schlag überfiel sie die Trauer. Nie wieder würde sie mit Franzi zusammen sein, nie wieder mit ihr lachen und Blödsinn machen, nie wieder tiefsinnige Gespräche führen, nie wieder gemeinsam kochen, Wein trinken, Sternschnuppen zählen, träumen. Nie wieder. Von einem Moment auf den anderen war alles vorbei. Wie ein Licht, das ein ungeduldiger Gott zu früh ausgeknipst hatte. Zurück blieb nichts als Dunkelheit. Wo vorher Franzi war, war jetzt ein Schatten, den auch Olis Erinnerungen nicht erhellen konnten.

Warum nur war sie Franzi nicht sofort in den Wald gefolgt? Warum hatte sie nicht auf ihren Bauch gehört und hatte schneller reagiert? Hätte sie Franzi retten können, wenn sie besser auf sie aufgepasst hätte?

Oli wurde das Gefühl nicht los, dass sie bei der Feier etwas übersehen hatte. Irgendetwas war faul. Was war im Wald passiert? Was hatte Franzi dort gemacht? Was hatte es mit dem Italiener auf sich, der plötzlich verschwunden war? Hatte Franzi nicht von einer Ehekrise gesprochen? Hatte sie nicht wie jemand ausgesehen, der verliebt war?

Aber konnte Oli ihren Wahrnehmungen trauen? Sie hatte reichlich Maibowle und Weißwein getrunken und war nicht mehr sicher, was Beobachtung, was Einbildung, was Realität, was Rausch war.

Sicher war: Franzi hatte sich im letzten Jahr stark verändert. Sie war dieser Hexengruppe beigetreten und hatte einen spirituellen Workshop nach dem anderen besucht. Und sie hatte wie ein kleines Mädchen von diesem Guru geschwärmt. Sie wurde immer abgedrehter, erzählte von neuem Bewusstsein und neuem Körpergefühl. Andererseits schien sie auch zufriedener zu sein.

Warum um alles in der Welt nahm sie dann eine tödliche Dosis Gift? Oder war sie auf der Suche nach dem einzigartigen Trip gewesen?

»Mensch, Franzi«, schluchzte Oli, »warum hast du dir das angetan? Warum hast du mir das angetan?«

Oli weinte sich in den Schlaf, in dem sie von düsteren Träumen geplagt wurde.

# DREI

Peter Schild hatte sich tatsächlich für »Tod beim Hexensabbat« entschieden. Unter dieser Schlagzeile lieferte der Kaufbeurer Kurier am 2. Mai eine reißerische Geschichte, in der ein finsteres Fest mit archaischen Ritualen beschrieben wurde. »Kaufbeurerin stirbt bei Ritual in der Walpurgisnacht – Polizei: Gifttrunk als Todesursache« hieß es in der Unterzeile. Da es kein Foto gab, hatte Schild einfach auf ein Archivbild zurückgegriffen, das letztes Jahr beim Fasching aufgenommen wurde und eine Hexentruppe beim Tanz zeigte.

Oli war so geladen, dass sie auf dem Weg in Schilds Büro ihren Kaffee verschüttete.

»Sie starb nicht bei einem Ritual.«

»Was machen Sie hier denn für eine Sauerei«, bellte er zurück und schaute zornig auf die Tropfspur, die von der Tür zu seinem Schreibtisch führte.

»Sie starb nicht bei einem Ritual«, wiederholte Oli und stellte den Becher auf den Schreibtisch, wo sich sofort ein Kaffeefleck ausbreitete.

Eilig schob der Redaktionsleiter seine Unterlagen beiseite. »Hey, immer langsam, Oli. Erst mal guten Morgen. Ich weiß gar nicht, warum Sie sich aufregen. Das ist genau das, was Sie mir erzählt haben.«

»Das ist genau das, warum die Menschen Journalisten nicht leiden können. Weil sie die Tatsachen verdrehen und vermischen.« Oli wischte mit einem Taschentuch über Schilds Schreibtisch, was den Fleck nur noch größer machte. »Ich habe Ihnen von Ritualen erzählt, von Tänzen, Trommeln, Gesängen und so weiter. Aber das hat mit Franzis Tod nichts zu tun. Als sie starb, war sie allein im Wald.«

»Was wir nicht wissen. Auch die Kripo tappt da noch im Dunkeln – im wahrsten Sinn des Wortes.« Schild grinste schmal über sein Wortspiel.

»Das ist alles Spekulation«, schimpfte Oli. »Und das wissen

Sie genau. Davon abgesehen ist das hier«, Oli klatschte die aufgeschlagene Zeitung auf den Kaffeefleck, »eine Ansammlung von Vorurteilen. Schamanisches Fest ist gleich Spinner ist gleich Drogen ist gleich lebensgefährlich.«

»Aber genau so ist es doch, Oli.«

»Finden Sie nicht, dass das etwas zu einfach gestrickt ist?«

»Nein, das finde ich nicht. Dieser ganze Voodoo-Zauber ist gefährlich. Da wird mit den Ängsten der Menschen gespielt, da wird ihnen irgendwas vorgegaukelt und ihnen Heilung versprochen und dabei das Geld aus der Tasche gezogen.«

Schild hatte sich in Rage geredet. »Das muss man den Leuten mal deutlich sagen. Und das werde ich auch tun. Das ist unsere Aufgabe.«

Oli funkelte ihn böse an.

»Ich finde, Sie machen da ein großes Fass auf und werfen die ganze Esoterik-Szene hinein. Auf jeden Fall sind Pauschalurteile und das Transportieren von Intoleranz nicht unsere Aufgabe.«

»Seit wann verteidigen Sie eigentlich die Eso-Szene?«

»Es gibt viele Sachen, die hilfreich sind oder zumindest harmlos. Man soll den Menschen ihren Glauben lassen, das machen wir bei den Kirchen ja auch so. Ob jemand an den Heiligen Geist glaubt oder an das Universum, ist ja nun kein großer Unterschied.«

»Das ist ja wohl ziemlich naiv, Oli. Sie haben doch selbst erlebt, wozu so ein Irrglaube führen kann. Wenn Menschen dabei sterben, kann man das doch nicht mehr als harmlos bezeichnen.«

»Franziska Winkler ist nicht deshalb gestorben, weil sie an Hexen geglaubt hat.«

»Sondern?«

»Sondern weil sie vergiftet wurde.«

»Heißt das, wir sprechen jetzt von einem Mord?«

»Ich habe keine Ahnung, wie Franzi an das Gift gekommen ist. Vielleicht war es ein Versehen, oder sie hat etwas ausprobiert oder –«

»Oder jemand hat ihr absichtlich was in den Tee getan.«

»In die Maibowle. Das wird Ihnen Hauptkommissarin Kohlbeck bestimmt beantworten können. Oder Sie fragen Ihren Freund, den Marshall.«

»Wenn Sie den Kripochef Horst Ellhofer meinen, der steht bereits auf meiner Liste. Bin mal gespannt, was er zu Ihrer Mordtheorie sagt.«

Oli hätte sich ohrfeigen können. Warum konnte sie nur nicht ihre Klappe halten. Sie wusste genau, wie es nun weiterging. Schild würde den Kripochef anrufen, der würde sagen, die Polizei ermittle in alle Richtungen, und Schild würde morgen daraus eine Mordgeschichte zusammenbrauen.

Sie blies die Luft aus. »Auf jeden Fall brauche ich heute frei.«

Schild blickte von seinem versauten Tisch auf. »Sie können nicht freinehmen. Wir ersticken in Arbeit.«

»Ich habe meine beste Freundin verloren. Ich bin einfach völlig fertig und muss mich erst mal um mich kümmern.«

Als Schild nicht reagierte, fügte Oli hinzu. »Ich kann mir auch ein Attest holen.«

Frustriert winkte er ab. »Okay, gehen Sie nach Hause. Aber mit dem Termin heute Abend können Sie mich nicht hängen lassen.«

Oli stöhnte auf. »Ach, dieses blöde Fachmarktzentrum.«

Schild nickte. Er wirkte auf einmal niedergeschlagen. »Wir haben sonst niemanden.«

Sie nahm ihren Kaffee. Schild starrte traurig auf seine Schreibtischplatte. Wenn das so weitergeht, dachte Oli, dann ist er der nächste Burn-out-Kandidat.

***

Der Fiat Kombi fuhr nur auf drei Töpfen, aber er fuhr. Oli hatte ihn von Dirk ausgeliehen. Dirk Jacobi wurde von seinen Freunden Klabauter genannt. Er wirkte wie ein Seebär auf Landgang und pflegte dieses Image. Dazu gehörte nicht nur sein Hamburger Slang, sondern auch sein unerschöpflicher Vorrat des Hamburger Kiezbiers »Astra«. Außerdem war er der einzige bekennende HSV-Fan in Kaufbeuren, wenn nicht sogar im ganzen Allgäu. Dirk hatte die Werkstatt neben Olis Schmiede gemietet und versuchte dort, seinen morschen Einmaster wieder auf Vordermann zu bringen.

Die »Schmiede« war Olis Rückzugsort vor allen Wirren des

Alltags. Die Gewerbehalle stand in direkter Nachbarschaft zu ihrer Wohnung, sodass sie bequem von ihrer Terrasse in die Werkstatt gehen konnte. Hier schraubte Oli seit Jahren an ihrer betagten Vespa herum und hatte den Schrotthaufen Zug um Zug wieder zu einem fahrbereiten Roller aufgebaut.

Bedingt fahrbereit, um genau zu sein. Frust und Freude waren in jedem Teil dieser Vespa Grand Sport aus dem Jahr 1961 eingebaut. Diese Gefühlsmischung erfasste Oli wieder, als sie ihren silbergrauen Oldtimer nun auf dem Auerberg-Parkplatz stehen sah. In die Wiedersehensfreude mischte sich ein kräftiger Schuss Wut. Es ist zum Heulen, wie viel Geld und Arbeit ich in das Ding investiert habe, dachte Oli. Und wer weiß, was jetzt wieder kaputt ist.

Eine bekannte Stimme holte sie aus den trüben Gedanken.

»Helfen?«

»Yasin! Schön, dich zu sehen. Hältst du hier Wache für meine alte Mühle?«

Yasin hatte tatsächlich auf die Vespa aufgepasst. Er erzählte Oli, dass im Laufe des Tages immer wieder Männer an der Maschine gestanden und sie bewundernd gemustert hätten. Für Oli war das nichts Besonderes. Sie war es gewohnt, dass der Oldtimer Aufmerksamkeit erregte. Sie hatte sich schon öfter dabei erwischt, dass sie eifersüchtig war, weil die gut fünfzig Jahre alte Vespa mehr Blicke auf sich zog als die Fahrerin.

Während Yasin ihr beim Aufladen half, wollte er wissen, was denn vorgestern Nacht los gewesen sei, weil so viel Polizei da war. Oli erzählte ihm von dem Fest, wobei es nicht einfach war, ihm zu erklären, was ein Hexentanz zur Walpurgisnacht war. Eine Tradition? Ein Ritual? Eine Party? Ein bisschen was von allem.

Auf jeden Fall sei dabei ihre Freundin gestorben.

Yasin schaute Oli mit großen Augen an.

»Sie hat sich vergiftet«, sagte Oli und fügte leise hinzu: »Oder sie wurde vergiftet.«

Yasin wiegte nachdenklich den Kopf.

»Viele Menschen unterwegs in der Nacht.«

»Das kannst du laut sagen. Die Leute rannten andauernd durch den Wald.«

»Komischer Mann war hier«, sagte Yasin.

»Ein komischer Mann? Wo?«

Yasin erzählte, dass er in der Nacht einen Mann beobachtet hatte. Er habe sein Auto unten auf einem Feldweg geparkt und sei zu Fuß unterwegs gewesen. Dabei habe er sich verdächtig verhalten.

»Wann war das?«, wollte Oli wissen.

»Nach zwölf.«

Yasin hatte um Mitternacht Dienstschluss im Gasthaus und war zu Fuß nach Hause gegangen. Dabei war ihm der Mann vom Berg herunter entgegengekommen. Yasin hatte sich hinter Büschen versteckt und ihn vorbeigelassen. Dabei war ihm aufgefallen, dass der Mann sich bewegte wie jemand, der nicht gesehen werden wollte. Vor allem wunderte sich Yasin, warum jemand mitten in der Nacht sein Auto versteckt an einem Feldweg parkte und zu Fuß den Berg hoch- und wieder runterlief.

»Warum bist du so misstrauisch?«

»Ich war im Krieg«, antwortete Yasin, und sein freundliches Gesicht verschloss sich.

»Hast du der Polizei davon erzählt?«

Yasin schüttelte den Kopf. Er hatte sich angewöhnt, mit Menschen in Uniform so wenig wie möglich zu sprechen.

»Hast du gesehen, was für ein Auto es war? Oder das Kennzeichen?«

Wieder ein Kopfschütteln. Yasin konnte nur sagen, dass der Mann schlank und nicht sehr groß war.

***

Kriminaloberrat Horst Ellhofer machte an diesem Vormittag seinem Spitznamen »Marshall« alle Ehre. Breitbeinig marschierte er in den Konferenzraum der Polizeiwache und schaute so finster, als würde er auf der Straße von Santa Fe Billy the Kid persönlich gegenübertreten. Dabei trug er allerdings keinen Revolver, sondern lediglich eine Cola in der Hand. Er stellte die Flasche kraftvoll auf den Konferenztisch.

»Dieser Schild macht mich noch mal wahnsinnig.«

Während Susanne Kohlbeck nervös von ihrem Stuhl sprang,

blickte Ewald Dahlen nur kurz hoch. Er kannte die Auftritte seines Chefs und ließ sich davon selten aus der Ruhe bringen.

»Sie wissen doch, morgen wird die nächste Sau durchs Dorf getrieben«, sagte Dahlen gelassen.

»Nur dass wir morgen diese Sau sein werden«, erregte sich Ellhofer. »Der Schild hat sich in den Kopf gesetzt, dass unsere Auerbergleiche ein Mordfall ist.«

»Und woher hat der Herr Chefredakteur seine Erkenntnisse?«, fragte Dahlen.

»Das kann ich Ihnen schon sagen«, fauchte Kohlbeck. »Olivia Austin hat ihm diesen Floh ins Ohr gesetzt. Die werde ich mir vorknöpfen.«

»Tun Sie das«, sagte Ellhofer. »Meinen Segen haben Sie. Ein bisschen Druck kann nicht schaden, wenn unsere Zeugin meint, sie müsse die Berichterstattung steuern.«

»Zeugin und Verdächtige«, fügte Kohlbeck hinzu.

»Das wird ja immer besser«, schimpfte Ellhofer. »So, und jetzt will ich alle Details. War es Mord?«

Kohlbeck und Dahlen schauten sich an und wiegten synchron die Köpfe.

Eine halbe Stunde später war Ellhofer instruiert und kratzte sich missmutig an der Stirn. »Das heißt?«

»Das heißt, wir haben keinen Hinweis auf Mord«, sagte Dahlen. »Aber wir können es im Moment auch nicht ausschließen.«

Ellhofer blickte auf Kohlbeck, die im Raum auf und ab lief.

»Meiner Meinung nach spielt die Austin ein falsches Spiel«, sagte die Kommissarin. »Die Geschichte vom großen Unbekannten, irgendein obskures Fläschchen, damit lenkt sie nur davon ab, dass sie tiefer in der Sache drinsteckt, als sie zugibt. Wenn Sie mich fragen, hat sie etwas mit der Giftgeschichte zu tun.«

Sie kam zum Tisch zurück und blätterte in den Unterlagen. »In einem Punkt hatte Frau Austin allerdings recht. Sie vermutet, dass ihre Freundin an dem Abend eine Männergeschichte laufen hatte. Wir haben nun den endgültigen Bericht der Pathologie: Franziska Winkler hatte kurz vor ihrem Tod Sexualverkehr. Es liegen keine Anzeichen für eine äußere Gewalteinwirkung oder eine Vergewaltigung vor.«

Ellhofer schnaubte unzufrieden. »Weiß ihr Mann davon?«
Kohlbeck schüttelte den Kopf.

***

Joscho trug eine schwarze Tunika, was ihm das Flair eines arabischen Magiers gab. Ihm schien diese Farbe wohl wegen des Todesfalls angemessen. Er begrüßte Ewald Dahlen mit einem kräftigen Händedruck und einem festen Blick in die Augen.

»Herr Kommissar, Sie trainieren viel. Und Sie trainieren falsch.«

Dahlen war baff. »Wie bitte?«

»Entschuldigen Sie, ich mische mich da nicht ein. Aber ich sehe, dass Sie im roten Bereich arbeiten. Das ist nicht gut. Und wenn schon, dann müssen Sie Ihren Körper unterstützen. Sie brauchen dringend Zink, Eisen und Chrom, am besten eine Kraftnahrung, die bekommen Sie übrigens sehr günstig bei –«

Dahlen unterbrach ihn. »Herr Brutscher, ich bin nicht wegen meiner Ernährung bei Ihnen, sondern wegen des Todesfalls von heute Nacht.«

»Joscho. Nennen Sie mich bitte Joscho.«

»Wie gut kannten Sie Franziska Winkler, die heute Nacht ums Leben kam?«

»Wie gut kann man einen Menschen kennen, Herr Kommissar?«

Er wandte den Kopf ab und schaute nachdenklich aus dem Fenster. Dahlen überlegte, was der Mann wohl sah.

Joschos Stimme bekam eine melancholische Färbung. »Franzi ist seit etwa einem Jahr bei uns, besuchte viele Workshops und arbeitete in ihrer Freizeit immer wieder ehrenamtlich im Akasha-Zentrum mit. Ja, sie ist mir sehr vertraut.«

»War«, korrigierte Dahlen.

»Nein, ist. Sie ist mir nach wie vor vertraut. Ihr Geistwesen ist und bleibt hier und begleitet uns. Vielleicht verstehen Sie das nicht, aber von Sterben und Tod haben wir hier eine andere Auffassung. Das liegt daran, dass wir mehr in den Menschen sehen als nur das Körperliche.«

Dahlen versuchte, das Geschwafel zu ignorieren. Aber der Typ ging ihm zusehends auf die Nerven.

»Zeugen haben berichtet, dass Sie und Frau Winkler zusammen in den Wald gingen. Können Sie mir sagen, was Sie dort getan haben?«

»Wir haben ein Ritual durchgeführt. Sie müssen wissen, es waren äußerst gegensätzliche Energien in Aktion. Auf der einen Seite das Helle, Freudvolle von Beltane, auf der anderen das Finstere, Beklemmende des Neumonds.«

»Aha«, sagte Dahlen. »Und wie muss ich mir so ein Ritual vorstellen?«

Joscho warf sich in die Pose des Lehrmeisters. »Ein einfaches Schutzritual. Ein Bannkreis, um die dunklen Geister abzuhalten, ein wenig Räucherwerk, eine kleine Lichtmeditation – wie gesagt, nur etwas Kleines.«

»Das Schutzritual scheint ja nun nicht wirklich geholfen zu haben.«

»Ihren Sarkasmus können Sie sich sparen, Herr Dahlen.« Joschos Augen funkelten zornig. »Ich kann mir auch nicht erklären, was passiert ist. Und ich bin zutiefst betroffen. Aber wir Menschen können nicht alles kontrollieren.«

Nun war es Dahlen, der aus dem Fenster schaute. Sein Blick wanderte über den Innenhof. Er kannte das Gelände am Rande von Neugablonz noch aus den Zeiten, als hier eine kleine Gärtnerei arbeitete. Zuletzt rackerte sich hier nur noch das alte Besitzerpaar ab und gab den Laden schließlich vor ein paar Jahren auf. Wohn- und Lagergebäude sowie das Gewächshaus waren in einem desolaten Zustand gewesen. Jetzt waren die Dächer saniert, die Gebäude schick hergerichtet, viel Holz und Glas bestimmten die Fassaden. Das Gewächshaus war neu. Der frühere Verkaufsraum war nun ein vegetarisches Café. Insgesamt machte das Zentrum einen einladenden, sauberen und wohlhabenden Eindruck. »Scheint ja alles gut zu laufen hier«, murmelte Dahlen.

»Wie bitte?«

Dahlen räusperte sich. »Ist Ihnen im Wald irgendetwas aufgefallen? Oder an Frau Winkler, etwa ihr Verhalten oder sonst etwas?«

»Es war ziemlich viel los im Wald. Sie wissen schon, Beltane, da knistert die Luft. Aufgefallen ist mir nichts. Franziska war wild und lebendig wie immer.«

»Wann haben Sie Frau Winkler zuletzt gesehen?«

»Als wir nach dem Ritual zum Platz zurückkamen, stürzte sie sich auf ihre Freundin, mit der sie wohl vorher Streit hatte. Was die beiden besprochen haben, kann ich Ihnen nicht sagen. Ich habe nur gesehen, dass Franziska danach allein im Wald verschwunden ist. Keine Ahnung, was sie dort getan hat. Ich war während der Zeit auf dem Kraftplatz.«

Dahlen wechselte das Thema. »Nehmen Sie eigentlich Drogen?«

»Schon seit vielen Jahren nicht mehr.«

»Und die Teilnehmer Ihrer Workshops?«

»Ich rate den Leuten davon ab. Es gibt keine bessere Droge, als sich mit dem Licht zu verbinden. Aber ich weiß natürlich nicht, was die Leute privat machen.«

»Es wird erzählt, dass Sie eine Art Medizin an die Teilnehmer abgeben.«

»Sie meinen unser Arkanum. Das nimmt jeder hier. Es ist unsere hauseigene Entwicklung. Eine Mischung, die wir für jeden individuell herstellen. Das hat mit Drogen nichts zu tun.«

Joscho stand auf, holte ein kleines braunes Fläschchen von seinem Schreibtisch und reichte es Dahlen.

»Der Trägerstoff ist Wasser plus ein wenig Alkohol für die Haltbarkeit. Man könnte es eher mit einem homöopathischen Mittel oder Bachblüten vergleichen. Wenn Sie wollen, mische ich Ihnen auch eins.«

»Hatte Frau Winkler auch so ein Mittel?«

»Selbstverständlich.«

»Sie hat angeblich Tropfen aus einem braunen Fläschchen genommen, bevor sie in den Wald ging.«

»Das ist durchaus möglich. Aber wie gesagt, es ist vollkommen ungefährlich.«

»Was hat es denn für einen Zweck?«

»Ich weiß nicht, ob Sie das verstehen.«

»Ich versuche es.«

»Es verbindet uns. Mit uns selbst, mit den Mitmenschen, mit dem Planeten, mit dem Universum, mit dem Licht, mit dem Göttlichen, wenn Sie so wollen.«

Joscho schaute auf die Uhr. »Apropos. Sie entschuldigen mich, ich muss mich um meinen nächsten Kurs kümmern.«

Joscho begleitete den Kommissar bis zum Auto. Dort drehte sich Dahlen um. »Wer war eigentlich der Mann, mit dem Sie sich auf dem Fest in der Walpurgisnacht unterhalten haben?«

Joscho war die Überraschung ins Gesicht geschrieben. Bevor er etwas sagen konnte, hakte Dahlen nach:

»Dieser südländische Typ in der Lederjacke. Sie erinnern sich doch bestimmt.«

Joscho hob die Hände und machte ein betrübtes Gesicht. »Keine Ahnung, wen Sie meinen. Es waren so viele Menschen, so viele Gespräche. An einen Mann in Lederjacke kann ich mich nicht erinnern.«

Als Dahlens Auto aus der Einfahrt verschwunden war, zog Joscho das Handy aus der Tasche und wählte eine Nummer.

***

Es war immer wieder erstaunlich, welche Mengen ein Dreizehnjähriger in sich reinstopfen konnte. Oli saß ihrem Sohn gegenüber, der bereits ein halbes Blech Pizza vertilgt hatte und bei dem noch immer keine Anzeichen von Sättigung erkennbar waren.

»Ich frage mich, wo du das alles hinisst.«

»Mpf ab alg Hunger«, mümmelte Alex vorwurfsvoll.

Oli grinste. »An deinen Manieren könntest du aber noch arbeiten, mein kleines Schweinchen. Wenn du nächste Woche im Schullandheim genauso spachtelst, bekommst du einen Einzeltisch.«

»Is mir doch egal.« Er angelte sich das nächste Stück.

»Was sollen dann bloß die Mädchen von dir denken?«

»Mädchen?«

»Ja, das sind die mit den längeren Haaren – meistens. Und auch sonst gibt's noch ein paar Unterschiede.«

Alex grinste so breit, dass die zerkaute Pizza aus seinem Mund quoll.

Oli wandte sich entrüstet ab. »Pfui, du bist eklig.«

Als sie den Tisch abräumte, blätterte Alex in der Programmzeitschrift.

»Mama, wenn ich meinen eigenen Fernseher hätte, müssten wir uns nicht immer über das Programm streiten. Dann könntest du immer anschauen, was du willst.«

»Ein eigener Fernseher in deinem Zimmer? Kommt überhaupt nicht in Frage.«

»Aber alle haben einen. Der Basti, der Tobi, die Lena, sogar die Laura, und da sind die Eltern sonst total streng.«

»Dann würde ich dich gar nicht mehr zu Gesicht kriegen. Und du hättest jeden Morgen viereckige Augen.«

»Ach komm, Mama. Die sind heute auch gar nicht mehr teuer. Ich zahl auch was von meinem Taschengeld dazu.«

Olivia baute sich mit verschränkten Armen vor ihrem Sohn auf. »Nein. Ein ganz klares Nein.«

»Du bist so fies.«

Alex verzog sich schmollend in sein Zimmer. Nach zehn Minuten kam er wieder, das Telefon in der Hand.

»Darf ich am Wochenende zu Oma und Opa?«

Oli musterte ihn kritisch. »Seit wann bist du denn so scharf darauf, zu deinen Großeltern zu gehen?«

»So halt.«

»Hast du mit ihnen schon gesprochen?«

Alex nickte. Oli kniff ein Auge zu. »Nicht, dass du mir die ganze Zeit vor der Glotze oder vor dem Computer sitzt. Aber es trifft sich ganz gut. Ich wollte nämlich mit Hartmut in die Berge.«

»Wieso mit Hartmut? Ist der denn da?«

»Er macht ein paar Tage Urlaub im Allgäu.« Es klang wie »Er macht Urlaub auf einer bolivianischen Müllhalde«.

Alex überhörte den schnippischen Unterton. »Dann kommt er doch bestimmt bei uns vorbei?«

»Kann sein.«

»Heute Abend?«

»Keine Ahnung, er hat sich noch nicht gemeldet.«

»Kann ich ihn anrufen, Mama? Er muss heute Abend kommen. Weil, danach bin ich ja bei Oma und Opa und dann im Schullandheim.«

Oli lächelte. »Du hast einen Tomatenmund.«

Schnell wischte Alex mit dem Ärmel über sein Gesicht.

Oli rollte mit den Augen. »Ja, meinetwegen, ruf ihn an.«

***

Das Haus der Winklers lag in einer ruhigen Wohnstraße im Süden von Neugablonz. Eine Gegend, die in den sechziger Jahren eilig bebaut wurde. Der Bannwald, der den Stadtteil von Kaufbeuren wie ein grüner Ring umgab, war gleich hinter dem Garten. Im Vergleich zum Zentrum von Neugablonz – wenn man überhaupt von einem Zentrum sprechen konnte – war es hier ein grünes Paradies. Dennoch schien es Oli, als würde das Grau der Nachkriegsblocks und der Gewerbegebiete bis hierher abfärben.

Franzi hatte nach dem Tod ihrer Eltern zusammen mit ihrem Mann ihr Elternhaus übernommen und den Nachkriegsbau in ein lichtes, elegantes Haus verwandelt.

Für Oli war es eine Zeitreise in die Kindheit. Einen Straßenzug weiter war sie in einem Reihenhaus aufgewachsen.

Damals war Neugablonz der Nabel der Welt gewesen. Ein großer Abenteuerspielplatz, den sie zusammen mit Franzi mehr und mehr eroberte. Zuerst zu Fuß von Haustür zu Haustür, dann mit dem Roller durch das Wohngebiet, dann mit dem Fahrrad durch alle Ecken des Stadtteils.

Für sie war es eine heile Welt gewesen. Oli wusste, dass das nicht stimmte. Neugablonz war ein armes Viertel, ein unansehnliches noch dazu. Die Bewohner wurden in den achtziger Jahren immer noch als Flüchtlinge bezeichnet. Dabei waren die Vertriebenen aus dem Sudetenland, die diesen Ort aufgebaut hatten, damals bereits seit vierzig Jahren hier.

Das Vorurteil gegenüber Neugablonz hatte sich bis heute gehalten. Wobei es heute nicht mehr die Heimatvertriebenen waren, über die gelästert wurde, sondern die vielen Nationalitäten, die sich hier angesiedelt hatten, Türken, Russen, Asiaten, Bewohner aus dem Balkan. Neugablonz war ein echter Multikultistadtteil. Es gab Ecken, in denen wurde mehr Russisch oder Türkisch als Deutsch gesprochen. In Olis Kindertagen war es Paurisch, der Dialekt, den die Vertriebenen aus dem Sudetenland mitgebracht hatten und der sich für die einheimischen Allgäuer ungefähr so fremd anhörte wie Türkisch.

Als Oli vor der Haustür stand, war sie wieder das Kindergartenkind, das aufgeregt bei der besten Freundin klingelte. Es verging damals kaum ein Tag, an dem sie nicht miteinander spielten. Auch als Jugendliche klebten sie ständig zusammen, teilten ihre Herzensgeschichten, neue Liebhaber und den Liebeskummer.

»Ist die Franzi da?« Diese Frage würde sie nun nie wieder stellen.

Manfred Winkler brauchte eine ganze Weile, bis er an die Tür kam. Seine Gesichtsfarbe unterschied sich kaum von der Wand neben ihm. Tiefe Augenringe und eine rote Nase zeugten davon, dass er wenig geschlafen und viel getrunken hatte. Wortlos nahm Oli ihn in den Arm.

»Es tut mir so leid, Manfred.«

Oli ließ ihren Tränen freien Lauf. Auch er heulte stumm. Dann fasste er sie am Arm und führte sie ins Wohnzimmer.

»Schön, dass du vorbeischaust, Oli.«

Sie blickte sich um und hatte das Gefühl, dass Franzi gleich lachend um die Ecke kommen würde. Das ganze Haus war von ihr geprägt. Sie, die Architektin, hatte die Bilder ausgesucht, die Topfpflanzen, die Möbel, die Lampen. Es war modern und behaglich zugleich. Im letzten Jahr waren einige Buddhastatuen, Gebetsfähnchen und Räucherstäbchen hinzugekommen. Hier hätte man eine schöne Fotoreportage für eine dieser neuen Landhaus-Zeitschriften machen können.

Oli hatte mit Manfred nie viel anfangen können. Er war Programmierer und Webdesigner und verbrachte seine Tage vor dem Bildschirm, ohne die normale Welt zu vermissen. Oli hatte sich oft gefragt, wie Franzi es mit diesem Typen aushielt. Aber jetzt saß nur ein Häufchen Elend vor ihr. Den Kopf in die Hände gestützt, seine Finger massierten das bleiche Gesicht.

»Ich verstehe das nicht«, sagte er.

Oli seufzte. »Ich auch nicht. Es war so ein schöner Abend. Franzi war gut drauf. Wir hatten Spaß zusammen. Und irgendwann ist sie im Wald verschwunden und nicht wiedergekommen.«

»Hast du sie gefunden?«

Oli nickte. »Aber da war sie schon …« Ihre Stimme brach.

Aus der Küche tickte die Uhr wie eine leise Erinnerung an die verrinnende Zeit. Manfreds Schweigen füllte den Raum und machte die Luft schwer. Oli konnte kaum atmen. Sie flüchtete auf die Terrasse, um eine zu rauchen.

Der Garten war ein Paradies. In Hochbeeten waren Gemüse und Salat angepflanzt, daneben standen Inseln mit Wildblumen, eine Kräuterspirale und ein kleiner Tümpel, aus dem eine Fontäne sprudelte. Franzis grüner Daumen. Sie brauchte Pflanzen nur anzusehen, und schon gediehen sie.

Wie oft war sie hier mit Franzi gesessen. Sie hatten Wein getrunken, dem Käuzchen im nahen Wald gelauscht, sie hatten sich ihre Sorgen erzählt, ihre Sehnsüchte, den neuesten Klatsch, einfach alles. Wirklich alles? Hatte Franzi Geheimnisse, die sie nicht teilte? Gab es eine dunkle Seite, von der Oli nichts ahnte?

Manfred erschien und brachte ihr ein Glas Wasser. Er blinzelte in die Sonne wie ein Maulwurf nach einem langen Winter.

»Warum bist du eigentlich nicht mitgekommen?«, fragte Oli.

»Du weißt doch, ich hab's nicht so mit dem Zeug. Mir ging's an dem Abend auch nicht gut. Ich hab 'ne Tablette genommen und bin ins Bett.«

»Franzi hat sich verändert im letzten Jahr.«

Manfred runzelte die Stirn. »Findest du? Mir ist nichts aufgefallen. Klar, sie war oft bei den Kursen und hat auch in dem Zentrum hier mitgeholfen.« Er machte eine Kopfbewegung Richtung Norden. »Aber das war eben ihr Hobby. So wie andere stricken oder Spanisch lernen.«

»Mir hat sie in letzter Zeit ständig von Lichtreisen und Bewusstseinsarbeit erzählt. Ich fand das immer ein bisschen … wie soll ich sagen … schräg. Aber ich habe das Gefühl gehabt, dass sie zufriedener ist.«

Manfred zuckte mit den Schultern. »Kann schon sein. Mich hat das alles nicht interessiert.«

»Sag mal, hat Franzi irgendwelche Drogen genommen?«

»Komisch, das hat mich die Polizei auch gefragt. Nein, sie hat nichts genommen. Du müsstest das doch wissen. Ihr habt doch ständig zusammengesteckt.«

»Ich meine, in diesen Workshops wird doch allerhand Zeug ausprobiert.«

»Keine Ahnung. Franzi hat da nie etwas erzählt. Und mir ist auch nichts aufgefallen.«

Oli musste an ihr Gespräch mit Franzi denken: »Manfred würde es nicht mal merken, wenn ich nackt am Frühstückstisch sitzen würde«, hatte sie gesagt. Sie betrachtete diesen Mann, der in den Garten starrte und nichts von der Pracht wahrnahm. Sei nicht ungerecht, Oli, er hat soeben seine Frau verloren.

***

Als Oli in ihr Auto stieg, schien es ihr, als habe sich die Farbe der Welt verändert. Die Pastelltöne ihrer Kindheitserinnerungen waren verschwunden. In der Nachmittagssonne wirkte der Stadtteil nackt und hart. Oli hatte ein dumpfes Gefühl in der Magengrube. Und dieses Gefühl war nicht durch Franzis Tod ausgelöst. Oli fragte sich, ob Manfred wirklich trauerte. War er wirklich so unterkühlt, oder baute er nur eine Fassade auf, um sich zu schützen?

Franzi hatte begonnen, grundlegende Fragen zu stellen. Wer bin ich? Woher komme ich? Wohin gehe ich? Und was gibt diesem Dasein einen Sinn? Und ihr Mann sprach von einem Hobby wie Stricken oder Spanischlernen.

Spontan beschloss Oli, beim Akasha-Hof vorbeizufahren. Vielleicht wusste man dort mehr über die neue Franzi zu sagen. Oli war schon ein paarmal zusammen mit Franzi im »Café Feinstoff« gewesen, dem vegetarischen Lokal, das der Akasha-Hof betrieb. Für den Rest der Anlage hatte sich Oli nie interessiert. Ihr schoss der Gedanke durch den Kopf, dass sie nicht besser war als Manfred, dass auch sie Franzis Veränderungen nicht ernst genommen hatte.

Das Wort »Akasha-Hof« war in großen bunten Buchstaben auf ein Holzbrett gemalt, das die Toreinfahrt überspannte. Die Verbindung von »Akasha« und »Hof« sollte die östliche Philosophie mit dem Allgäu verknüpfen, hatte Franzi ihr mal erklärt. Akasha war das Sanskrit-Wort für Äther, für den unbegrenzten Raum, Hof stand für Bauernhof, Landwirtschaft, Allgäuer Idylle. Oli konnte weder etwas von Äther noch von Idylle spüren, als sie in den Innenhof fuhr. Dort stapelten zwei Männer gerade grüne Boxen in einen Lieferwagen. Die wöchentliche Auslieferung der Gemüsekisten wurde vorbereitet. Für neunzehn Euro konnte man sich jede Woche eine bunte Gemüsemischung ins Haus liefern lassen.

Die Zahl der Abonnenten stieg kontinuierlich. Die Gemüsekisten waren eines der Standbeine der spirituellen Gemeinschaft, die hier vor ein paar Jahren eingezogen war. Die Gruppe hatte das aufgelassene Betriebsgebäude am Rande von Neugablonz gekauft und dort nicht nur die Gärtnerei wieder zum Leben erweckt, sondern ein geräumiges Seminarzentrum errichtet. Vor einem Jahr kam noch das »Café Feinstoff« hinzu. Das gemütliche Lokal bot täglich günstige Mittagsgerichte und wurde mittlerweile von den Leuten, die in den Gewerbegebieten rundherum arbeiteten, wie eine kleine Kantine angenommen.

Das Herz des Zentrums befand sich in der ehemaligen Lagerhalle der alten Gärtnerei. Dort waren zwei große Seminarräume und mehrere Schlafräume für die Teilnehmer eingerichtet. Franzi hatte dort eine Reihe von Kursen besucht und war mehr und mehr begeistert gewesen. Sie hatte Franzi stets mit den aktuellen Flyern des Zentrums versorgt. Diesen konnte man entnehmen, dass das Angebot alles umfasste, was ein sinnsuchender Mensch brauchte. Coachings und Lebensberatung, Lichttherapie und Aura-Heilung, Reiki und Tantra-Kurse, Engelmeditation und Chakra-Heilung. Titel der Workshops lauteten etwa »Erweitere dein Bewusstsein«, »Lass Selbstliebe in dein Leben«, »Aus der Angst ins Licht«, »Glücklich mit dem Universum« oder »Verbindung zum Göttlichen«. Aktuell hatte der Akasha-Hof Seminare gegen Burn-out im Programm. Das reichte von Karma-Auflösung bis hin zu Schwitzhütten für Manager.

Das wäre mal was für meinen Chef, dachte Oli. Aber vorher müsste man bei Peter Schild eine Klischee-Austreibung machen oder noch besser Auspeitschung. Oli schüttelte sich bei dem Gedanken an ihren wohlbeleibten Redaktionsleiter in der Schwitzhütte.

Sie ging zu den beiden Männern am Lieferwagen und fragte, an wen sie sich wenden könnte, wenn sie sich für die Kurse des Akasha-Hofes interessierte. Der ältere der beiden schaute sie an wie einen Eindringling. Er stand leicht nach vorne gebeugt wie jemand, der viel in gebückter Haltung arbeitete oder schwer heben musste. Olis erster Gedanke war: Der könnte auch als Gnom in »Herr der Ringe« mitspielen. Sein Kopf war zu groß für den kleinen Körper, seine breiten Hände hingen wie vergessene Schaufeln an den sehnigen Armen. Das Auffälligste aber war sein Teiggesicht. Es passte überhaupt nicht zum hageren Rest der Gestalt. Oli war sicher, wenn sie einen Finger auf die Wange dieses Mannes drückte, würde eine Delle zurückbleiben.

»Dort ist die Anmeldung. Am besten fragen Sie Mohini«, sagte er mit schnarrender Stimme. Er zeigte mit seiner Schaufelhand auf ein zurückgesetztes Häuschen, aus dem soeben eine Frau trat.

Anmutig schwebte sie auf Oli zu.

»Herzlich willkommen, ich bin Mohini. Aber du kannst mich gerne Mo nennen, das tun alle hier.«

Ihre Stimme war so warm wie ihre Hand. Oli schaute sich noch einmal um zu dem seltsamen Kauz am Lieferwagen. Mohini folgte ihrem Blick.

»Das ist Anton, unser Gärtner. Viele Leute erschrecken sich vor ihm. Aber er ist ein lieber Kerl. Er hat eine grüne Seele. Man hat das Gefühl, er muss eine Pflanze nur anschauen, schon gedeiht sie.«

»So wie Franzi«, sagte Oli.

»Franzi? Meinst du Franzi Winkler?«

»Ja, sie war meine Freundin. Sie hat mir viel erzählt vom Akasha-Hof. Ich dachte, ich muss einfach mal …« Oli wusste nicht weiter. Was wollte sie eigentlich hier? »Es war so eine spontane Eingebung«, sagte sie entschuldigend.

»Ich habe das von Franzi gehört. Eine schreckliche Geschichte. Es tut mir so leid. Wir trauern alle um sie.«

Mohini führte Oli ins Büro. Selbst in ihrer Pluderhose und mit braunem Pulli wirkte diese Frau elegant. Sie war feingliedrig und groß, trug die dunklen Haare kurz. Und sie roch angenehm erdig nach Patchouli. Mohinis braune Augen strahlten eine Wärme aus, in der man sich sofort zu Hause fühlte.

Bei einer Tasse Tee erzählte Mohini, dass Franzi im letzten Jahr immer mehr in die Gemeinschaft hineingewachsen sei. Von Franzis ehrenamtlicher Arbeit in der Küche und im Restaurant, vor allem aber in der Gärtnerei. Sie habe sich mit Anton bestens verstanden. Zwei grüne Daumen unter sich. Wobei Franzi von allen gemocht wurde. Ihre Fröhlichkeit und die lebenslustige Art wirkten ansteckend.

»Sie war ein Sonnenschein, eine sehr alte Seele, ein oranges Leuchten, wenn du verstehst.«

Oli verstand nichts, aber sie nickte.

Mohini stand auf. »Komm, ich führe dich rum. Und ich zeige dir was.«

Mo führte Oli in den großen Seminarraum im Langhaus. Dort stand ein kleiner Altar mit einem Buddha und anderen Figuren, die Oli nicht kannte. Räucherstäbchen verströmten einen süßen Duft. Unter dem Buddha war ein Foto von Franzi aufgestellt, daneben brannte eine orange Kerze.

»Wir beten für sie«, sagte Mo.

Das Foto war ein Schnappschuss, der offenbar im Gewächshaus entstanden war. Franzi trug eine grüne Schürze, hatte das Hemd hochgekrempelt und grinste schelmisch in die Kamera. Oli schossen die Tränen ins Gesicht.

Mitfühlend legte Mo ihr eine Hand auf die Schulter. »Wenn du willst, lass ich dich gerne für einen Moment allein.«

Oli schüttelte nur stumm den Kopf und schnäuzte sich kräftig.

***

Die nächste halbe Stunde ließ sich Oli von Mo die Anlage zeigen. Die Gemeinschaft war ganz offensichtlich wohlhabend. Häuser, Gärten und Wege waren hergerichtet und sauber. Die Einrichtung war modern und teuer. Oli musste ihr Vorurteil von der schmuddeligen Hippiekommune revidieren. In diesem Laden wurde offensichtlich Geld verdient.

Wie zwei alte Freundinnen spazierten Oli und Mo durch den Akasha-Hof. Im Gewächshaus trafen sie wieder auf Anton, der sich gerade liebevoll um die Tomaten kümmerte. Misstrauisch beäugte er die Besucherinnen. Als Oli die Hand nach den Setzlingen ausstreckte, rief er laut: »Nein!«

Erschrocken zuckte Oli zurück.

»Man darf sie nicht einfach so abreißen«, schnarrte er.

»Ich wollte nichts abreißen«, wehrte sich Oli, »ich wollte sie nur streicheln.«

Seine Stimme wurde etwas weicher. »Warum das?«

»Sie verströmen einen angenehmen Duft, wenn man sie berührt.«

»Sie ist eine Freundin von Franzi«, sagte Mo.

Antons Blick trübte sich ein. Er reichte Oli die Hand. »Es tut mir leid.« Er suchte nach Worten. »Ich bin einfach …«

»Ich auch«, sagte Oli und erwiderte den Händedruck.

Als sie das Gewächshaus verließen, stand Anton immer noch da und schaute Oli hinterher.

Die Küche war das volle Kontrastprogramm zum stillen Gewächshaus. Eine jüngere und eine ältere Frau sortierten lautstark das Geschirr und Besteck ein. Dabei übertönten ihre Stimmen und ihr Lachen den Geräuschpegel.

»Klar schmeckt das scheußlich«, sagte die Ältere kichernd.

»Hast du ihr Gesicht gesehen?« Die Junge lachte und zog eine Grimasse.

»Aber dass sie den Kaffee zurückgehen lässt, obwohl sie ihn selbst versalzen hat, das ist schon frech.«

»Wie blöd kann man sein, dass man den Zucker- und den Salzstreuer verwechselt?«

Die beiden hielten sich den Bauch vor Lachen. Als sie Mohini bemerkten, hüstelten sie und wendeten sich wieder der Arbeit zu.

»Na, na, das ist aber keine yogische Einstellung«, tadelte Mohini in gespieltem Ernst.

»Wenn du die gesehen hättest«, gluckste die Jüngere. »So eine piekfeine Tussi – Verzeihung, Universum.« Sie blickte kurz zur

Decke und faltete die Hände vor der Stirn. »Wie es der das Gesicht verzogen hat, das war einfach zum Schießen.«

»Und? Habt ihr der Dame einen neuen Kaffee gegeben?«, fragte Mo.

»Natürlich.«

Mo nickte zufrieden. »Das ist übrigens eine Freundin von Franzi.«

Schlagartig wurden die Gesichter ernst. Die Reaktion der beiden Küchenfrauen war ähnlich wie die von Anton, dem Gärtner. Echte Betroffenheit und Trauer. Franzi schien hier mehr zu fehlen als zu Hause.

***

Als sie bei ihrem Rundgang wieder im Langhaus ankamen, stand Joscho im großen Seminarraum und machte Dehnübungen. Er hatte das Oberteil seiner Kutte abgelegt und trug nur eine weite schwarze Yogahose. Im Gegenlicht vor den großen Fenstern sah er aus wie ein Samurai-Krieger, der sich auf den Kampf vorbereitete. Oli schaute ihm bewundernd zu. Kein Wunder, dass er bei den Frauen ankommt, dachte sie. Die jahrelange Yogapraxis hatte seinen Körper perfekt durchtrainiert. Dazu sein markantes Gesicht und die schulterlangen schwarzen Haare, die er zu einem Pferdeschwanz zusammengebunden hatte. Auch Mohini, die diesen Anblick kannte, war davon angetan.

Joscho beendete seine Praxis, faltete die Hände vor Herz, Mund und Stirn und verbeugte sich vor dem Altar. Dann legte er sein Hemd an und wendete sich den Frauen zu. Er nahm Oli stumm in den Arm, und sie fühlte sich wie in eine Wolldecke eingehüllt. Ohne es zu wollen, kamen ihr die Tränen. Mohini tätschelte ihren Arm und zog sich diskret zurück.

Oli wusste nicht, was sie sagen sollte. Verlegen putzte sie sich die Nase.

»Wenn du auf der Suche nach Franzi bist, dann bist du genau am richtigen Ort«, sagte Joscho. »Sie ist hier, ich kann ihren Geist spüren.«

Kann er eigentlich meine Gedanken lesen?, fragte sich Oli.

Joscho lächelte sanft. »Du fragst dich vielleicht, ob ich Gedanken lesen kann. Nein, ich lese Menschen.«

Oli trat zum Altar. »Ja, ich bin auf der Suche nach Franzi.«

»Und du bist auf der Suche nach dir«, sagte er.

»Sind wir das nicht alle?«, sagte Oli mit Blick auf Franzis Foto.

»Ja, das gehört zu unseren großen Aufgaben. Zuerst müssen wir uns suchen – und wenn wir uns gefunden haben, müssen wir lernen, uns wieder zu verlieren.«

»Mir geht nicht mehr aus dem Kopf, was du über meine Aura gesagt hast, das mit meinen Wurzeln und meiner Verbindung nach oben. Ich würde gerne mehr darüber erfahren.«

»Das ist gut. Du gehst bereits die ersten Schritte auf deinem neuen Weg. Wenn du willst, kann ich dich anleiten und ein Stück begleiten. Morgen beginnt ein Wochenend-Workshop mit dem Titel ›Zu Hause in dir und in der Welt‹. Wenn du willst: Es ist noch ein Platz frei.«

Oli überlegte nicht lange. Das alles konnte kein Zufall sein. War der freie Platz ursprünglich der von Franzi? Sollte sie stellvertretend für ihre tote Freundin an dem Kurs teilnehmen? Und war es nicht genau das Thema, das sie seit Jahren mit sich herumtrug: dass sie sich nirgends zu Hause fühlte, vor allem nicht in sich selbst?

Der Workshop ging von Freitagnachmittag bis Sonntagnachmittag. Alex war das Wochenende bei Oma und Opa. Also ideal. Spontan sagte Oli zu. Sie schluckte kurz, als sie erfuhr, dass der Kurs tausendfünfhundert Euro kostete.

Während Oli die Anmeldung ausfüllte, sagte Joscho: »Du arbeitest doch bei der Zeitung. Hast du vor, über den Kurs oder allgemein über uns eine Geschichte zu schreiben?«

»Darüber habe ich noch gar nicht nachgedacht. Ich will den Kurs für mich besuchen«, sagte sie und fügte in Gedanken »und für Franzi« hinzu.

»Du kannst gerne über unsere Arbeit berichten«, sagte Joscho jovial. »Wenn du Informationen brauchst, frag einfach. Ich kann dir auch ein paar Artikel geben, die in verschiedenen Zeitschriften erschienen sind.«

Als Oli über den Hof zu ihrem Auto ging, haderte sie mit sich. Du hast soeben einen Kurs bei Franzis Guru gebucht, das volle

Eso-Programm, und dann auch noch sündhaft teuer. Du weißt nicht mal, wie du das bezahlen sollst.

***

»Das lasse ich mir nicht bieten«, polterte Oli. Sie stand im kargen Verhörzimmer der Kaufbeurer Kripo und trommelte mit dem Zeigefinger auf den Tisch.

Kommissarin Kohlbeck schaute sie ungerührt an.

»Die Frage ist, was wir uns bieten lassen. Sie erzählen mir haarsträubende Geschichten über den Abend auf dem Auerberg. Und damit Ihre Geschichten, Frau Austin, an Glaubwürdigkeit gewinnen, sorgen Sie dafür, dass sie in der Zeitung erscheinen.«

»Ich sorge keineswegs dafür. Wenn Sie ein Problem mit einem Artikel im Kaufbeurer Kurier haben, Frau Kohlbeck, dann wenden Sie sich bitte schön an den Redaktionsleiter. In diesem Fall ist er sogar selbst der Autor.«

»Erzählen Sie mir doch nichts. Die Inhalte stammen doch allesamt von Ihnen – von wem denn sonst?«

Oli hob beschwörend die Hände. »Wenn Sie bessere Informationen haben, warum erzählen Sie nicht selbst Herrn Schild davon?«

Nun wurde auch Susanne Kohlbeck laut. »Es geht hier nicht um Informationen, sondern um reine Spekulation. Nur weil Sie sich einbilden, dass Frau Winkler von irgendeinem mysteriösen Unbekannten ermordet wurde.«

»Das kann doch immerhin sein. Ich verstehe nicht, warum Sie dem nicht nachgehen.«

»Wir gehen jedem Hinweis nach. Aber außer Ihrer Aussage gibt es dazu nichts, nicht den Hauch einer Spur. Übrigens ebenso wenig wie zu Ihrem Fläschchen.«

»Das ist nicht mein Fläschchen«, maulte Oli.

»Dann eben das von Frau Winkler – das angebliche.«

Unruhig wanderte Oli in dem kahlen Raum hin und her, während Kohlbeck ihren Kuli in den Händen drehte. Die Kommissarin war wie immer tipptopp gestylt. Die blonden Haare zu einem Pferdeschwanz zurückgekämmt, perfekt geschminkt, gut sitzendes blaues Kostüm. Eigentlich wäre sie eine attraktive Frau, wenn sie nur nicht so verbiestert wäre, dachte Oli. Sie wünschte sich in alte Zeiten zurück, als Hartmut solche Ermittlungen leitete. Er war zwar auch ein Bürokrat und Bulle durch und durch, aber mit ihm konnte man wenigstens reden.

Oli versuchte, sich zu beruhigen. »Irgendwoher muss das Gift doch gekommen sein.«

Kohlbeck schaute sie nur stumm an. Also redete Oli weiter.

»Vielleicht hat es jemand in ihren Becher gegeben. Wir standen ja gleich bei der Theke. Da war ein ziemliches Gedränge. Es könnte jeder gewesen sein. Jemand hinter der Theke, einer der Umstehenden, praktisch jeder.«

Kohlbeck schwieg weiter.

»Das geht ja auch schnell. Ein paar Tropfen in den Becher. Im Dunkeln sieht das niemand.«

»Genau«, sagte die Kommissarin.

Oli schnaufte tief durch. »Warum sollte ich das tun?«

»Fakt ist: Sie hatten Streit.«

»Das war doch lächerlich.«

»Na ja, Sie waren immerhin so laut, dass alle Umstehenden es mitbekommen haben.«

»Das hatten wir doch gestern schon«, seufzte Oli.

Die Kommissarin verschränkte die Arme. »Warum haben Sie eigentlich nicht die Polizei gerufen, als Sie Frau Winkler gefunden haben?«

»Ich hab sie doch gerufen.«

»Sie haben bei Herrn Mohry angerufen, und der hat daraufhin die Kollegen verständigt.«

Oli schloss die Augen und biss sich auf die Unterlippe. »Ich war verwirrt, ich war unter Schock und wusste nicht, was ich tun sollte.«

Da war es wieder. Das Schaben im Motor. Es war lauter geworden, die Vibrationen und die Unwucht hatten zugenommen. Wenn du nicht bald reagierst, Oli, kannst du darauf warten, dass dir der Motor um die Ohren fliegt.

***

Als Oli ihre Wohnung aufsperrte, drangen ihr beißender Qualm und laute Musik entgegen. Erschrocken ließ sie Schlüssel und Handtasche fallen und eilte zur Küche. In der Tür blieb sie mit offenem Mund stehen. Ihr bot sich ein herzbewegendes Bild. Alex und Hartmut standen am Herd und hatten großen Spaß. Sie sangen laut und falsch bei »An Tagen wie diesen« mit, das aus dem Radio plärrte. Mit Pfannenwendern und Kochlöffeln trommelten sie auf den Töpfen den Takt dazu. Vor ihnen lag die Quelle des weißen Nebels, der die ganze Wohnung erfüllte.

Bei dem Krach hatten die beiden Oli nicht bemerkt, und so konnte sie in Ruhe das Schauspiel betrachten. Als sie den großen und den kleinen Lausbuben so einträchtig inmitten des Chaos sah, hätte sie laut loslachen können. Zugleich löste das Bild Wehmut in ihr aus. Das war genau das, was Alex fehlte. Ein Vater. Ein Mann im Haus. Einer, der ihn ernst nahm, der auf seine Bedürfnisse einging, mit ihm Blödsinn machte und zugleich männliches Vorbild bot. Das alles hatte Alex nie kennengelernt. Und man konnte sehen, wie sehr er das Zusammensein mit Hartmut genoss.

Und sie? Fehlte es ihr nicht auch? Eine richtige Familie, ein Partner, mit dem man alles teilen konnte? Nicht nur das Bett, sondern die Freuden und Sorgen, den Alltag. Wollte sie das? War sie fähig dazu, bereit dazu? Franzis Stimme tauchte in ihrem Ohr auf. »In Wirklichkeit hast du Angst, dass es ernst werden könnte, deshalb rennst du ständig davon.« Vielleicht hatte sie recht.

Mit einer raschen Handbewegung drehte Oli das Radio ab. Alex und Hartmut schauten sie an wie zwei kleine Jungs, die man beim Naschen ertappt hatte.

Oli wedelte mit der Hand durch den Qualm. »Soll ich die Feuerwehr rufen?«

»Wir haben gekocht«, sagte Alex stolz. »Schnitzel und Kartoffelpüree und Soße.«

Das mit der Soße hätte Alex nicht zu erwähnen brauchen. Oli überlegte kurz, ob die Flecken auf seinem T-Shirt jemals wieder rausgingen. Aber sie verkniff sich eine Bemerkung.

Hartmut kratzte sich an der Stirn. »Uns ist ein bisschen das Feuer in die Pfanne geraten.«

»Ach ja?« Oli riss das Fenster auf. »Heißt das, es gibt keine Schnitzel?«

Alex glühte vor Eifer. »Doch, es ist genug da. War nur die erste Fuhre.«

»Gott sei Dank, ich hab nämlich einen Bärenhunger.«

Oli nahm drei Teller und Besteck. »Ist es für die beiden Maîtres okay, wenn ich im Wohnzimmer decke? Dann können wir uns beim Essen wenigstens sehen.«

Die Schnitzel schmeckten angebrannt. Oli vermutete, dass die zwei Küchenmeister die verkohlten Stellen einfach weggekratzt hatten, um überhaupt noch etwas von dem Fleisch zu retten. Dennoch lobte sie die beiden, die äußerst stolz auf ihre Leistung waren, in vollen Tönen.

Leider hatte sie nur wenig Zeit, das Essen zu genießen. Sie musste zu ihrem Termin in den Stadtsaal. Alex maulte, weil sie schon wieder wegging. Aber als Hartmut sich bereit erklärte, dazubleiben, strahlte Alex zufrieden.

»Fast wie in einer modernen Beziehung«, sagte Oli neckisch, als sie in der Tür stand. »Die Frau geht arbeiten, und der Mann passt auf das Kind auf.«

Hartmut seufzte. »Solange ich nicht das Klo putzen muss …«

»Och, tu dir keinen Zwang an.«

Sie küsste ihn auf die Wange.

»Bist ein Schatz.«

***

Wenn Oli etwas an Oberbürgermeister Paul Hubschmied liebte, dann war es seine Angewohnheit, Diskussionen schnell abzuwürgen. Sein Vorgänger hatte jeden noch so nervigen Querulanten endlos reden lassen und dann selber ausführlich seinen Senf dazugegeben. Hubschmied machte hingegen nach spätestens einer Stunde den Sack zu. So war die Informationsveranstaltung zum Fachmarktzentrum bereits kurz nach einundzwanzig Uhr zu Ende. Und das war gut so. Oli war sicher: Selbst wenn die Veranstaltung bis Mitternacht gedauert hätte, wäre kein neues Argument aufgetaucht. Im Grunde war alles, was gesagt wurde, längst bekannt. Die Einzelhändler der Altstadt wehrten sich gegen die Konkurrenz vor ihrer Nase. Die Investoren versprachen einen neuen Magneten für Kaufbeuren, eine Belebung für die gesamte Stadt. Die Politik war gespalten. Die einen erhofften sich angesichts der verschuldeten Stadtkasse neue Steuereinnahmen, die anderen wollten stattdessen Wohnraum am Rande der Altstadt schaffen, die dritten plädierten für mehr Grün und mehr Natur. So gab es das übliche Säbelrasseln, und hinterher gingen alle zum Biertrinken.

Als Oli nach Hause kam, war Alex tatsächlich schon im Bett. Hartmut hatte es sich auf dem Sofa gemütlich gemacht. Aus den Lautsprechern klang »Tabaluga«.

»Bist du nicht ein bisschen alt für dieses Kindermärchen?«, wunderte sich Oli.

»Alex hat das unbedingt zum Einschlafen hören wollen«, verteidigte sich Hartmut. »Und es hat funktioniert. Er schläft.«

Soeben lief Nessajas Lied »Ich wollte nie erwachsen sein, hab immer mich zur Wehr gesetzt«. Oli schaltete die CD aus. Der Text rührte etwas in ihr an, was sie traurig machte. Sie verdrängte die aufkommende Melancholie, doch es war zu spät. Sie nistete sich in ihrem Hinterkopf ein und blieb dort sitzen wie ein lauernder Geist, der nur darauf wartete, seine kalten Finger nach ihr auszustrecken.

Hartmut spürte ihre Befangenheit. »War es so schlimm?«

Oli begriff zunächst nicht und schaute ihn verständnislos an.

»Na, die Veranstaltung.«

»Ach so. Na ja, so schlimm wie immer. Ein Anwalt des Investors hat die neuen Pläne vorgestellt. Fachmarkt gibt es nicht. Anscheinend wollte keiner von den Großmärkten nach Kaufbeuren.«

»Hätte ich dir gleich sagen können. Das ist doch nicht das erste Mal.«

»Und rate mal, was stattdessen in den Bau reinkommen soll.«

»Ein-Euro-Shop? Erotik-Laden?«

»Das hätten Sie wohl gerne, Herr Mohry. Aber wer weiß, das könnte uns vielleicht auch noch blühen. Im Moment heißt das Zauberwort Einzelhandel.«

»Einzelhandel? Also die Läden, die in der Fußgängerzone zumachen, gehen dann zweihundert Meter weiter in ein Shopping-Center?« Hartmut runzelte fragend die Stirn.

»Das versteht keiner. Aber ist ja auch egal. Bis so eine Shoppinghalle den Mühlbach runtergeht, hat der Investor sein Geld verdient.«

»Und was sagen die Leute?«

»Die Fronten sind unverändert. Ich würde mal schätzen, halbehalbe im Stadtrat. Und bei den Bürgern zeigt der Daumen eher nach unten.«

Hartmut schüttelte den Kopf.

Oli kicherte. »Aber das Lustigste ist, dass sich ausgerechnet der Dallinger als Fürsprecher des Einzelhandels in der Altstadt ausgegeben hat.«

»Klaus-Peter Dallinger? Der vom Baugeschäft?«

»Ja. KPD. Er kokettiert immer damit, dass er dasselbe Kürzel hat wie die Kommunistische Partei Deutschlands. Aber Baugeschäft war einmal. Der macht jetzt nur noch in Immobilien. Projektentwicklung nennt man das heute. Auf jeden Fall gehört ihm die halbe Innenstadt.«

»Aber dann ist doch klar, dass er sich für die Händler in der Stadt starkmacht.«

Oli wippte vielsagend mit den Brauen. »Frag doch mal die Einzelhändler, was der Dallinger an Miete verlangt. Das ist so hoch, dass es sich kaum noch einer leisten kann. Deshalb kommen ja überall die Ladenketten und Filialisten rein.«

»Du meinst, der Dallinger ist schuld, dass die Innenstadt verödet?«

Oli nickte.

»Das ist ja wohl ein bisschen zu sehr Schwarz-Weiß-Malerei. Böser Miet-Hai vertreibt den guten alten Einzelhändler. So einfach funktioniert das doch nicht.«

»Kennst du nicht den Witz: Warum darf man sich in Kaufbeuren nicht bücken?«

Hartmut zuckte die Schultern.

»Weil der Dallinger in jedes Loch sofort einen Billigladen reinbaut.«

Hartmut, der gerade am Wein nippte, verschluckte sich und bekam einen Hustenanfall. Er brauchte eine Weile, bis er sich beruhigt hatte. Er wischte sich die Tränen ab und schenkte nach.

Währenddessen erzählte Oli von ihrem Gespräch mit Kohlbeck und ließ dabei kein gutes Haar an der Kommissarin.

»Die ist einfach superkorrekt, das ist ja auch kein Fehler«, verteidigte Hartmut seine Kollegin.

»Die hat mich auf dem Kieker, das ist alles«, schimpfte Oli. »Wo kommt die eigentlich her?«

»Ich glaube, aus Hannover oder Wolfsburg.«

»Und warum lässt sich die Zicke ausgerechnet ins Allgäu versetzen?«

»Vielleicht liebt sie ja die Berge.« Er stutzte. »Dabei fällt mir ein, das Wetter am Wochenende wird gut. Hast du dir schon überlegt, welchen Weg wir gehen?«

Oli wurde verlegen. Sie hatte schon den ganzen Abend darüber nachgedacht, wie sie es ihm sagen sollte.

»Ich kann nicht, Hartmut.«

»Was heißt, du kannst nicht?«

Sie drehte das Weinglas in den Händen. »Ich habe einen Kurs gebucht, der von Freitag bis Sonntag dauert.«

»Warum hast du nichts gesagt?«

»Ich habe ihn erst heute Nachmittag gebucht.«

»Heute Nachmittag? Wo?«

»Im Akasha-Hof. Franzi war dort immer, hat viele Workshops mitgemacht und auch ein bisschen mitgearbeitet, und ich glaube, sie war in den Guru verliebt, in diesen Joscho, du weißt schon, der war ja auch auf dem Fest am Auerberg.«

Hartmut schaute sie an und wartete.

»Na ja, und ich bin da heute hingefahren, weil ich … Keine Ahnung, ich musste einfach sehen, was das für ein Laden ist.«

»Und was das für ein toller Guru ist«, sagte Hartmut finster.

»Ach komm, ich habe das Gefühl, ich bin es Franzi schuldig.«

»Willst du ihren Platz einnehmen, oder was?«

»Jetzt sei nicht ungerecht.«

»Ich bin einfach enttäuscht. Ich habe mich so auf das Wochenende gefreut.«

»Ich weiß, Hartmut. Ich ja auch.«

»Und jetzt auf einmal ist es dir wichtiger, dich mit diesem Joscho zu vergnügen.«

»Hallo! Ich vergnüge mich nicht. Es ist ein Workshop.«

»Klar doch«, sagte er sauer.

Oli versuchte es mit einem Scherz. »Der Kurs trägt übrigens den Titel ›Zu Hause in dir und in der Welt‹. Das könnte dir auch nicht schaden.«

Hartmut verdrehte nur die Augen. »Klingt ein bisschen wie ›Schöner Wohnen für Leichtgläubige‹. Dann bin ich ja mal gespannt, ob dich dein Guru nach Hause bringt.«

»Hey, du klingst ja richtig eifersüchtig.«

Hartmuts Gesicht verschloss sich. »Was soll's. Dann fahre ich eben allein in die Berge.«

***

Obwohl es schon bald Mitternacht war, ging Oli in ihre Schmiede. Sie musste nachdenken. Franzis Tod war noch keine achtundvierzig Stunden her, und doch schien es Oli, als wäre seither eine Ewigkeit vergangen. Die vergangenen zwei Tage waren wie eine Achterbahnfahrt gewesen.

Missmutig setzte sie sich neben die Vespa und glotzte auf den Motorblock. Alles begann mit einem leichten Schaben. Sie hätte darauf hören sollen. Jetzt hatte sie den Salat. Eine tote Freundin, Ärger mit der Polizei, Ärger mit Hartmut und einen Motorschaden. Oder war es die Zündung? Der Kolben? Wenn sie es erfahren wollte, musste sie die Maschine zerlegen. Du musst hinter die Fassade schauen, sagte sie sich, lass dich nicht von Vorurteilen und Oberflächlichkeiten leiten. Vertraue deinem Gefühl und gehe den Dingen auf den Grund.

So frustriert sie über den Defekt war, so gut tat es, etwas mit den Händen zu arbeiten. Während sie die Verkleidung abnahm, beruhigte sich ihr Kopf. Das Gedankenkarussell kam allmählich zum Stillstand, und zugleich konnte ihr Gehirn in Ruhe die Dinge sortieren.

Nach einer halben Stunde hatte Oli Zündung, Vergaser und

Benzinzufuhr gecheckt und die Gummihülsen der Hinterradschwinge geprüft. Die gute Nachricht: Alles schien fehlerfrei. Die schlechte: Der Schaden musste im Motor selber liegen. Oli blieb also nichts anderes übrig, als die Maschine zu zerlegen, um nach der Ursache zu suchen.

Ihr Kopf hatte währenddessen nach derselben Methode gearbeitet. Für Oli stand fest, Franzi hatte sich nicht selbst umgebracht. Sie war immer äußerst lebensfroh gewesen und hatte nie irgendwelche depressiven Tendenzen. Die zweite Möglichkeit – eine versehentliche Vergiftung – war nicht so einfach auszuschließen. Franzi war durchaus neugierig und hatte in ihrem Leben schon eine Menge ausprobiert. War es also möglich, dass sie irgendeine Droge nahm und einfach die Dosis und die Wirkung falsch einschätzte? Nach langem Abwägen schloss Oli auch das aus. Franzi war bei allem Übermut eine Frau, die auf sich achtete. Und eine, die wusste, was sie tat. Dass sie ein Experiment mit einer unbekannten Droge machte und dass dies außer Kontrolle geriet, konnte sich Oli nicht vorstellen.

Die schlechte Nachricht war: Franzi musste ermordet worden sein. Aber wer konnte dieser Frau, die so gutmütig und beliebt war, etwas Böses wollen? Und warum? Und wie? Oli musste also auch hier die Dinge zerlegen. Hinter die Fassade schauen.

Es klopfte an der Werkstatttür, und Dirk steckte den Kopf herein. Er hatte nebenan an seinem Boot gebastelt.

»Moin, Oli, du siehst aus, als könntest du ein Astra vertragen.« Dirk schwenkte zwei Biere in der Hand.

»Hallo, Klabauter, das kann ich wohl.« Oli winkte Dirk herein.

Dirk hebelte die Flaschen auf. »Was guckst du so belämmert? Ist deine Nähmaschine mal wieder im Arsch?«

»Nicht nur die. Ich bin auch im Arsch.«

»Na denn, hau wech den Scheiß. Und dann erzähl mal.«

Oli berichtete ihm von den Ereignissen der letzten Tage, von ihrem schlechten Gewissen, ihrer Trauer und ihrem Frust. Dirk hörte wortlos zu, bat nur zwischendurch um eine Pause, um die Versorgung mit Astra aufrechtzuerhalten.

»Dascha 'n Ding«, brummte Dirk, als Oli fertig war. »Weiß man denn, woran deine Freundin gestorben ist?«

»Die Polizei spricht von einer Pflanzenvergiftung.«

»Das kann ja so ziemlich alles sein. Genauer gibt's nicht, oder was? Waren es Taxane, Alkaloide, Amatoxine?«

»Sag mal, bist du Chemiker?«

»Jop«, rülpste er und machte ein neues Bier auf.

»Ich dachte, du arbeitest in der Papierfabrik.«

»Wir ham wahrscheinlich das beste Labor in der Stadt.«

»Könntest du rauskriegen, woran Franzi gestorben ist?«

»Wenn ich eine Probe hätte.«

Oli dachte an ihre Jeans, auf der sich immer noch Flecken von Franzis letztem Getränk befanden. Es war zumindest einen Versuch wert.

»Ich hab da ein paar Flecken auf den Jeans. Meinst du, du könntest die untersuchen?«

Dirk protestierte. »Für dein' Schweinkram bin ich nicht zuständig.«

»Quatsch. Franzi hat mir was von ihrem Becher auf die Hose geschüttet. Es könnte ja sein, dass da was drin war.«

»Verstehe. Dann mal runter mit der Büx.« Dirk schaute Oli auffordernd an.

»Mensch, nicht die! Meinst du, ich laufe drei Tage lang mit der fleckigen Hose rum?«

Dirk schaute kritisch an ihr runter und wiegte den Kopf.

»Klabauter, pass auf, was du jetzt sagst.«

»Schade auch.« Klabauter hob die Flasche.

»Ich bring dir die Hose morgen vorbei. Du hast auf jeden Fall was gut.«

»Da nich für.«

## VIER

Boris Axmann betrachtete die Silhouette der Berge, die heute nur schwach durch den Morgendunst schimmerte. Der Wetterbericht liegt mal wieder falsch, dachte er. Im Radio hatten sie ein sonniges Wochenende vorhergesagt. Aber die grauen Schleier, die sich über den Bergen zusammenzogen, versprachen etwas anderes. Es würde Regen geben.

Axmann war das egal. Genau das richtige Wetter, um den Taubenschlag zu säubern. Seit er den Polizeidienst quittiert hatte, konnte er sich endlich seinem alten Hobby widmen, mit dem er als Jugendlicher im Ruhrgebiet infiziert worden war. Die Brieftauben waren nicht nur eine angenehme Beschäftigung, man konnte von ihnen auch einiges lernen. Sie hatten ihren eigenen Rhythmus, dem sich Axmann anpasste, aus dem er Ruhe und Kraft tankte. Es waren kluge und zutrauliche Geschöpfe, dazu äußerst verlässlich. Ganz im Gegensatz zu den Menschen, bei denen diese Eigenschaften sehr selten zusammentrafen.

Hier in Großkemnat war die Chance, auf viele Menschen zu treffen, sehr gering. Der kleinste Stadtteil von Kaufbeuren hatte weniger als zweihundert Einwohner und thronte hoch über der Stadt. Das war auch der Grund, warum Axmann sich für diesen ehemaligen Bauernhof entschieden hatte. Ein Ort, an dem man ungestört war, an dem er und seine Brieftauben in Ruhe leben konnten. Das großartige Bergpanorama gab es gratis dazu.

Als er die aktuelle Ausgabe des Kaufbeurer Kurier aufschlug, war es mit seiner Ruhe vorbei. »Wurde Frau bei Hexenfest ermordet?« lautete die Schlagzeile, die auf der ersten Seite des Lokalteils prangte. Der Artikel, den der Redaktionsleiter Peter Schild selbst geschrieben hatte, war nichts anderes als ein zweiter Aufguss der Geschichte vom Vortag, nun aber angereichert mit Spekulationen. Axmann las den Text drei Mal genau durch. Schild musste eine Quelle haben, sonst würde er sich nie so weit aus dem Fenster lehnen. Axmann war sicher, dass nur eine Person dafür in Frage kam. Zugleich beschlich ihn das Gefühl, dass an dieser Geschichte etwas faul war. Er beschloss, den Taubenschlag warten zu lassen. Zuerst musste er ein paar Leute anrufen.

***

Oli hatte Mühe, beide Augen gleichzeitig zu öffnen. Es war einfach zu viel Licht in dieser Welt. Schade, dass man seine Ohren nicht verschließen konnte. Es war nämlich auch zu viel Lärm in der Welt. Überhaupt war alles ein großes Durcheinander. Schon das erste Klingeln des Telefons heute Morgen hatte Oli klargemacht, dass dies kein guter Tag werden würde. Susanne Kohlbecks erster Satz lautete: »Ich habe Sie gewarnt.«

Olis Argument, dass die Schlagzeile »Wurde Frau bei Hexenfest ermordet?« erstens nicht von ihr stammte und zweitens der Satz keine Aussage war, sondern eine Frage, nahm Kohlbeck nicht zur Kenntnis. Sie wertete den Artikel als Vertrauensbruch, der sich negativ auf Olivia Austin auswirken werde.

Oli hielt die Luft an und verkniff sich die Frage: »Und wenn es so ist?«

Als Nächstes laberte sie ihr aufgekratzter Sohn voll. Er habe mit Hartmut ausgemacht, dass sie dieses Jahr etwas gemeinsam unternähmen, vielleicht schon in den Pfingstferien. Alex ging im Geiste bereits alle Campingmöglichkeiten durch, die ihm einfielen. Und er dürfe sogar einen Freund mitnehmen.

Oli fand das alles sehr rührend. Dennoch wünschte sie sich im Moment lieber zurück ins Bett.

Dieser Wunsch wurde zu einem tiefen Verlangen, als sie das Großraumbüro der Lokalredaktion betrat. Dort versuchte gerade die Sekretärin, einen aufgebrachten Leser zu beruhigen. Er solle doch seine Meinung über das »Hexengesocks« am besten in einem Leserbrief äußern. Dieser wollte aber nicht, dass sein Name in der Zeitung auftauchte. Diese Brut sei schließlich zu allem fähig.

Olis Kollege Wolfgang Baldauf stritt mit einem Mittelständler, der darauf beharrte, dass die Ehrungen verdienter Mitarbeiter in der Zeitung mit Foto erschienen. Erstens sei er ein guter Anzeigenkunde, und zweitens habe man ansonsten ja auch für jeden Krampf Platz im Blatt.

Aus dem Chefbüro hörte man Peter Schild dröhnen, der offensichtlich den Kripochef an der Strippe hatte.

»Das meinen Sie aber jetzt nicht ernst, Herr Ellhofer. Ich behindere niemanden. Im Gegenteil, ich trage zur Aufklärung bei. Wir ziehen doch alle am selben Strang. Wobei ich offen gesagt das Gefühl habe, dass nicht alle gleich stark ziehen. Ihre neue Kollegin, wie heißt sie noch, ja, Kohlbeck, die glänzt ja nicht gerade durch großen Einsatz. Da bin ich aus Ihrem Hause anderes gewöhnt.«

Schild hatte den Hörer noch nicht aufgelegt, da stand Oli bereits in seinem Büro, schloss die Tür hinter sich und zischte: »Sind Sie wahnsinnig? Wissen Sie, was Sie da soeben für eine Kettenreaktion ausgelöst haben? Die Kohlbeck hat mich ohnehin schon auf dem Kieker. Die ist in der Lage und nimmt mich in Haft.«

»Na, na, Oli, jetzt machen Sie sich mal nicht in die Hosen. Sie berufen sich auf Ihr Zeugnisverweigerungsrecht. Da kann die gar nichts machen.«

»Hier geht es nicht um meine Aussage. Die glaubt, ich habe was mit Franzis Tod zu tun.«

»Aber das ist doch absurd.«

»Es ehrt Sie, dass Sie mich nicht für eine Mörderin halten. Aber das hilft mir nichts, wenn ich im Knast lande.«

***

Als Oli um fünfzehn Uhr die Redaktion mit wehendem Mantel verließ, hatte sich ihr Zustand um keinen Deut verbessert. Sie hatte versucht, sich auf den Bericht über die gestrige Diskussionsveranstaltung zu konzentrieren. Aber er ging ihr nicht von der Hand. Sie hatte den halben Block vollgeschrieben mit Pro und Contra zum geplanten Fachmarktzentrum, sie hatte sogar die Neuigkeit zu vermelden, dass von einem Fachmarkt nun keine Rede mehr war. Aber sie wusste nicht, wie sie anfangen sollte, sie wusste nicht, was wichtig war und was nicht. So hatte sie den Artikel zusammengestöpselt und Archivbilder rausgesucht. Sie war dankbar, dass Wolfgang Baldauf ihr den Kommentar zum

Thema abgenommen hatte. Er fand das alles hochinteressant und spannend, während Oli gelangweilt vor sich hin schrieb.

Es lag aber weniger an dem Thema als an dem Chaos in ihrem Kopf. Oli hatte das Gefühl, dass da drin jemand ein Fenster offen gelassen hatte und ein Windstoß tausend Merkzettel durcheinanderwirbelte. Der Tod, das Gift, die Kohlbeck, Hartmut, Joscho, der Kurs, der heute begann. Sie musste noch Alex' Sachen packen und ihn zu ihren Eltern bringen. Sie musste ihre eigenen Sachen packen für das Wochenende auf dem Akasha-Hof. Zu Hause wartete ein Berg Geschirr auf sie und ein Korb Wäsche. Der Kühlschrank war leer und der Mülleimer voll. Wie sollte man mit so vielen fliegenden Zetteln im Hirn auch nur einen einzigen klaren Gedanken fassen können?

***

Zu Hause fand Oli einen Zettel auf dem Küchentisch, auf den Alex in seiner krakeligen Handschrift »Binn schon bei Oma un Opa« geschmiert hatte. Zwei Fehler in einem Satz. Ob sie mal mit Frau Abröll, der Deutschlehrerin von Alex, reden sollte?

Alex hatte nach der Schule einfach selbst bei den Großeltern angerufen, und sie hatten ihn abgeholt. Allerdings hatte keiner daran gedacht, für den Jungen einen Schlafanzug und eine Zahnbürste einzupacken.

»Der arme Kerl hatte so Hunger«, begrüßte ihre Mutter sie. »Der braucht doch nach der Schule was Ordentliches.«

Oli nickte nur. Sie hatte sich abgewöhnt, mit ihrer Mutter über Essen zu diskutieren. Es war nur seltsam, warum Liebe immer noch gleichgesetzt wurde mit Füttern.

»Ich hab nur noch ein paar Sachen für ihn mitgebracht.« Oli reichte ihrer Mutter eine Sporttasche.

»Er hat gesagt, er hat alles eingepackt«, krähte Gerda Austin.

»Mama, wenn Alex ›alles‹ sagt, dann heißt das, er hat seine Playstation und die Computerspiele eingepackt. In seinem Leben spielen Schlafanzüge und Zahnbürsten keine Rolle.«

Bevor Gerda Austin antworten konnte, rief Walter vom Wohnzimmer: »Olivia, komm mal!«

Oli schaute ihre Mutter an, und beide rollten verschwörerisch die Augen.

»Was will er denn?«, flüsterte Oli. »Hört sich an, als hätte er schlechte Laune.«

»Der ist schon den ganzen Vormittag unmöglich.«

»Olivia, nun komm doch mal.« Die Stimme ihres Vaters wurde lauter und fordernder.

Olivia legte ihrer Mutter mitfühlend die Hand auf die Schulter, aber Gerda wendete sich ab. »Ich mach dir eine Suppe warm.«

»Danke, ich hab keinen Hunger, Mama.«

Gerda war schon in der Küche. »Du hast heute bestimmt noch nichts Gescheites gegessen. Bist eh viel zu mager.«

Walter Austin hatte auf dem Esszimmertisch mehrere Ordner und aus dem Internet ausgedruckte Artikel ausgebreitet. »Setz dich«, befahl er.

»Dir auch einen schönen Tag, Papa.«

»Ja, ja, schon gut. Setz dich.«

Oli blieb neben ihm stehen und betrachtete die Papiersammlung. Es waren Ausdrucke von juristischen Ratgeberseiten, die ihr Vater offenbar durchforstet hatte.

»Die Polizei hat nichts gegen dich in der Hand. Und sie darf dich weder unter Druck setzen noch irgendwie einschüchtern.« Walter Austin unterstrich seine Worte, indem er auf den Tisch klopfte.

»Ich weiß das doch, Papa.«

»Die haben gar keine Chance. Für jedes falsche Wort bei einer Befragung kannst du die Polizisten anzeigen. Lass dich da auf nichts ein.«

Oli seufzte. »Papa, ich bin eine erwachsene Frau.«

»Du bist da viel zu nachgiebig.« Er klopfte wieder auf die Papiere. »Ich habe da diesen Rechtsschutz. Der bezahlt alles.«

»Ich hab noch Pfannkuchen«, rief ihre Mutter aus der Küche.

»Du weißt, dass ich keine Pfannkuchen mag«, rief Oli zurück.

»Ich hab den Ganser angerufen. Der freut sich schon drauf, die auseinanderzunehmen«, sagte ihr Vater angriffslustig.

»Ich kann sie dir auch in die Suppe schneiden«, kam es aus der Küche.

»Ich mag keine Pfannkuchen!«, rief Oli.

»Du hast heute um siebzehn Uhr einen Termin bei ihm.« Walter schob ihr einen Zettel über den Tisch, auf dem eine Adresse in Neugablonz und eine Telefonnummer standen.

»Welcher Ganser?«

»Rechtsanwalt Ganser. Der versteht sein Geschäft. Der macht denen mal ordentlich Dampf.«

»Papa, wenn ich einen Anwalt brauche, dann …«

Gerda stand mit einem Teller am Tisch. »Was willst du denn mit dem alten Ganser, der hat doch noch nie was getaugt.«

»Misch dich nicht ein, wenn du keine Ahnung hast«, fauchte Walter.

»Siehst du, so geht das den ganzen Tag«, sagte Gerda pikiert und stellte den Teller mitten in die Unterlagen. »Der Ganser ist doch schon lange in Rente. So ein alter Zausel, der hat einfach nur eine große Klappe.«

Oli schaute auf ihren Teller. »Mama, ich mag keine Pfannkuchen.«

»Ich hab sie dir klein geschnitten. Es ist auch nicht viel. In der Suppe schmecken die gut.«

Ihr Vater hatte die Brille abgenommen. »Gerda, du hörst nie zu.«

»Ich hab den Ganser noch nie gemocht. Das ist so ein aufgeblasener Schnösel.«

»Das ist ein Topanwalt, der hat schon viele Promis vertreten.«

»Sag mal, hat der nicht schon wieder so eine junge Freundin? Ich weiß gar nicht, was die an so einem alten Trottel finden.« Gerda kicherte in sich hinein.

Oli schob den Teller weg, wobei Suppe auf die Unterlagen schwappte. »Ich kenne den Ganser nicht. Und ich brauche auch keinen Anwalt, Papa.«

»Du hast einen Termin um siebzehn Uhr.« Ihr Vater pochte auf den Zettel.

»Jetzt lass sie doch mal in Frieden mit deinem Kram.« Gerda hatte angefangen, die Unterlagen beiseitezuräumen.

»Was machst du da? Das sind wichtige Papiere«, schimpfte Walter.

Doch Gerda fuhr unbeirrt fort. »Wenn einer andauernd mit so jungen Dingern rummacht, der ist doch nicht richtig im Kopf.«

»Ich hab das alles säuberlich geordnet. Und du bringst es mir durcheinander.« Walter klang leicht verzweifelt.

»Du und Ordnung, dass ich nicht lache. Wer räumt hier denn den ganzen Tag auf? Du kümmerst dich doch um nichts.«

»Das ist ja wohl eine Frechheit.« Walter war aufgestanden und versuchte, seine Papiere zu retten. »Ich habe heute Vormittag erst Staub gesaugt.«

Gerda winkte ab: »Ja, ja, wenn man's dir sagt. Und dann lässt du die Hälfte liegen.«

Als Oli den Raum verließ, rief ihre Mutter hinterher: »Und was ist mit deiner Suppe?« Aber Oli reagierte nicht.

***

Alex saß im Büro seines Großvaters und spielte am Computer ein Fußballmatch. Oli setzte sich hinter ihm aufs Bett und schaute ihm dabei zu, wie Bayern München zum hundertsten Mal Manchester United schlug. Die Bayern gewannen immer, und wenn sie doch mal einen Fehler begingen, brach Gott selbst das Spiel ab und begann es von vorne. Alex verfolgte das Spielgeschehen mit höchster Konzentration. Seine Finger waren erstaunlich schnell mit dem Joystick. Er machte jede Bewegung der Spieler mit dem Körper mit, fast als stünde er selbst auf dem Spielfeld.

Er war schnell gewachsen im vergangenen Jahr. Schneller, als es Oli lieb war. Sie hatte das Gefühl, dass sie mit Schuhe- und Hosenkaufen nicht hinterherkam. Vor allem durften es nicht irgendwelche Schuhe und Hosen sein. Sie mussten aus dem Szeneladen kommen, in dem sich auch seine Kumpel ausstatteten. Wobei auch der langsam out war. Das Rennen machten die Marken, die man nur übers Internet bestellen konnte. Wer setzte eigentlich diese Trends? Das wäre mal eine Geschichte, überlegte Oli. Aber die ist dem Schild wahrscheinlich zu weiblich.

Inzwischen hatte der FC Bayern beziehungsweise Gott beziehungsweise Alex gewonnen, und Alex riss die Hände hoch.

Oli küsste ihn auf die Wange.

»Du weißt, nicht länger als eine Stunde am Tag.«

»Schon klar, Mama.«

»Wie war's in der Schule?«

»Ging so.«

»Sonst noch etwas, das ich wissen muss?«

»Da ist noch der Zettel fürs Schullandheim.«

Alex zog ein zerknittertes Blatt aus seinem Schulranzen. »Packliste fürs Schullandheim« stand drüber. Es folgte eine lange Liste: Zahnbürste, Zahnpasta, Duschzeug, Sonnencreme, Unterwäsche, Socken, Schlafanzug, Hosen und so weiter.

Plötzlich hielt Oli beim Lesen inne.

»Oh Gott, du hast gar keine Wanderschuhe.«

»Ist doch egal«, sagte Alex und stellte das nächste Spiel zusammen.

»Übrigens steht hier, dass du deine Sachen kennzeichnen sollst. Ich frage mich, wann wir das machen sollen. Sag mal, wie lange hast du diesen Zettel schon?«

»Paar Tage, keine Ahnung.«

»Und da kommst du jetzt daher?«

Oli überlegte, ob sie ihre Eltern bitten sollte, für Alex Wanderschuhe zu besorgen. Aber die waren unten immer noch lautstark am Streiten. Dann musste es eben so gehen und Alex in Turnschuhen wandern.

***

Die Buben sollten längst zu Hause sein. Immer dasselbe mit den beiden. Sie hörten nicht. Oder sie vergaßen die Zeit. Meistens beides. Sieglinde Zoller schaute auf die Uhr. Eine Stunde, hatte sie gesagt. Jetzt waren die Buben schon zwei Stunden weg. Als hätte sie nicht schon genug Sorgen.

»Herr, i woiß, i soll it undankbar sei«, sagte sie leise zu dem Jesus, der im Herrgottswinkel über der Eckbank an einem Holzkreuz hing.

Sie durfte sich nicht beschweren. Aber mit Mädchen wäre alles einfacher. Sie würden im Haushalt mehr mithelfen, sie würden nicht im Stehen pinkeln, und sie würden nicht jeden Tag völlig verdreckt nach Hause kommen. Sie könnte den Mädchen Zöpfe flechten und Kleidchen nähen und mit Bastelarbeiten das Haus verschönern. Mädchen hätten einfach mehr Verständnis für das Schöne. Und daran mangelte es nach Sieglindes Meinung auf dem Zoller-Hof gewaltig.

Hermann war da anderer Meinung. Ein Bauernhof hatte praktisch zu sein. Alles musste funktionieren, der Stall, die Scheune, das Silo, die Maschinen – und ebenso die Menschen. Im Weltbild von Hermann Zoller hatte Schönheit keinen Platz. Er hatte kein Auge für das Panorama, das man vom Obstgarten aus hatte, und kein Ohr für die sanfte Stille, die den einsamen Hof umgab. Ebenso wenig konnte er mit den Geranien anfangen, die Sieglinde an den Fensterbrettern mit großer Sorgfalt hegte. »Da ka ma it abbeißa«, pflegte er nur zu sagen.

Sieglinde war sicher, dass er damit unrecht hatte. Die anderen Höfe rund um den Auerberg bewiesen seit Jahren das Gegenteil. Sie hatten die alten Tennen zu Ferienwohnungen umgebaut und verdienten sich mit Bergblick und Stille, Landluft und Geranien ein ordentliches Zubrot. Und das konnte der Zoller-Hof dringend gebrauchen.

»I will it undankbar sei, Herr. Abr wenn du mir scho koi Tochter g'schenkt hasch, dann lass wenigschtens den Hermann a weng ei'sichtiger sei.«

Sie hörte ein Rascheln im Flur, die Buben waren endlich zu Hause. Schnell bekreuzigte sich Sieglinde und bereitete sich auf einen strengen Empfang der beiden vor.

Aber Felix und Paul kamen nicht in die Stube, sondern verschwanden oben in ihrem Zimmer. Sieglinde rief sie mit schneidender Stimme. Als sie schließlich auftauchten, war in ihren Gesichtern das schlechte Gewissen eingeschrieben.

»Wissat ihr, wia schpät es isch? I wart seit oiner Stund auf eich. Wo hant ihr eich scho mea rum'trieba?«

Ihr Acht- und ihr Neunjähriger schauten verlegen auf ihre erdbraunen Hände.

»Mir warat im Geheimbaumhaus.«

»Ond was isch mit de Hausaufgaba?«

»Abr mir hant doch des ganze Wochenende Zeit«, wehrte sich Felix.

»Nix da. Dia Aufgaba werrat jetzt g'macht, ond baschta. Abr z'erscht will i wissa, was ihr da nauf ins Zimmer traga hant.«

»Gar nix.«

Sieglinde hielt die Hand auf. »I bi frei it blöd.«

Zwei Minuten später lag ein braunes Fläschchen auf ihrer Handfläche. Darauf ein Aufkleber, auf dem »Franziska« stand.

***

Was nahm man eigentlich in einen Workshop mit, in dem man sein Zuhause suchte? Oli stand vor ihrem Schrank und hatte bereits das dritte Mal T-Shirts, Hosen, Blusen und Pullis hin und her geschichtet. Auf dem Anmeldezettel war zu lesen, dass sie eigenes Bettzeug und »bequeme Kleidung« mitbringen sollte. Wenn es danach ging, müsste sie das ganze Wochenende in ihrem alten Schlabbertrainingsanzug rumlaufen. Aber sie wollte nicht als Schmuddel dort auftauchen.

Wie man beim Yoga und Pilates, beim Work-out und Meditieren auszusehen hatte, konnte man auf den Titelseiten der entsprechenden Zeitschriften sehen. Auch die Yoginis, die angeblich ja nur die inneren Werte betrachteten, hatten ihre Kleiderordnung. Enge Tops, darüber lockere, weite Shirts, die Hosen mit breitem weichem Bund, fließend und doch figurbetont, zarte Farben, die irgendwie nach Fernost aussahen. Dazu farblich abgestimmte Stirn- und Armbänder. Und das Allerwichtigste war eine Mala. Wer was auf sich hielt, trug diese indische Kette mit den hundertacht Holzperlen und einer kleinen Quaste um den Hals. Im Grunde nichts anderes als der Rosenkranz, den ihre Großmutter oft zwischen den Fingern bewegt hatte. Jede Perle ein Gebet.

Oli besaß weder Yogahose noch Mala. Sie warf schließlich entnervt den ganzen Kleiderberg einschließlich Trainingsanzug in eine Tasche. »Zu Hause in dir« – vielleicht gehörte dazu auch, sich in seinen Klamotten wohler zu fühlen.

Oli hatte noch Zeit für einen Espresso. Bestimmt gab es das ganze Wochenende nur gruselig faden Kräutertee.

Als sie es sich eben bequem gemacht hatte, klingelte das Handy. Boris Axmann ersparte sich wie immer Namen und Begrüßungsformeln. Er ging davon aus, dass Oli seine Stimme erkannte. Der Mann war immerhin ihre beste Quelle, zumindest wenn es um Polizeigeschichten ging. Er war »Deep Throat«, der Zugang zu vielen Geheimnissen hatte.

»Kann es sein, dass Sie ein paar Probleme an der Backe haben?«

»Wer erzählt denn so was?«

»Nennen wir es mal Polizeikreise.«

»Was sagen denn Ihre Polizeikreise?«

»Sie sagen, dass Olivia Austin bei einem Fest war, bei dem eine Frau ums Leben kam. Und dass Frau Austin in der Zeitung Artikel lanciert, um die Polizei unter Druck zu setzen. Dabei ist Frau Austin selbst verdächtig, etwas mit diesem Tod zu tun zu haben.«

Oli fuhr hoch. »Ich werde mir diese blöde Kohlbeck dermaßen zur Brust nehmen.«

»Mal ganz ruhig. Sie macht nur ihre Arbeit.«

Oli schloss die Augen. Axmann hatte recht. Sie führte sich auf wie ein Elefant im Porzellanladen. Und das nur, weil sie auf sich selbst wütend war. Weil sie Franzi nicht helfen konnte. Weil sie nichts schnallte.

»Sie gehen also von Mord aus?«, fragte Axmann und ließ sich von Oli den Ablauf des Abends genau erzählen. Als sie fertig war, schwieg er lange.

»Sie glauben mir auch nicht«, sagte Oli frustriert.

»Ich glaube Ihnen. Ich frage mich nur, ob das alles war. Für eine so brillante Beobachterin, wie Sie es sind, haben Sie erstaunlich wenige Details parat.«

»Ich habe ein paar Gläser Wein getrunken und von dieser schrecklichen Maibowle. Aber ich war nicht betrunken und auch nicht high – wenn Sie das glauben. Ich weiß nur einfach selbst nicht mehr, was ich wirklich gesehen habe.«

»Was machen Sie denn sonst, wenn Sie Ihre Erinnerungen sortieren?«, fragte Axmann.

»Ich schreibe sie auf. Manchmal male ich oder stelle Szenen mit Gegenständen nach.«

»Dann tun Sie das doch. Schreiben Sie, malen Sie, stellen Sie auf. Und denken Sie dabei an jedes auch noch so kleine Detail.«

Olis Blick fiel auf die Uhr. »Danke für Ihren Tipp. Aber ich muss los, ich habe einen Kurs im Akasha-Hof.«

»Darf ich fragen, ob Sie dort ermitteln oder private Gründe haben?«

»Schwer zu sagen – ein bisschen was von beidem.«

»Dann halten Sie mal schön Augen und Ohren auf. Der Leiter des Zentrums hat eine bewegte Vergangenheit.«

Oli stutzte. »Joscho? Was wissen Sie über ihn?«

»Fahren Sie mal zu Ihrem Guru. Ich erzähle es Ihnen beizeiten.«

***

Auf halbem Weg vom Lechtal hoch fing der Regen an. Hartmut zog die Goretexjacke über und schaute sich um. Die Gipfel waren in einem bleiernen Wolkenband verschwunden. Es sah nicht nach einem kurzen Schauer aus. Vermutlich würde es oben Schnee geben. Hartmut ärgerte sich über den Wetterbericht, der ein sonniges Wochenende in den Bergen vorhergesagt hatte. Er ärgerte sich noch mehr über sich selbst, weil er der Vorhersage geglaubt hatte. Zwar hatte er genug warme und regenfeste Kleidung eingepackt, schließlich musste man Anfang Mai immer mit Schneeeinbrüchen rechnen. Aber im Stillen hatte er sich auf warme Tage gefreut, auf Sonne, die er sich ausgiebig auf den Pelz scheinen lassen wollte. Auf viel Licht und Luft, um seine dunkle Stimmung zu vertreiben. Stattdessen nun ein Wetter, das ihn noch mehr runterzog.

Klar konnte er nicht damit rechnen, dass Oli während seines Urlaubs viel Zeit für ihn hätte. Umso mehr hatte er sich gefreut, als sie spontan für die gemeinsame Bergtour zugesagt hatte. Und jetzt ging sie zu diesem affigen Pseudo-Guru. Hartmut hatte ihn in der Nacht, als Franzi starb, kurz gesehen. Der Typ war eitel und aufgeblasen. Aber die Frauen standen offenbar auf ihn. Oli hatte zwar über Joscho gelästert, aber irgendwie schwang Bewunderung in ihrer Stimme, als sie von ihm erzählt hatte.

Olis Stimme klang in seinen Ohren. »Hey, du klingst ja richtig eifersüchtig.« Das war natürlich Quatsch. Wie konnte man eifersüchtig sein bei jemandem, den man nur einmal im Jahr sah? Wie konnte er überhaupt Ansprüche anmelden? Nur weil sie Tür an Tür aufgewachsen waren. Nur weil sie sich gut verstanden. Nur weil sie ihm bis heute alles anvertraute. Wirklich alles?

Wenn er ehrlich war, wusste er nur wenig über ihren Alltag, hatte keine Ahnung von ihrem Beziehungsleben. Meistens hing sie bei ihm am Telefon, wenn eine Männergeschichte mal wieder schiefgegangen war und sie ihr Herz ausschütten musste. Und das war schon länger nicht mehr passiert. Das konnte heißen, dass es keine Männergeschichten gab. Oder dass es welche gab und sie gut liefen. Vielleicht hatte Oli auch jemand anderen, bei dem sie sich ausweinen konnte.

Hartmut war inzwischen in der Höhe angekommen, wo der Regen in Schnee überging. Er verscheuchte die trüben Gedanken und konzentrierte sich auf den glitschigen Pfad.

***

Natürlich war Oli die Letzte. Die anderen Workshop-Teilnehmer – allesamt Frauen – hatten bereits die Betten in den geräumigen Vierbettzimmern bezogen. Sie hatten ihre Yogahosen und Pants und Nickis und Pullis in die Schränke geräumt und ihre Schminksachen im großen Gemeinschaftsbad verteilt. Oli warf nur ihre Tasche auf ein freies Bett und eilte den anderen hinterher, die sich plappernd im Seminarraum versammelt hatten.

Ein Blick auf die sieben Frauen genügte Oli, und ihr Entschluss stand fest: Sie musste dringend einkaufen gehen. Das Bild, das sich ihr bot, hätte sich gut für eine dieser zahllosen Yoga-Wellness-Eso-Zeitschriften geeignet. Die Frauen trugen Yogahosen mit weiten Beinen und schmalem Bund. Dazu schulterfreie Tops, scheinbar achtlos übergeworfene große Tücher oder elegante Stirnbänder. Die Farben schwankten zwischen sonnigem Orange und Lindgrün. Auf den Klamotten durften natürlich die fernöstlichen Schriftzeichen nicht fehlen. Wahrscheinlich wusste niemand, was das alles hieß. Oli überlegte, dass da ohne Weiteres auf Sanskrit »Rauchen verboten« oder »Vorsicht, Rutschgefahr« stehen könnte.

Im Vergleich zu dieser gut ausgestatteten Gruppe kam sich Oli vor wie Aschenbrödel beim Prinzessinnenball. Ihre verwaschene Trainingshose hatte ein Loch am Oberschenkel, das Sweatshirt war an den Ärmeln ausgeleiert. Und eine Yogamatte oder ein Sitzkissen besaß sie überhaupt nicht.

Die Frauen kannten sich alle aus anderen sinnstiftenden Kursen. Sie waren erfahrene Workshop-Besucherinnen, waren schon mehrmals auf dem Akasha-Hof zu Gast gewesen. Sie erzählten sich, wie es ihnen nach dem letzten Aura-Healing ergangen war, über die Erfolge ihrer neuen Chakra-Diät oder wie regelmäßiges Mantra-Chanten ihren Energiefluss belebte.

Oli betrachtete die Gruppe und stellte eine erste Ferndiagnose. Alle plus/minus vierzig, alle gut situiert, alle frustriert. Drei Depressionen, zwei Panikattacken, eine Ess-Störung und ein Burn-out. Alle sieben auf der Suche nach Sinn, auf der Suche nach Liebe, auf der Suche nach sich selbst.

Im Grund, dachte Oli, sind das alles arme Geschöpfe, denen ein bisschen mehr Freundschaft, Partnerschaft, ein paar gute Gespräche und ein soziales Auffangnetz reichen würden.

Dann passt du ja prima dazu, sagte sie sich und spürte ein Ziehen in der Brust. Sie dachte daran, dass sie jetzt mit Hartmut auf dem Weg zur Mindelheimer Hütte sein könnte. Wind um die Nase, weiter Horizont, vertraute Gespräche. Oli verdrängte die aufkommende Melancholie. Sie hatte sich entschieden, und Hartmut war eh schon weg. Sie hatte vor einer Stunde versucht, ihn anzurufen, aber entweder war das Telefon aus, oder er hatte keinen Empfang.

Als sie sich der Gruppe näherte, wurde sie von sieben Augenpaaren abgescannt. Wahrscheinlich überlegten die Frauen, ob sie die neue Putzfrau war. Oli versuchte es mit einem freundlichen »Servus«, bekam ein affektiertes »Namasté« als Antwort und wurde ansonsten ignoriert. Das wird ja ein lustiges Wochenende, dachte sie seufzend.

Eine attraktive Blondine mit dickem Zopf deutete auf den Altar am anderen Ende des Raumes, auf dem immer noch eine Kerze und Franzis Foto standen.

»Habt ihr von dem Unglück gehört? Ist doch schrecklich, oder? Ausgerechnet die Franzi, die war doch immer so dynamisch und vital.«

»Du kannst in keinen reinschauen«, sagte eine drahtige Mittvierzigerin, die in Olis Augen eine schwere Depression mit sich herumtrug.

»Vielleicht wollte sie nur etwas ausprobieren«, sagte eine Dritte, die etwas pummelig war.

»Ach komm, die Franzi wusste doch Bescheid«, sagte die Blonde. »Ich würde bei der Wilma auf jeden Fall nichts ausprobieren.«

»Ja, die hat das einfach nicht im Griff«, stimmte die Pummelige zu.

Oli war neugierig geworden und wollte sich eben in das Gespräch einmischen. Aber da betrat Joscho den Raum, und es war, als ginge über den sieben Frauen die Sonne auf. Auch Oli konnte sich dem Eindruck nicht entziehen. Seine Mischung aus Kraft und Leichtigkeit verlieh ihm eine enorme Präsenz. Er kam nicht in den Raum, er nahm ihn in Besitz. Die helle Sandfarbe von Pluderhose und Nepalhemd brachten seine Größe von bestimmt einem Meter neunzig gut zur Geltung. Die Haare hatte er mit einem schmalen schwarzen Band zusammengebunden.

Er begrüßte die Gruppe, indem er die Hände vor der Brust faltete und den Kopf leicht beugte. Eine Bewegung, die Oli an den Dalai-Lama erinnerte. Es folgten Umarmungen und Küsschen.

Amüsiert betrachtete Oli die Szenerie. Wahrscheinlich war das der Grund für die Frauen, hierherzukommen. Endlich mal von einem tollen, starken und dabei sensiblen Mann in den Arm genommen zu werden. Das allein war bestimmt heilsamer als alle Meditationen, Energiegesänge und Chakra-Diäten zusammen.

Als Joscho einmal durchgereicht worden war, wendete er sich Oli zu.

»Danke, dass du gekommen bist, Feuerfrau.«

Woher nahm er nur diese Wärme in seinen Händen und Augen? Wieder hielt er ihre Hand länger als nötig. Wieder blickte er tiefer, als es Oli lieb war.

»Du musst keine Angst haben. Erlaube dir, erst einmal anzukommen. Alles Weitere wird sich weisen.«

Oli konnte nicht verhindern, dass ihre Augen feucht wurden. Sie nickte nur stumm.

Joscho hob die Hände, und die Gespräche verstummten.

»Bevor wir beginnen, möchte ich, dass wir innehalten. Wie ihr vielleicht gehört habt, hat Franzi uns verlassen. Wir wissen, dass auch sie ihre Schatten hatte, und doch hat sie uns stets mit ihrer sonnigen Energie betört.«

Er faltete die Hände zum Gebet und verbeugte sich tief vor dem Altar. Die Frauen folgten ihm. Während Oli es ihnen nachtat, überlegte sie, welche Schatten Joscho meinte. Gab es eine Franzi, von der sie nichts wusste?

»Nun setzt sie ihren Weg auf einer anderen Stufe fort, und wir wollen ihr für diesen Weg unsere Kraft, unsere Energie und unser Licht senden«, fuhr Joscho fort.

»Das hat sie auch dringend nötig«, hörte Oli eine Stimme von nebenan. Sie blickte hoch und sah Marina, die Blonde mit dem dicken Zopf, die verächtlich auf den Altar schaute.

Fünf Minuten später breiteten alle ihre Matten aus. Oli bekam eine Leihmatte aus dem Haus. Reihum stellten die Frauen sich vor und berichteten, was sie hergeführt hatte. Sie sprachen von ihren Wünschen und Krisen, von Belastungen in der Familie und mit ihren Partnern, von der Sehnsucht, endlich anzukommen im Leben. Die Pummelige – sie hieß Elena – erzählte von ihrer schweren Kinderzeit, die sie bis heute belaste. Marina beschrieb ihre Energieblockaden, die ihr Beziehungsleben immer wieder in ein Desaster führten. Kathi, die drahtige Mittvierzigerin, sprach von dunklen Gedanken, die ihren Alltag oft überlagerten und die sie mit Lichtarbeit bekämpfen wolle.

Da geht es mir ja noch ganz gut, dachte Oli. Dann war sie an der Reihe und wusste nicht, was sie sagen sollte.

»Ich bin die Oli, komme aus Kaufbeuren und lasse die Dinge mal auf mich zukommen.« Mehr fiel ihr nicht ein.

»Hast du denn gar kein Anliegen, ein Ziel, das du erreichen willst?«, fragte Joscho sanft.

Sie dachte kurz nach, aber ihr kam alles ziemlich lächerlich vor. Klar habe ich Ziele, die ich erreichen will, dachte sie. Ich will weg von hier, am besten irgendwo im Süden leben, ich will glücklicher sein, will den Traummann meines Lebens finden. Ich will so viel Geld haben, dass ich nicht mehr arbeiten muss. Wollen wir das nicht alle? Aber das traute sie sich nicht zu sagen. Stattdessen sagte sie: »Ich bin einfach neugierig.«

Joscho nickte und schloss die Augen. Als er sie wieder öffnete, sah er sie mit durchdringendem Blick an.

»Bist du glücklich, Olivia?«

Oli erstarrte. Dann spürte sie, wie ihr die Tränen runterliefen.

# FÜNF

Antons große Hände hatten ihren eigenen Takt. Setzlinge aus dem Kasten nehmen, eine Handvoll Erde zur Seite schieben, Pflanze einsetzen, festdrücken, kurz drüberstreicheln, nächster Setzling. Der kleine Gärtner brauchte kein Werkzeug. Nicht nur, weil seine Hände besser waren als jede Harke oder Schaufel. Er liebte den direkten Kontakt zu den Pflanzen. Und die Pflanzen schienen diese Zuneigung zu erwidern. Alles in seinem Gewächshaus und in den Freibeeten gedieh prächtig.

Oli war gerührt, als sie ihm zuschaute. Er kniete in dem Beet, sein Oberkörper und sein großer Kopf wiegten hin und her. Der Mann war völlig versunken in seine Arbeit. Das nannte man »im Fluss sein«. Heute früh hatten sie intensive Übungen zu diesem Thema gemacht. Aber keine der Teilnehmerinnen hatte auch nur annähernd die Hingabe und Versenkung erreicht, die Anton in seinem Beet zelebrierte.

Zwei Stunden am Tag war jeweils die Hälfte des Kurses zur Arbeit eingeteilt. Mit der anderen Hälfte machte Joscho persönliches Coaching. Es gab die Wahl zwischen Küche und Gärtnerei, und Oli hatte sich für den Garten gemeldet. Im Grunde hatte sie zu beiden Tätigkeiten keinen Draht. Ihre scherzhafte Frage, ob es denn keine Werkstatt oder einen Weinkeller gab, hatten die anderen Teilnehmerinnen nur mit einem schmalen Lächeln quittiert.

So war sie zusammen mit Elena dem Gärtner Anton zugeteilt worden. Elena erwies sich als kraftvolles Arbeitstier. Anton übergab ihr eine Schubkarre, und die Frau mit den kurzen Beinen und kräftigen Armen schaufelte wie eine Wilde Erde und Pferdemist auf die Freibeete. Für Oli blieb die feinere Arbeit im Gewächshaus, Unkraut zupfen, Setzlinge gießen, die reifen Paprikas und Tomaten in Körbe legen.

Anton nahm Oli geduldig in die Lehre, zeigte ihr, wie man das Gemüse erntete, welche Wassermenge beim Gießen genau richtig war, wie man Setzlinge pikierte und wann der rechte

Zeitpunkt war, sie umzusetzen. Sein Teiggesicht, das Menschen gegenüber sonst verschlossen war, zeigte dabei eine große Güte.

Vorsichtig brachte Oli das Gespräch auf Franzi. Sie hatte mit Anton vom ersten Tag an Freundschaft geschlossen. Er erzählte bewundernd von ihrer Geduld und Liebe bei der Gartenarbeit.

»Sie redete mit den Pflanzen, und sie haben sie verstanden. Wenn Franzi im Gewächshaus oder im Frühbeet war, wurde sie ein anderer Mensch.«

Genauso wie du, dachte Oli. Sie hatte Franzi schon immer für die Beharrlichkeit und Leidenschaft bewundert, mit der sie ihren Garten pflegte. Vor allem aber für ihre Fachkenntnis. Sie kannte jeden Strauch und jedes noch so unscheinbare Kräutlein beim Namen.

Oli fiel etwas ein. »Habt ihr hier auch einen Kräutergarten?«

Antons Teiggesicht blickte sie fragend an. Dann winkte er mit dem Kopf, sie solle ihm folgen.

An einer sonnigen Stelle hinter dem Gewächshaus streckte er stolz die Hände aus. Hier breiteten sich Rosmarin und Pfefferminze aus, Lavendel und Kapuzinerkresse, Schnittlauch und Petersilie, Majoran und Dill und vieles andere, das Oli nicht kannte.

»Hier war Franzi besonders gerne«, sagte Anton.

Oli saugte den vielstimmigen Duft in die Nase.

»Die Polizei sagt, sie ist an einer Pflanzenvergiftung gestorben«, sagte Oli.

»Das hat auch ihr Mann erzählt.«

»Manfred war hier?«

»Ja, gestern. Wir liefern freitags immer die Gemüsekisten aus. Er hat sie zurückgebracht. Nachdem Franzi nicht mehr da sei, könne er damit nichts anfangen.«

»Komischer Typ«, sagte Oli.

»Ich fand ihn ganz nett. Er hat Franzi öfter mal hergebracht oder abgeholt, und wir haben uns ab und zu unterhalten.«

Oli fragte sich, worüber man sich mit Manfred Winkler unterhalten könne. Aber vielleicht hatten Anton und Manfred eine gemeinsame Ebene gefunden. Zwei menschenscheue Typen unter sich.

Oli fuhr mit der Hand über den Lavendel. »Weißt du, ob Franzi mit irgendwas experimentiert hat?«

Anton starrte auf die Kräuter und schüttelte sanft den Kopf.

»Ich kann es mir auch nicht vorstellen«, sagte Oli. »Aber das heißt, dass sie …«

Antons Gesicht verfinsterte sich. Seine Mundwinkel zuckten. »Das Rumbohren hilft ihr jetzt auch nichts mehr.«

»Natürlich hilft es!«, sagte sie laut. Dann fügte sie leise hinzu: »Es hilft mir. Es hilft uns.« Ihre Augen füllten sich mit Tränen.

Ungeschickt legte Anton seine große Pranke auf ihren Arm. »Ich bin sicher, es war nicht ihre Schuld.«

Er wollte noch etwas sagen, doch da kam Elena mit der Schubkarre um die Ecke. Obwohl es kühl und bewölkt war, war Elena völlig durchgeschwitzt.

»Ach, da seid ihr. Ich hab euch schon gesucht. Also, ich bin mit dem Feld auf der linken Seite fertig. Soll ich den Rest auch noch machen?«

Anton lächelte. »Lass gut sein.«

»Komm, ich helfe dir.« Bevor Anton etwas sagen konnte, hatte Oli sich die Schubkarre geschnappt.

***

Eine Stunde lang karrte Oli Mist herbei, verteilte ihn auf dem Feld, und Elena arbeitete ihn ein. Sie schafften das ganze Feld, bevor der Regen einsetzte, und klatschten sich ab wie zwei Fußballspieler nach einem gelungenen Angriff.

Als sie hinterher im »Café Feinstoff« zusammensaßen, hatte Oli das Gefühl, ihre Arme reichten bis zum Boden. Schultern, Bauchmuskeln und der Rücken schmerzten von der ungewohnten Arbeit. Elena hingegen wirkte erfrischt und munter.

Sie bestellte sich ein Stück Torte und erzählte von den vielen Kursen, die sie in den letzten Jahren belegt hatte. Im Grund wisse sie inzwischen alles und könnte bereits selber Workshops leiten, sagte sie grinsend. Aber die alten Themen tauchten immer wieder auf. Sie fühlte sich zu dick, geriet ständig an die falschen Männer, wurde enttäuscht, suchte Trost im Essen. Dabei war sie als Jugendliche schlank wie eine Gerte gewesen. Irgendetwas musste während ihrer Pubertät schiefgegangen sein. Nach diesem Punkt suchte sie seit Jahren.

Oli schoss der Gedanke durch den Kopf, Elena sollte vielleicht besser nach vorne schauen, als ständig in ihren alten Wunden rumzuwühlen. Aber sie hatte gut reden. War sie nicht selbst ständig mit den immer gleichen Themen beschäftigt? Hatte sie nicht selber das Gefühl, in ihren alten Mustern festzustecken?

Beim zweiten Stück Kuchen kam Elena auf Franzi zu sprechen. Sie kannte Franzi schon seit den Zeiten, als sie beide noch bei Wilma Ostenried Kurse belegten.

»Sie war ein Naturtalent. Sie war fleißig und hat die schamanischen Praktiken schneller und besser beherrscht als wir alle«, sagte Elena bewundernd.

Nach einem Jahr habe ihr Wilma nichts mehr beibringen können. Dann habe Franzi die Hexengruppe verlassen und sei zum Akasha-Hof gegangen. Wilma sei sehr verärgert gewesen, zumal eine ganze Handvoll anderer Frauen Franzi gefolgt seien.

Oli wunderte sich, dass Franzi nie davon erzählt hatte.

»Es gibt Dinge, über die spricht man nicht«, sagte Elena.

»Du hast gestern gesagt, die Wilma hat etwas nicht im Griff. Was hast du damit gemeint?«

Elena rührte in ihrem Kaffee. »Was heißt, nicht im Griff. Sie ist eine gute Kräuterfrau, aber sie hat ihre eigenen Methoden. Das ist nicht jedermanns Sache.«

Oli wollte fragen, was »nicht jedermanns Sache« bedeutete, aber Elena schaute auf die Uhr und stand eilig auf. Es sei Zeit, wieder in den Kurs zu gehen.

***

Hartmut hatte den Ofen angeheizt, Schnee geschmolzen und einen Tee gekocht.

Er teilte sich den Winterraum der Mindelheimer Hütte mit vier jungen Burschen, die ihre Tourenskier hochgeschleppt hatten. Sie kochten gemeinsam und erzählten von den Touren, die sie für die nächsten zwei Tage planten. Das schlechte Wetter störte die Jungs nicht. Sie waren froh über den Neuschnee, der einige geschmeidige Abfahrten versprach.

Dann spielten die vier Karten, und Hartmut zog sich zurück. Er schaltete das Handy ein und entdeckte eine SMS.

»Der Hof und die Leute sind ziemlich schräg. Aber spannend. Jedenfalls hat Franzi hier einen tiefen Eindruck hinterlassen. Mehr, wenn du zurück bist. Hoffe, du bist nicht sauer. Lass es dir gut gehen. Bussi, Oli.«

Er machte das Telefon aus, ohne zurückzuschreiben.

Dass Franzi in dem Seminar-Zentrum einen tiefen Eindruck hinterlassen hatte, wunderte ihn nicht. Das tat sie überall. Wenn sie einen Raum betrat, war es, als würde die Sonne aufgehen. Selten hatte Hartmut einen Menschen kennengelernt, der so grundfröhlich und optimistisch durchs Leben ging. Vielleicht lag es daran, dass ihr in ihrem Leben alles in den Schoß gefallen war. Oder fiel ihr alles leicht, weil sie diese große Zuversicht in sich trug?

Franzi hatte wohlhabende und äußerst gutmütige Eltern, beste Noten in der Schule, ihr Architekturstudium schien sie lässig nebenher zu machen. Sie hätte als Kompagnon in einem großen Münchener Architekturbüro einsteigen können, entschied sich aber für ihre Heimatstadt und ihr kleines Ein-Frau-Büro. Auch hier nahm sie es locker, war mit wenigen Aufträgen zufrieden und gönnte sich Zeit für sich.

Nur zwei Dinge passten nicht in diesen sonnigen Lebenslauf. Ihr introvertierter Mann, der lieber mit Computern als mit Menschen zu tun hatte. Und ihr Engagement für dieses Akasha-Zentrum. Franzi hatte nun wirklich keine esoterischen Kurse oder gar eine Lebensberatung nötig. Was hatte sie dort gesucht? Hartmut hatte es auch nie erlebt, dass Franzi Drogen genommen hätte. Sie war stets mit zwei Gläsern Wein zufrieden gewesen. Er konnte sich nicht vorstellen, dass sich das in den letzten Jahren geändert hatte.

Natürlich hatte Oli recht: Wer Franzi kannte, konnte sich ihren furchtbaren Tod nicht erklären. Und sie hatte auch recht, wenn sie in dem Akasha-Hof nach Antworten für das Rätsel suchte. Hartmut wunderte sich ohnehin, dass seine kluge Nachfolgerin dort nicht auf den Busch klopfte.

Warum nur musste sich Oli ausgerechnet dieses Wochenende für ihre Recherchen aussuchen? Warum musste sie gleich einen Kurs buchen bei diesem Joscho? Wer weiß, vielleicht verliebt sie sich in ihn, dachte er finster. Oli war nicht blöd, aber sie war anfällig für schräge Typen. Sie hatte geschrieben, dass auf dem Hof alle »ziemlich schräg« seien. Das würde ihre Neugier anregen und ihre Sympathie.

Im Grunde waren sich Oli und Franzi sehr ähnlich. Auch Oli hatte eine starke Ausstrahlung. Mit einem großen Unterschied: Oli liebte die Schatten, die Zwischentöne, das Dunkle. Sie musste ständig für alles kämpfen und hatte nie gelernt, dass man im Leben etwas geschenkt bekam.

Hartmut fand gerade diese Mischung spannend. Wenn Franzi ein Sonnenschein war, so war Oli ein Apriltag mit Sonne, Gewitter, Schnee und wieder Sonne. Olis Zweifel und Launen mochten manchmal anstrengend sein, aber genau das faszinierte ihn an ihr.

Er holte das Handy raus, um ihr nun doch eine Nachricht zu schreiben. Doch er musste frustriert feststellen, dass der Akku leer war.

***

Der Regen hörte erst Sonntagmittag wieder auf. Oli nutzte die Pause für einen Rundgang durch das Seminarzentrum. Sie hoffte, Anton zu treffen, aber der hatte offenbar frei. Hinter dem Gewächshaus war ein gekiester Platz. Mehrere Korbsessel und Liegestühle waren lose um eine große Feuerschale gruppiert. Dort saß Mohini und genoss die Sonne. Oli wollte nicht stören und drehte um, aber Mo hatte sie entdeckt und winkte.

»Wie gefällt es dir bei uns?«, fragte sie, als Oli sich neben sie setzte.

»Es ist schön hier«, sagte Oli. »Vor allem so angenehm ruhig. Es tut gut, mal aus dem täglichen Hamsterrad rauszukommen.«

Mo legte den Kopf zurück und hielt das Gesicht in die Sonne. »Ja, wir sind eine kleine Oase mitten in der Wüste.«

»Lebst du schon lange hier?«

»Von Anfang an, seit Joscho das Zentrum vor fünf Jahren gegründet hat.«

Oli betrachtete die Frau eingehend. Ihr dunkler Teint und die Hände waren gepflegt. In ihrer Jeans und dem karierten Baumwollhemd sah sie nicht aus wie das Mitglied eines esoterischen Zentrums, sondern eher wie die attraktive Chefin eines Landguts.

»Und was hast du vorher gemacht?«

Mohini lächelte in sich hinein. »Alles Mögliche. In meinem früheren Leben war ich in der Buchhaltung eines Großunternehmens. Dann habe ich mich umschulen lassen zur Physiotherapeutin, dazu Yogalehrerin, Tanzausbildung, Chi Gong und noch einiges mehr. Dann bin ich auf Joscho und seine Gruppe gestoßen. Joscho hat immer etwas gesucht, wo er seinen Traum verwirklichen kann. Und hier hat er es gefunden.«

»Ausgerechnet in Neugablonz«, sagte Oli grinsend.

»Der Platz hier hat eine gute Energie, das ist wichtig.« Mohinis braune Augen blickten zufrieden in die Runde. »Obwohl das hier alles andere als einladend war. Du hättest das sehen sollen damals. Das ganze Gelände war völlig heruntergekommen. Aber Joscho hat sofort das Besondere des Ortes erfasst.«

»Ja, er hat ein gutes Gespür.«

»Wie ging es dir bei dem Kurs? Hast du gefunden, was du gesucht hast?«

»Ehrlich gesagt weiß ich es nicht. Ich bin verwirrt.«

»Das ist ganz normal am Anfang. Das wird sich selbst sortieren. Und du wirst sehen, dass die Energiearbeit eine große Befreiung für deine Seele ist.«

»Mag sein.« Oli zögerte. Dann sagte sie: »Mich hat vor allem Joscho selbst verwirrt.«

Auf Mos Gesicht breitete sich ein verständnisvolles Lächeln aus. »Er hat dich angemacht.«

Oli wurde rot. »So würde ich das nicht sagen.«

»Ist schon okay. Joscho hat eine Schwäche für Frauen, vor allem, wenn sie attraktiv und spannend sind. Mich würde es eher wundern, wenn er nicht auf dich stünde.«

»Ich weiß nicht, ob er auf mich steht. Er hat sich einfach sehr intensiv um mich gekümmert.«

Mo lächelte in sich hinein. »Joscho lebt auf einer anderen Ebene. Er braucht niemanden. Er trägt so viel in sich, dass er gut für sich allein leben kann. Aber er ist sich seiner Körperlichkeit durchaus bewusst und geht offen damit um. Er ist ein Anhänger der freien Liebe. ›Liebe ist ein Kind der Freiheit‹, sagt er immer.« Mo zwinkerte Oli zu. »Er ist eben auch nur ein Mann.«

Oli fragte sich, ob es viel mit Freiheit zu tun hatte, wenn einer jedem Rock hinterherrannte. Das klang für sie eher nach einer hormongesteuerten Zwangshandlung. Aber was wusste sie wirklich über diesen Mann? Vielleicht war sie selber zu spießig, um seine Vorstellung von Liebe zu begreifen.

Sie starrte auf die große eiserne Feuerschale. Das Bild von Franzi tauchte vor ihr auf. War sie auch hormongesteuert gewesen? Auf jeden Fall hatte sie Joscho angehimmelt. Sie war an dem Hexenfest noch aufgekratzter als sonst gewesen. Vielleicht lag es auch an dem wilden Treiben, an dem Trommeln, den Tänzen, dem Feuerzauber und Geschrei.

»Warum warst du eigentlich nicht auf dem Fest am Auerberg?«, fragte Oli.

»Da ist mir zu viel Trubel. Ich brauche dieses Brimborium nicht. Wir haben hier ein Feuer und ein paar Rituale gemacht und ein wenig gesungen.«

»Ich bin da ja nur hingegangen, weil Franzi mich gebeten hat.«

»Du musst dich nicht verteidigen«, sagte Mo sanft.

»Ehrlich gesagt fand ich das alles ziemlich schräg. Es war mehr wie eine wilde Party.«

»Viele Menschen brauchen den großen Zauber. Aber wenn du die Energie tief in dir gefunden hast, gehst du den Weg der Stille und des Friedens. Ich bin oft am Wochenende an diesem Platz, um zu meditieren. Aber nur, wenn ich allein bin.«

Oli bewunderte die kraftvolle Ruhe dieser Frau. Wie lange musste man meditieren, um so bei sich anzukommen?

***

Die Buben brachten andauernd Müll nach Hause. Wertloses Zeug, das sie irgendwo in den Wiesen, im Wald oder auf den

Wanderwegen fanden. Reste von Ziegelsteinen, leere Kaugummiverpackungen, Schrauben oder kaputte Feuerzeuge. Für Felix und Paul waren es Schätze, aber ihre Mutter verzweifelte daran und entsorgte die Sammlungen regelmäßig.

Zunächst überlegte Sieglinde Zoller, das Fläschchen zu behalten. Es war eine braune Glasflasche mit einem Tropfaufsatz, wie man sie auch in Apotheken bekam. Vielleicht eine Medizinflasche, die ein Wanderer verloren hatte. Auf dem verschmierten Aufkleber konnte man schwach »Franziska« lesen. Die Buben sagten, sie hätten das Ding oben im Wald gefunden.

Die Flasche wäre praktisch für Lavendelöl oder Zitronengras. Man könnte darin ein selbst gemischtes Mückenöl aufbewahren. Aber wer wusste, was da drin war. Vielleicht etwas, wovon man Allergien bekommen konnte. So warf Sieglinde die Flasche in den Müll.

***

Das Schlimmste an diesem Wochenende war das ruhige Dasitzen. Nach fünf Minuten fingen Olis Pobacken an zu kribbeln, ihre Beine schliefen ein. Aber ihr Hirn ratterte unverändert weiter. Die äußere Ruhe wollte sich einfach nicht nach innen übertragen.

Die anderen berichteten von Momenten tiefster Entspannung und hellem Licht. Oli sah nichts und hatte obendrein einen verspannten Nacken.

Mit geschlossenen Augen hörte sie, wie Joschos Stimme langsam durch den Raum wanderte. Dann spürte sie seine Hand auf dem Rücken, die zweite griff ihr sanft unters Kinn und richtete ihren Oberkörper auf. Erst jetzt merkte sie, dass sie völlig eingesunken dasaß.

Ohne die Meditationsreise, von der er erzählte, zu unterbrechen, richtete Joscho ihre Schultern gerade, drückte sanft gegen ihr Steißbein und schob es nach vorne, korrigierte ihre Kopfhaltung. Dann fuhr er mit zwei Fingern ihr Schlüsselbein nach. Es wirkte wie zufällig, wie jemand, der im Vorbeigehen über die Tasten des Klaviers streicht. Seine Berührung hinterließ einen Ton in ihr.

Oli war verwirrt. Das ganze Wochenende über hatte sie das Gefühl, in seinem Fokus zu stehen. Bei den Gesprächsrunden legte er Wert auf ihre Beiträge, bei den Körperübungen gab er ihr Hilfestellungen. Das tut er nur, weil ich Anfängerin bin, redete sie sich ein. Doch ihr Bauch sagte etwas anderes. Obwohl die anderen Frauen ihn so sehr anhimmelten, machte der große Guru sie zur Lieblingsschülerin. Sie fühlte sich geschmeichelt. Zugleich hatte sie ein schlechtes Gewissen, sich selbst gegenüber, Hartmut gegenüber, vor allem Franzi gegenüber.

Joschos Frage vom ersten Abend tauchte in ihren Gedanken auf. »Überlege dir, womit du in Resonanz gehst. Was löst einen Widerhall in dir aus? Vor allem: Warum ist das so?«

Damit hatte er einen wunden Punkt berührt. Warum war das Leben so, wie es war, und nicht so, wie Oli es sich wünschte? Dieser Gedanke war gefährlich, das wusste Oli. Wenn er auftauchte, endete es zumeist damit, dass sie mit Gott und der Welt und vor allem mit den Zuständen und Umständen haderte. Deshalb versuchte Oli, sich die vielen Warum-Fragen nicht zu stellen.

Joscho rührte sie nun eine nach der anderen auf. »Was ist der Boden, auf dem du sicher bist? Was gibt dir Energie, was nimmt dir Energie? Wo ist der Ort in dir selbst, an dem du Ruhe findest?«

Anstatt geerdet zu werden, wie es der Kurs versprach, hatte Oli das Gefühl, dass sie immer mehr abhob. Dabei war es wenig beruhigend, dass es den anderen Frauen ähnlich ging. Es war, als würde Joscho mit seinen Worten ein Sediment aufrühren, unter dem sich zahllose dunkle Gestalten verbargen.

***

In den Pausen unterhielten sich die Frauen über verlorene Träume und vergebene Chancen, tauschten Krisengeschichten und ihre persönlichen Wehwehchen aus. Die Bandbreite reichte von Schlafstörungen bis zu Blasenentzündungen, von Cellulitis bis hin zu Autoimmunerkrankungen.

Oli mied diese Gespräche, so gut es ging. Sie hatte mit ihren eigenen Gespenstern genug zu kämpfen. Am Samstagabend hechelten die Frauen ihre Beziehungsprobleme durch. Als Oli hörte, dass Franzis Name fiel, stellte sie sich zu der Gruppe.

»Aber sie konnte doch nichts dafür«, sagte die drahtige Kathi.

Marina lachte laut auf. »Die Franzi war eine ganz Durchtriebene. Die wusste haargenau, was sie macht. Für mich ist das charakterlos.«

»Komm, Marina, sei nicht so nachtragend. Sie ist tot.«

»Ich heul dem Miststück jedenfalls keine Träne nach.«

Bei dem Satz drehte sich Oli abrupt um und ließ die Gruppe stehen.

Wenig später, als Oli draußen beim Rauchen stand, kam Marina zu ihr. »Es tut mir leid. Ich wusste nicht, dass du mit Franzi befreundet warst.«

Oli schaute sie nur stumm an. Marina wand sich.

»Ich weiß, so etwas sagt man nicht. Franzi und ich mochten uns nicht besonders. Sie war so ...« Ihr fehlten die Worte, dann brach sie unvermittelt in Tränen aus. Schluchzend erzählte sie, dass sie vor gut einem Jahr eine Fehlgeburt hatte. Daran sei ihre Beziehung zerbrochen und fast sie selbst. Erst durch die Energiearbeit mit Joscho habe sie wieder zurück ins Leben gefunden. Er habe sie aufgebaut, körperlich und seelisch. Dann sei Franzi aufgetaucht, und Joscho hatte nur noch Augen für sie.

»Ich habe so oft gebetet, dass Franzi verschwinden soll. Aber dass es dann so kommt, konnte ich ja nicht ahnen.«

Marina weinte nun hemmungslos. Oli konnte nicht anders, sie musste Marina in den Arm nehmen.

»Beltane wäre ein guter Abend gewesen, mit ihr zu reden«, jammerte Marina. »Aber es gab einfach keine Gelegenheit.«

Oli ließ Marina los. »Du warst da? Ich hab dich nicht gesehen.«

»Es war ja auch so viel los. Und ich war die ganze Zeit in der Trommelgruppe.«

»Sag mal, ist dir an dem Abend irgendwas Ungewöhnliches aufgefallen?«

Marina schnäuzte sich und schüttelte den Kopf. »Ich hab die ganze Zeit getrommelt und nichts mitgekriegt.« Dann fügte sie hinzu. »Aber es war eine komische Stimmung. Joscho war so angespannt. So kenne ich ihn gar nicht. Und Wilma war auch ziemlich nervös. Aber das lag bestimmt am Neumond.«

***

Bei der Schlussbesprechung flossen wieder Tränen. Aber diesmal vor Erleichterung. Reihum berichteten die Teilnehmerinnen, wie segensreich das Wochenende für sie gewesen sei. Neue Kraft, Licht und Energie getankt, die Chakren belebt, einen Ruhepol, die eigene Mitte gefunden.

Oli spürte von alldem nichts. Sie betrachtete die Gesichter der anderen. Dort schienen sich tatsächlich viele dunkle Wolken verzogen zu haben. Nur ihre Schatten geisterten immer noch herum.

Sie hatte sich mehr Klarheit erhofft und war nur noch konfuser als zuvor. Sie war dem Rätsel um Franzi und ihren Tod keinen Schritt näher gekommen. Und sie war auch sich selbst keinen Schritt näher gekommen.

»Ich habe hier viel nachgedacht und viel Neues erfahren«, sagte Oli, als sie an der Reihe war. »Das alles muss ich jetzt erst einmal verdauen.«

Joscho schaute sie lange an, sagte aber nichts.

Als sie eine halbe Stunde später mit ihrer Tasche auf den Hof trat, stand Joscho am Ausgang.

»Ich habe das Gefühl, du bist nicht zufrieden und hast noch Fragen. Wenn du willst, können wir uns bei einer Tasse Tee darüber unterhalten.«

Oli wollte lieber nach Hause. Sie war müde und überfüllt, hatte keine Lust auf weitere Diskussionen über große Fragen des Lebens. Sie wollte einfach nur ihre Ruhe haben.

Laut hörte sie sich sagen: »Na klar, warum nicht.«

***

Joschos Privatwohnung war direkt über dem Seminarraum. Ein großes Loft, das zugleich Wohnzimmer, Meditationsraum und Büro war. Der hohe Raum mit freigelegten Dachbalken war vom

Nachmittagslicht durchflutet. Er hatte so gar nichts Esoterisches. Der Bewohner hätte genauso gut Investmentbanker sein können. Eine Längsseite war mit langen Bücherregalen vollgestellt, die andere Wand zierten ausgewählte Kultgegenstände aus aller Welt. Indianischer Kopfschmuck, fernöstliche Heiligenfiguren, traditionelle Jagdwaffen – eine Sammlung wie im Völkerkundemuseum. Auf der Stirnseite prangte ein riesiger Mahagoni-Schreibtisch. Daneben eine Sitzgruppe aus weißem Leder.

»Ist Grüntee in Ordnung für dich?«

Oli konnte grünen Tee nicht ausstehen. Da konnte man genauso gut ein Büschel Heu aufbrühen. Noch während sie überlegte, ob in der schicken Bude nicht auch eine Espressomaschine stand, hörte sie sich »Ja, gerne« flöten.

Was ist eigentlich los mit dir?, fragte sie sich, als Joscho in einem Nebenraum verschwand. Du benimmst dich wie ein kleines Mädchen. Okay, er sieht gut aus. Er hat offenbar Kohle. Aber im Grunde ist er ein selbstverliebter Fatzke. Also reiß dich mal zusammen.

Wenige Minuten später kam er mit einem indischen Tablett zurück. Er hatte sich umgezogen, trug eine lange weiße Tunika mit einem Ausschnitt bis zum Bauchnabel.

»Weißt du, was dein Grundproblem ist?«, fragte er, während er elegant den Tee eingoss.

Mein Grundproblem ist, dass ich verklemmt bin und jetzt gleich schreiend rausrenne, dachte Oli.

Joscho setzte sich neben sie und legte seine Hand auf ihren Oberschenkel.

»Du hast eine karmische Wunde.«

In Olis Kopf stürzten die Gedanken durcheinander. Was wird das? Was erzählt er da? Wenn er seine Hand da nicht wegnimmt, fängt mein Bein an zu brennen.

»Eine was?«, fragte sie und starrte auf seine Hand.

Aber er dachte nicht daran, sie wegzunehmen.

»Ein Problem, das aus einem früheren Leben stammt. Es hat mit Partnerschaft und Tod zu tun.«

Oli nippte am Tee und verzog das Gesicht. Er schmeckte scheußlich. »Ich verstehe gar nichts.«

»Es kann sein, dass du irgendwann mal am Tod deines Partners schuld warst oder ihn umgebracht hast. Dein karmisches Thema lautet Einsamkeit, Partnerschaftsprobleme, Bindungsunfähigkeit, unstete Suche. Dieser Kreis wiederholt sich so lange, bis deine Wunde geheilt wird.«

Oli rückte ein Stück zur Seite, um aus dem Bann seiner Nähe zu kommen. Joscho lehnte sich zurück und legte die Hände hinter den Kopf.

»Alles Leben drängt zur Heilung. Die Frage ist: Willst du warten, bis es irgendwann passiert? Oder willst du es selbst in die Hand nehmen? Genau hier setzt meine Therapie an: bei der karmischen Selbstreinigung.«

Oli verschluckte sich. »Ich weiß nicht, ob ich schon so weit bin«, sagte sie hustend.

»Ich habe die Grundzüge meiner Therapie mal für ein Sonderheft aufgeschrieben. Moment, das muss hier irgendwo sein.«

Er war aufgestanden und suchte in einem Papierstapel neben dem Schreibtisch, schien aber nicht fündig zu werden.

»Ich drucke dir die paar Seiten einfach aus.« Er fummelte an seinem Laptop herum.

»Noch mal Tee?«

Oli zog die Nase kraus. »Och, ich weiß nicht.«

»Ich kann dir auch ein Arkanum mischen.«

Oli überlegte, ob das was Schweinisches war oder ein hauseigener Cocktail.

»Es ist wie eine Medizin – speziell für dich. Das geht ganz schnell. Und Grüntee bringe ich auch noch mal.«

Mit breitem Lächeln verschwand er im Nebenraum.

Was, wenn er dir was in den Tee mischt und dich gefügig macht, um dann über dich herzufallen? Oder vielleicht dasselbe Zeug, das Franzi eingenommen hat? Was, wenn er der Mörder ist? Panik erfasste sie. Es war besser, schnell zu verschwinden.

Der Drucker meldete mit einem Piepsen, dass er fertig war. Als Oli die Seiten rausnehmen wollte, fiel ihr ein Blatt auf, das aus dem Papierstapel neben dem Gerät ragte. Offenbar eine ausgedruckte E-Mail. Von der Nachricht waren nur Bruchstücke zu sehen.

»… Geheimnis unter uns bleibt …«
»… sonst fliegt alles auf …«
»… deponiere die Tasche …«

Oli wollte das Blatt aus dem Stapel ziehen, aber sie hörte Joscho zurückkommen. Schnell griff sie die ausgedruckten Seiten. Mit einem letzten Blick las sie den Absender der E-Mail: nicolist@freenet.de.

Sie versuchte, ihren Atem zu beruhigen. Bestimmt merkte Joscho, wie wild ihr Herz pochte.

»Ich glaube, es wird Zeit. Ich muss noch meinen Sohn abholen.«

Joscho stellte die Tassen ab. Er fasste sie an den Schultern.

»Du brauchst keine Angst zu haben. Dein Karma sehnt sich danach, geheilt zu werden.«

Er strich ihr sanft über das Haar.

Oli stotterte. »Ich schau mal … also … ich lese es mir durch.«

Eilig stopfte sie die Blätter in ihre Handtasche. Auf dem Weg nach draußen versuchte sie nicht zu rennen.

Im Hof begegnete sie Anton. Er strahlte, als er sie sah. Dann schaute er nach oben zu Joschos Wohnung, und sein Blick wurde ernst.

»Ist alles in Ordnung?«

Oli nickte. »Ich hatte noch eine Abschlussbesprechung.«

»Aha.« Anton zeigte wenig Begeisterung.

Als sie eben einsteigen wollte, fiel ihr etwas ein.

»Was kostet eigentlich eure Gemüsekiste?«

»Das kommt drauf an, ob du klein, mittel oder groß haben willst.«

»Sagen wir mal, mittel.«

»Neunzehn Euro plus Pfand für die Kiste.«

»Die würde ich gerne bestellen.«

Anton freute sich sichtlich. »Kommt wöchentlich frei Haus.« Dann trübte sich seine Miene. »Ich weiß aber nicht, wie lange noch.«

Oli schaute ihn fragend an.

»Die Gärtnerei soll aufgelöst werden«, sagte er tonlos.

»Aber warum das denn?«

Er hob die Hand und rieb Daumen und Zeigefinger aneinander. Dann ließ er die Hand sinken. »Ich verstehe es nicht. Wir verkaufen gut, und die Kunden sind alle zufrieden.«

»Mensch, Anton, das kann nicht wahr sein. So ein Paradies gibt man doch nicht auf.«

Er sah aus, als würde er gleich anfangen zu weinen. Oli reichte ihm ihre Karte.

»Hier steht meine Adresse, wo die Kiste hinsoll. Und wenn du etwas brauchst, kannst du mich immer anrufen.«

Sie überlegte kurz. »Vielleicht fällt dir auch noch was zu Franzi ein.«

***

Alex' Stimme war schon an der Haustür zu hören.

»Das tu ich nicht, Opa.«

»Das will ich auch hoffen«, bellte ihr Vater zurück.

»Lass den Jungen jetzt endlich mal in Ruhe«, rief ihre Mutter.

»Stör ich gerade?«, fragte Oli, als sie das Wohnzimmer betrat. Mit einem Schlag wurde es still. Alle drei starrten sie an wie ertappte Diebe. Alex nutzte die Gelegenheit, drückte sich an ihr vorbei und verschwand nach oben.

»Walter mit seinen ständigen Belehrungen«, fing ihre Mutter an.

»Misch du dich doch nicht immer ein«, fauchte er zurück.

Sie schüttelte den Kopf. »Das geht so den ganzen Tag.«

»Das sind keine Belehrungen, Gerda, das hat mit Verantwortung zu tun. Das verstehst du nicht.«

»Ich hab noch Sauerbraten von heute Mittag«, flötete Gerda und verschwand in der Küche. »Mit Spätzle und Soße.«

»Nein danke, Mama«, sagte Oli schwach.

Sie ließ sich auf einen Stuhl sinken und schaute ihren Vater erwartungsvoll an.

»Du warst nicht beim Ganser. Da mache ich extra einen Termin für dich aus, und du gehst nicht hin«, sagte er vorwurfsvoll.

»Wenn du für mich Termine ausmachst, dann frage mich vorher. Ich hab dir gesagt, dass ich keine Zeit habe.«

»Immer muss alles nach seinem Willen gehen«, krähte Gerda aus der Küche.

Walter verschränkte trotzig die Arme. »Keinen Satz kann man sagen in diesem Haus, ohne dass man sofort angemotzt wird.«

»Siehst du. Kaum sagt man was, ist er beleidigt.«

Oli hob die Hände wie ein Schiedsrichter. »Könnt ihr weiterstreiten, wenn ich weg bin? Was ist mit Alex?«

Walter holte Luft. »Er braucht genug Wechselwäsche, wenn er nass wird. Und Sachen, damit er nicht friert. Hast du überhaupt einen zweiten Pulli für ihn? Dann Regenjacke, Mütze und dicke Socken.«

Gerda kam mit einem Teller mit Braten und Spätzle.

»Und die Zahnbürste nicht vergessen.«

»Mama, ich bin eine erwachsene Frau.«

In Olis Kopf begann das Lied wieder zu spielen: »Ich wollte nie erwachsen sein«. Sie schluckte. Ihre Mutter stellte den Teller ab und fuhr ihr sanft mit der Hand über den Kopf. Egal, was ich mache, dachte Oli, hier werde ich immer Kind bleiben.

»Weißt du, wie es in so einem Schullandheim zugeht?«, maulte ihr Vater. »Da wird geraucht und Alkohol getrunken. Da passt doch keiner auf.«

»Magst du noch mehr Soße?« Ohne eine Antwort abzuwarten, marschierte Gerda in die Küche.

Walter klopfte auf den Tisch. »Die Lehrer kannst du doch heute alle vergessen. Ich habe Alex nur eingeschärft, dass er keinen Blödsinn macht.«

Oli schob den Teller zur Seite. »Papa, die sind doch erst dreizehn.«

»Das ist genau das Alter, in dem so was losgeht. Man muss ihn vor den Gefahren frühzeitig warnen.«

»Aber dass er Computerspiele spielt, die erst ab sechzehn sind, das stört dich nicht?«

»Bei uns macht er so was nicht.«

»Ach ja? Und was war das für ein Spiel, das ihr erst gekauft habt?«

Walter winkte ab. »Das ist doch harmlos.«

»Mir hat schon das Bild auf dem Titel gereicht. Und wie man auf der Verpackung lesen kann, ist dieses Spiel ab sechzehn.«

Walter runzelte die Stirn. Dann rief er laut: »Alex! Wir müssen reden.«

Alex hatte bereits seine Tasche ins Auto gebracht und stand wartend im Flur. Er hatte es plötzlich eilig.

»Wir müssen jetzt los, gell, Mama? Ich muss morgen ja früh raus.« Er schaute Oli flehend an.

»Das ist sehr vernünftig«, pflichtete Gerda ihrem Enkel bei.

»Ich war noch nicht fertig«, maulte Walter.

»Jetzt gib endlich Ruhe. Das Kind muss ins Bett«, fuhr Gerda dazwischen.

»Nun lass mich doch einmal ausreden«, herrschte Walter seine Frau an.

»Du immer mit deiner schlechten Laune. Sei jetzt einfach still«, wehrte sie sich.

Oli wusste, es war Zeit, die Flucht zu ergreifen. Ihre Eltern würden sich streiten, sie zwischendurch verabschieden und zugleich aufhalten. Ihre Mutter würde sämtliche Essensvorräte aufzählen und notfalls aus der Küche schleppen und dabei ihren Mann ignorieren, der zu allem gallige Kommentare abgab. Deshalb packte Oli Alex kurzerhand an der Jacke, zog ihn aus dem Flur und schob ihn ins Auto.

»Du hast ja gar nichts gegessen, Olivia«, rief ihre Mutter. »Warte!«

Wenige Augenblicke später kam sie mit einer Tupperdose. Oli wusste, es war sinnlos. Also packte sie die Dose ein. Verfolgt von weiteren Speiseangeboten ihrer Mutter und Belehrungen ihres Vaters stieg sie ein und fuhr mit quietschenden Reifen los.

***

Die Reisetasche für Alex war gepackt, ebenso der kleine Rucksack. Die Brotzeit war hergerichtet, die Sachen, die er morgen anzog, lagen bereit. Allein die Klamottenfrage war eine Qual gewesen. Alle Sachen, die sie ihm einpackte, fand er scheiße. Vor allem war er sauer, weil sie ihm verbot, seine Playstation mitzunehmen. Oli hielt ihm die Liste von der Schule vor die Nase, auf der eindeutig »kein elektronisches Spielzeug« stand.

»Du bist schon genauso wie der Opa«, zeterte Alex und verschwand in seinem Zimmer.

Oli sank auf den Küchenstuhl und stützte das Kinn in die Hände. Ihr Kopf war ein Kettenkarussell, das eine fremde Macht in Schwung hielt. Bilder und Gespräche kreisten vorbei und waren nicht zu fassen.

Der ständige Kampf mit Alex, der Dauerkonflikt mit ihren Eltern, Joscho, Hartmut, der in den Bergen verschwunden war und sich nicht meldete, der schrullige Gärtner Anton, Joscho, die seltsamen Frauen aus der Workshop-Gruppe, die lebenskluge Mohini, Joscho, immer wieder Joscho.

Sie öffnete eine Flasche Prosecco, holte sich ein Glas und nahm einen tiefen Schluck. Dann schnappte sie sich die nächstbeste Erinnerung aus dem Kreisel.

»... Geheimnis unter uns bleibt ... sonst fliegt alles auf ... deponiere die Tasche ...« Was hatte das zu bedeuten? Welches Geheimnis? Was sollte nicht auffliegen? Um welche Tasche ging es? Oli schrieb das Wort »Erpressung« in die Mitte ihres Blocks und kreiste es ein. Dann fügte sie ein Fragezeichen hinzu.

Sie fuhr ihren Rechner hoch und gab »nicolist@freenet.de« in die Suchmaske ein. Kein Treffer, wie sie schon erwartet hatte. Sie musste mit Hartmut reden. Sie brauchte seinen Rat, brauchte jemanden, der ihr beim Sortieren half. Aber sein Handy war aus. »Bitte hinterlassen Sie eine Nachricht«, sagte die Computerstimme. Aber ihr fiel nichts ein.

## SECHS

Wolfgang Baldauf hörte sich an wie eine kaputte Schallplatte. Er telefonierte und sagte bereits zum fünften Mal denselben Satz: »Ich wünsche mir, dass Sie in einem ruhigeren Ton mit mir reden.«

Mit großer Geduld wiederholte er immer wieder seine Bitte. Kopfschüttelnd ging Oli Kaffee holen. Als sie zurückkam, saß ihr Kollege da und grinste wie ein kleiner Lausbub. Es fehlt nur noch, dass er bei der Arbeit vor sich hin pfeift, dachte Oli.

»Wie machst du das eigentlich immer?«, fragte sie.

»Was?«

»Es ist Montagmorgen, und das war der dritte Anruf, in dem du dir Beschimpfungen und Drohungen anhören musstest.«

»Ich finde, es ging. Nur der Bosel war jetzt etwas hartnäckiger, weil ich seine Mitarbeiterehrung nicht gebracht habe.«

»Und du regst dich nicht auf?«

»Ich denke mir, dass mich Aufregen auch nicht weiterbringt.«

Oli schaute ihn an wie eine Katze auf Mäusejagd. »Gib's endlich zu, du meditierst heimlich. Oder du nimmst Drogen.«

Sie wusste genau, dass Wolfgang beides nicht brauchte. Er trank nicht, rauchte nicht, ging regelmäßig joggen. Ansonsten war er einfach ausgeglichen und von Natur aus fröhlich.

Er grinste sie verschwörerisch an. »Grüner Tee am Morgen.«

»Du machst mich fertig.«

»Und ich übe mich in GfK. Ich hab einen VHS-Kurs gemacht am Wochenende.«

Oli überlegte. »GfK – steht das für ›genfreie Kuhmilch‹ oder für ›Geduld für Knallchargen‹?«

Er zog ein Buch hervor. »Gewaltfreie Kommunikation.«

»Fängst du jetzt auch noch mit dem Eso-Kram an?«

»Das ist kein Eso-Kram. Das ist eine Methode, mit der du dir und deinem Gegenüber Ärger ersparst. Das kannst du lernen wie Fahrradfahren. Du musst das doch kennen, du hast doch Kommunikationswissenschaft studiert.«

»Politik und Kunstgeschichte, und keiner weiß, wozu«, erwiderte Oli.

Wolfgang erklärte ihr, dass gewaltfreie Kommunikation ganz einfach sei. Es gehe darum, einfühlsam und authentisch zu sein und andere nicht zu beurteilen.

»Du baust eine wertschätzende Beziehung zu deinem Gegenüber auf.«

Oli verdrehte die Augen. »Ich weiß nicht, ob ich zu Hohlköpfen wie Herrn Bosel eine wertschätzende Beziehung haben will.«

»Es geht darum, dass du dich ehrlich und klar ausdrückst. Du sagst, was du beobachtest, was du fühlst, was du brauchst und um was du bittest.«

»Und was soll das bringen?«

»Nehmen wir den Bosel. Er ruft an und fängt sofort an, rumzutoben. Ich habe ihm gesagt: ›Wenn Sie mich so anschreien, fühle ich mich in die Ecke gedrängt und bin frustriert. Ich wünsche mir, dass Sie in einem ruhigeren Ton mit mir reden und dass wir eine andere Lösung finden.‹«

»Das hast du mindestens fünf Mal gesagt.«

Wolfgang hob die Hände. »Es hat gedauert, aber dann hat er es kapiert. Und ich konnte ihm erklären, warum ich seine Pressemitteilung nicht gebracht habe. Schließlich hab ich ihm vorgeschlagen, dass ich mal ein Porträt eines verdienten Mitarbeiters schreiben könnte. Er hat sich am Ende für das nette Gespräch bedankt.«

Oli nickte bewundernd. »Du bist schon ein Hund, Wolfgang. Aber für mich ist das, glaub ich, nichts.«

»Nehmen wir ein Beispiel: Du sitzt mit deinem Sohn beim Essen, und er kleckert alles voll. Was sagst du zu ihm?«

Oli musste darüber keine Sekunde nachdenken. »Hey, junger Mann, wir sind hier nicht im Schweinestall. Was sind denn das für Manieren. Benimm dich mal ordentlich.«

»Du könntest auch sagen: ›Wenn du dich und die Tischdecke bekleckerst, bin ich frustriert, weil ich gerne an einem sauberen Tisch esse und weil ich das alles hinterher waschen muss. Ich hätte gerne, dass du mehr auf die Sachen achtgibst.‹«

Oli wiegte den Kopf. »Ob das hilft …«

»Zumindest nimmt es die Aggressionen raus.«

Wolfgang schaute auf die Uhr. Es war Zeit für die Konferenz.

»Apropos Aggressionen. Sei so gut und sprich den Chef nicht auf seine neue Frisur an. Da bin ich heute früh schon ins Fettnäpfchen getreten.«

***

Als Oli das Büro von Peter Schild betrat, blieb sie wie angewurzelt stehen.

»Wer hat Sie denn so zugerichtet?«, entfuhr es ihr.

Schild, der gerade die Post sortierte, zuckte zusammen.

»Was ist?«

»Entschuldigung, aber Sie sehen ganz …« Oli bekam von Wolfgang einen Stoß in die Rippen. »… ganz verändert aus.«

»Ich war beim Friseur, na und?«, sagte Schild barsch. »Ist das so ein Weltereignis?«

Seine dunkelblonden Haare waren auf der linken Seite länger als auf der rechten. Anstatt des Scheitels trug er einen Pony, der an ihm nicht nur deplatziert aussah, sondern auch noch unregelmäßig geschnitten war. Dafür standen die oberen Haare ab wie bei einem Igel.

»Hat man den Lehrling auf Sie losgelassen?«, frotzelte Oli. »Also wenn Sie den verklagen, kommen Sie bei jedem Gericht durch.«

»Jetzt ist aber gut«, schimpfte Schild. »Das war nicht irgendein Friseur. Ich war beim energetischen Haareschneiden. Das verstehen Sie nicht. Da geht es nicht um konventionelle Ästhetik, sondern um Hairbalancing. Dabei werden die Meridiane auf dem Kopf aktiviert, und der Energiefluss kommt wieder ins Gleichgewicht.«

»Sie haben doch nicht etwa dafür bezahlt?«, fragte Oli besorgt.

Ein Todesblick war die Antwort. »Sie haben keine Ahnung, Oli. Hermann Ibele ist Naturfriseur. Der schneidet nicht einfach die Haare. Der reinigt das komplette feinstoffliche System.«

Oli blieb der Mund offen. »Moment mal. Sie haben doch

letzte Woche über die ganzen Eso-Spinner gelästert. Über die Scharlatane, die den Leuten das Geld aus der Tasche ziehen.«

»Das ist doch was ganz anderes. Meine Frau geht da schon seit über einem Jahr hin. Sie ist hochzufrieden. Der Mann versteht sein Handwerk. Der arbeitet ganzheitlich.«

»Also hat Ihre Frau Sie da hingeschleppt?«

Er winkte verächtlich ab. »Schluss jetzt! Wir haben zu tun. Auf Sie wartet ein schöner Interviewtermin.«

Oli, die immer noch schamlos grinste, schaute in ihren Kalender. »Bei mir steht nichts drin.«

»Kam vorhin erst rein. Der Dallinger plant eine Demonstration gegen das Fachmarktzentrum. Und er hat auch sonst noch einiges zu dem Thema zu sagen.«

»Der hat doch beim Info-Abend schon groß aufgesprochen, und das habe ich auch geschrieben.«

»Er meinte, seine Ausführungen seien in Ihrem Artikel sehr kurz weggekommen. Und da muss ich ihm recht geben.«

»Wie bitte?«, empörte sich Oli. »Der ist überhaupt kein Einzelhändler und macht sich zu ihrem Sprecher. Und wir sollen diesem aufgeblasenen Immobilienfritzen jetzt auch noch ein Extra-Forum geben?«

»Jetzt halten Sie mal die Luft an. Der Mann sitzt im Stadtrat und im Aufsichtsrat der Sparkasse. Er hat Einfluss, und er hat was zu sagen. Und Sie werden hingehen und sich das anhören! Basta.«

***

Ein leichter Dunst lag über der Altstadt. Er kroch von der Wertach hoch und brachte den Geruch von Erde und Gras mit. Es hatte über Nacht geregnet, und die Luft war wie frisch gewaschen. Es war eine Ahnung von Frühling, der wie immer viel zu spät ins Allgäu kam. Der Duft mischte sich mit dem von Brot und Wurst. Oli liebte das Aroma der schmalen Gässchen. Er kam von den kleinen Bäckern und Metzgern, den Ledergeschäften und Druckereien. Hier hatten sich noch eigenständige Läden gehalten. Aber es wurden immer weniger.

In der Fußgängerzone verlor sich der Geruch. Hier reihten sich mittlerweile Handyshops und Modeketten aneinander. Langweilig und austauschbar. Der Krake der Filialisierung wucherte weiter und zog sich mittlerweile durch die komplette Kernstadt.

Oli blieb vor dem Schaufenster einer Apotheke stehen, in dem mittendrin ein goldener Buddha thronte. Das war offenbar die neueste Mode. Auch in ihrem Lieblings-Schreibwarengeschäft war eine Abteilung mit indischen Figuren und Räucherstäbchen eingerichtet. Die Nagelpflege hatte ihre Auslagen mit tanzenden asiatischen Gottheiten dekoriert, beim Optiker lagen die Brillen in Bambusgrün auf Klangschalen, der Süßwarenladen hatte sich für fernöstliche Windspiele und das Wolle-Geschäft für bunte Elefanten entschieden. Wohin man schaute, glänzten asiatische Schriftzeichen, wehten Gebetsfahnen und mittendrin der obligatorische Buddha im Lotossitz.

Das wäre mal eine schöne Reportage, dachte Oli: »Buddhaisierung Kaufbeurens schreitet voran«. Wahrscheinlich gab es in der Stadt inzwischen mehr Buddhafiguren als Christuskreuze.

Oli schaute auf die Uhr. Es war zehn vor elf. Sie überlegte, ob die Zeit noch für einen schnellen Espresso reichte, als ihr Handy klingelte.

»Hatten Sie ein erlebnisreiches Wochenende?« Oli glaubte ein feines Grinsen in der Stimme von Deep Throat zu hören.

»Herr Axmann, ich habe keine Zeit für Small Talk. Ich habe einen wichtigen Termin mit KPD.«

»Mit wem?«

»Dem obersten Immobilisten der Stadt. Klaus-Peter Dallinger. Den kennen Sie doch bestimmt.«

»Gehen Sie hin, oder kommt er in die Redaktion?«

»Was denken Sie. Der Herr lässt natürlich bitten. Aber warum interessiert Sie das?«

»Recherchieren Sie immer noch wegen Ihrer Freundin?«

Oli stutzte. »Nein, ich mache ein Interview zum Fachmarktzentrum.«

»Aber Sie wissen, dass Franziska Winkler öfter mal für Dallinger gearbeitet hat?«

»Sie hat erzählt, dass er knauserig ist. Aber das ist nun wirklich nichts Neues. Worauf wollen Sie hinaus?«

»Wenn Sie bei ihm sind, könnten Sie ihn mal fragen, ob er selbst ein großes Einkaufszentrum plant.«

Oli wurde ungeduldig. »Herr Axmann, Sie haben doch was im Körbchen. Raus damit.«

»Ich erzähle es Ihnen, wenn ich das Puzzle beisammen habe. Aber eigentlich rufe ich wegen etwas ganz anderem an. Haben Sie schon die Neuigkeiten aus der Kripo gehört?«

»Wie Sie wissen, zähle ich nicht zu den engsten Vertrauten der Frau Kommissarin.«

»Gestern Abend gab es eine Hausdurchsuchung in Baisweil. Dabei fanden die Kollegen einen nicht ganz legalen Kräutergarten, unter anderem Cannabis und einige Tinkturen, für die sich im Moment das Labor sehr interessiert.«

»Die Oberhexe Wilma?«

»Genau. Die Polizei bekam einen anonymen Hinweis. Frau Ostenried wurde festgenommen.«

Oli gab einen Pfiff von sich. »Hammer!«

»Das natürlich nur unter uns Klosterschwestern. Aber Ihr Chef kann ja mal bei Ellhofer nachfragen.«

***

Die Kaffeemaschine im ersten Stock des Kaufbeurer Polizeireviers leistete seit Stunden Schwerstarbeit und röchelte verzweifelt. Eine lange Verhörnacht, nur unterbrochen durch wenige Stunden Schlaf, war zu Ende. Kripochef Ellhofer lehnte müde am Kühlschrank in der Büroküche und wartete, bis der Kaffee durch war. Die Brühe, die aus dem Apparat tröpfelte, sah wenig einladend aus.

Mit einem Schlag flog die Tür auf. Ellhofer schrak hoch. Ewald Dahlen enterte die Küche und wuchtete einen schwarzen Drei-Kilo-Eimer auf den Tisch. Auf der Mammut-Dose war rundherum die Aufschrift »Power« zu lesen.

»Was wird das denn?«, fragte Ellhofer missmutig.

»Proteine, Eiweiß, Vitamine, Aminosäuren, Folsäure, Zink, Eisen, Chrom – alles drin, was der Mann braucht«, grinste Dahlen.

Ellhofer gähnte. »Sie spinnen doch total, Dahlen. Glauben Sie, dass Sie damit schneller laufen?«

»Logisch. Das Zeug gibt ordentlich Dampf auf den Kessel.«

Der drahtige Kommissar nahm Milch aus dem Kühlschrank und mixte sich mit dem Pulver ein Kraftgetränk.

»Wollen Sie auch einen Shake?«

»Nur einen kleinen zum Probieren. Gerührt und nicht geschüttelt.«

Die beiden Männer stießen mit der griesbreifarbenen Flüssigkeit an, Dahlen schlürfte vernehmlich.

»Wenn da jetzt noch ein Obstler drin wäre …«, sagte Ellhofer. Ein Räuspern ließ ihn verstummen. Susanne Kohlbeck stand hinter den beiden in der Küche und schaute sie verdrossen an.

Sie nahm sich einen Kaffee. »Schätze, wir müssen sie laufen lassen.«

Ellhofer kratzte sich am Schädel. »Am besten, Sie bringen Dahlen auf den Stand, und er übernimmt.«

Kohlbeck zuckte nur müde mit den Achseln. »Wir können sie wegen zwei Gramm Hasch nicht festhalten. Und die Tinkturen aus ihrer Kräuterküche sind auch kein Grund für eine U-Haft. Übrigens wartet draußen bereits ihr Anwalt.«

Ellhofer winkte verächtlich ab. »Gibt es schon was aus dem Labor?«

»Pflanzenauszüge. Alle mehr oder weniger giftig. Aber zu schwach, um jemanden damit zu töten.«

»Wer so was zusammenbraut, kann doch auch eine stärkere Dosis herstellen.«

»Sicher. Man kann aus allem eine stärkere Dosis herstellen.« Kohlbeck stellte ihre Tasse auf den schwarzen Eimer. »Ich fürchte nur, das Argument wird den Herrn Anwalt nicht überzeugen.«

***

Die Dallinger GmbH & Co. KG residierte in einem Patrizierhaus am Rande der Fußgängerzone. Der Chef persönlich nahm Oli die Jacke ab und führte sie in sein Büro. Eine große Schrankwand beherrschte den Raum. Dort standen zwischen Fachbüchern viele kleine Modelle von Wohn- und Geschäftshäusern. Oli dachte daran, dass darunter vermutlich auch einige waren, die Franzi entworfen hatte.

Vom Bürofenster hatte man einen schönen Blick auf die Fußgängerzone, in der nur wenige Passanten unterwegs waren. Auf den Einzelhandel wartete ein umsatzschwacher Tag. Dallinger konnte von hier aus bequem den Geschäftsverlauf beobachten – sofern er sich überhaupt dafür interessierte.

Der grau melierte Endvierziger trug einen perfekt sitzenden Anzug. An den Handgelenken blinkten goldene Manschettenknöpfe. Oli betrachtete seine breite Stirn, die kein Problem hatte, auch mal durch eine Wand zu gehen. Aus seiner schicken Hornbrille blickten zwei wache Augen, die sich im Moment vor allem für Olis Beine interessierten.

Gut gelaunt bestellte er bei der Sekretärin zwei Espressi. Während Oli noch mit dem Aufnahmegerät beschäftigt war, legte er ihr eine vorbereitete Pressemitteilung hin.

»Wir haben hier alles Wichtige für Sie zusammengefasst.«

»Wer ist wir?«

»Steht alles da drauf. Wir sind eine Gruppe von Privatpersonen und Geschäftsleuten, denen Kaufbeuren am Herzen liegt. Wir haben den Verein ›Stadtleben‹ gegründet, der sich für den Erhalt der Altstadt und des Einzelhandels einsetzt.«

Auf dem Papier stand »Stadtleben für eine lebendige Stadt«. Die Presseerklärung war eine Ansammlung von Plattitüden, die im Grunde jeder unterschreiben konnte. Lebenswert und bunt, Vielfalt und Zusammenhalt, Tradition und Moderne, Kompetenz und Know-how, Füreinander und Miteinander, Kunst und Kultur, Einkaufen und Wohlfühlen.

Oli überflog den Text und fand, man sollte da am besten »Friede, Freude, Eierkuchen« drüberschreiben.

»Aber es gibt doch bereits den Einzelhandelsverband. Es gibt die Werbegemeinschaft und das Stadtmarketing. Warum dann noch einen Verein?«

Er rückte die Brille zurecht. »Sie sehen ja selbst, dass nichts passiert. Jeder kocht sein eigenes Süppchen. Für den großen Topf interessiert sich keiner.«

Eine halbe Stunde lang erklärte er ihr, was der neue Verein und vor allem sein Vorsitzender Klaus-Peter Dallinger für die Stadt tun wolle. Zuallererst gelte es, das Fachmarktzentrum zu verhindern. Inzwischen kämen von dem angeblichen Investor ja bald wöchentlich neue Pläne.

»Sie dürfen nicht vergessen: Einer Investitionsgesellschaft aus Frankfurt ist Kaufbeuren doch schnurzegal. Die wollen maximalen Gewinn.«

Oli versuchte, ihn mit einer Provokation aus dem Konzept zu bringen. »Sie als Geschäftsmann wollen doch auch Gewinn machen.«

Aber er blieb locker. »Natürlich. Der Unterschied ist, dass das Geld in der Stadt bleibt.«

Noch ein Versuch. »Wenn das Fachmarktzentrum kommt, müssen Sie sich sorgen, dass Ihre Immobilien in der Kernstadt leer stehen. Ist das nicht der Hauptgrund für Ihr Engagement?«

Er lächelte weise. Das hatte er erwartet. »Ich bin Kaufbeurer und liebe diese Stadt. Schauen Sie sich die Altstadt doch mal an. Wir haben jetzt schon einen hohen Leerstand. Da geht es nicht ums Geld, sondern um ein Lebensgefühl, das verloren geht.«

Dallinger dozierte weiter über die verfehlte Politik des Oberbürgermeisters, über falsche Weichenstellungen und mangelnde Zukunftsorientierung. Dazwischen schaute er immer wieder, ob auch das Band noch lief.

Dann kam er zum Finale. »Am Freitag werden wir ein deutliches Zeichen setzen. Zwischen elf und zwölf Uhr werden die Geschäfte der Innenstadt für eine Stunde geschlossen bleiben, und die Einzelhändler und ihre Mitarbeiter werden in einem Demonstrationszug durch die Altstadt bis vor das Rathaus ziehen.«

Oli fand das eine spannende Idee. Endlich war mal was los in der Stadt. Dass die Einzelhändler am Freitag eine Stunde Umsatzverzicht hinnahmen, war schon ein Ereignis. Wobei sie gespannt war, wer am Ende tatsächlich mitmachte.

Als sie bereits in der Tür stand, fiel ihr Axmanns Anruf ein.

»Es gibt übrigens Gerüchte, dass Sie selber ein Einkaufszentrum bauen wollen.«

Dallinger lachte auf. »Ach, Frau Austin, der Stadtklatsch erzählt doch jede Woche etwas Neues. Da gebe ich schon lange nichts mehr drauf.«

***

»Herr, wenn dia Buaba des Schualjahr schaffat, mach i a Wallfahrt nach Andechs.« Sieglinde Zoller kniete vor dem Herrgottswinkel und bekreuzigte sich. Wenn nur dieses Elend mit den Hausaufgaben vorbei wäre. Jeden Tag dasselbe Drama. Felix und Paul quälten sich den halben Nachmittag, träumten vor sich hin, fingen an zu streiten oder jammerten ihre Mutter voll. So zogen sich die Hausaufgaben, die laut Klassleiter nicht länger als eineinhalb Stunden dauern sollten, bis in den Abend hinein.

Sieglinde Zoller schaute aus dem Fenster und sah, dass ihre Buben den Feldweg entlangradelten. Sie veranstalteten bestimmt wieder ein Wettrennen vom Wald runter, dass der Kies nur so spritzte. Und sie musste hinterher aufgeschürfte Knie versorgen und zerrissene Hosen nähen. Warum nur war sie mit zwei solchen Rotznasen gestraft?

Es klopfte an der Haustür. Wann würde ihr Mann endlich die kaputte Klingel reparieren?

***

Oli wollte gerade wieder gehen, als sich doch noch die Tür öffnete. Die hagere Frau mit den hochgesteckten blonden Haaren und der hellblauen Schürze begegnete ihr mit einem misstrauischen Blick. Oli nahm es gelassen. An allen Türen, an denen sie in der vergangenen Stunde geklingelt hatte, war ihr dieselbe Mischung aus Argwohn und Neugier entgegengeschlagen.

Oli hatte das Dallinger-Interview flugs runtergehackt. Sie hatte über das Onlineportal der Zeitung, über Facebook und Twitter eine Sensation angekündigt (»Erste Einzelhändler-Demo in Kaufbeuren«) und danach die Redaktion verlassen. Axmanns Anruf ging ihr nicht aus dem Kopf. Er hatte von einem Puzzle gesprochen. War es ein Puzzle, das am Ende Franzis Mörder zeigte? Wenn Axmann dermaßen in einem Thema rumbohrte, war klar: Die Sache stinkt. Er war auf einen großen Misthaufen gestoßen. Also hatte Oli beschlossen, die kleinen Misthaufen zu besuchen.

Ein Dutzend Bauernhöfe rund um den Auerberg hatte sie inzwischen abgeklappert. Sie hatte Geschichten über rumänische Diebesbanden und Gerüchte über die Asylbewerber zu hören bekommen, aber keinerlei Beobachtungen, die sie irgendwie weiterbrachten. Die Bauern hatten zwar gehört, dass oben auf dem Berg öfter mal obskure Feste stattfanden. Gottloses Volk, drogensüchtige Spinner. »Aber nix Genaues weiß man nicht.«

So sagte Oli ohne große Hoffnung ihr Sprüchlein auf: »Sie haben doch bestimmt von dem Todesfall letzte Woche bei dem Fest in der Freinacht gehört.«

Die hagere Bäuerin nickte vorsichtig.

»Ist Ihnen in dieser Nacht irgendetwas Ungewöhnliches aufgefallen?«

Kopfschütteln.

»Haben Sie vielleicht jemanden gesehen?«

»Send Ihr von dr Polizei?«

»Nein, ich bin eine Freundin von Franzi, also, ich meine, von der Verstorbenen.«

»Es hat doch gheißa, dia hat sich selbr umbracht.«

Oli runzelte die Stirn. »Na ja. Man weiß nicht genau, wie es passiert ist. Deshalb frage ich hier überall rum.«

»Mir hant nix gseha.«

Oli blickte zu Boden. »Tja dann, entschuldigen Sie die Störung.«

Als sie zurück zum Auto ging, rief ihr die Bäuerin hinterher. »Wia hant Ihr gsait, hat Ihre Freundin gheißa?«

»Franzi. Franziska Winkler. Kannten Sie sie etwa?«

Anstatt einer Antwort ging die Frau am Haus entlang zu den Mülltonnen und öffnete den Deckel. Sie fing an zu wühlen, förderte ein Fläschchen zutage und hielt es Oli vor die Nase.

»War des ihres?«

Oli starrte mit großen Augen auf das Fläschchen. »Ja, das gehört ihr. Wo haben Sie das her?«

Sieglinde Zoller blickte zum Wald hinauf. Dann steckte sie

zwei Finger in den Mund und stieß einen lauten Pfiff aus. Wenig später tauchten zwei kleine Radler am Waldrand auf und hielten auf den Hof zu. Sieglinde Zoller berichtete, dass ihre beiden Söhne das Fläschchen gestern aus dem Wald mitgebracht hatten. Felix und Paul bremsten kurz vor den beiden Frauen scharf ab.

»Könnt ihr mir sagen, wo ihr das gefunden habt?«

Die beiden schauten verlegen zu Boden.

»Es ist wichtig. Ihr könnt dadurch mithelfen, einen Kriminalfall zu lösen.«

Felix zeigte zum Wald hoch. »Da doba am Waldrand.«

»Schmarrn«, sagte sein Bruder. »Des war doch mitten im Wald.«

»Au dem Fuaßweg halt.«

»Noi, im Graba.«

Oli konnte mit den Angaben der Jungs nichts anfangen und bat die Mutter, dass die beiden mit ihr hochgehen durften, um ihr die Stelle zu zeigen.

Die zuckte mit den Achseln. »I will bloß koin Ärger.«

»Nein, keine Sorge«, beruhigte Oli. »Aber wir müssen die Polizei verständigen.«

Sieglinde Zoller wurde laut. »I hab mir doch glei denkt, dass dia Saubuaba was ausg'fressa hant.« Sie ging auf Felix und Paul zu, die sich instinktiv duckten.

Oli hob die Hände. »Nein, nein, im Gegenteil. Ihre Söhne sind Helden. Sie haben ein wichtiges Beweisstück gefunden.«

Versehen mit den Ermahnungen ihrer Mutter, brav zu sein, leiteten die Jungs Oli zu der Fundstelle. Das Fläschchen hatte neben dem Fußpfad, der vom Auerberg herunterführte, in einem trockenen Graben gelegen, halb verdeckt von Reisig.

Die Stelle lag mindestens fünfhundert Meter von dem Platz entfernt, an dem Franzi starb. Dass Franzi in der Walpurgisnacht bis hierher gekommen war, war nicht unmöglich. Sie war lange unterwegs, und wer wusste schon, was sie in der Zeit im Wald getrieben hatte. Für viel wahrscheinlicher hielt Oli, dass der Mörder nach ihrem Tod das Fläschchen mitgenommen und es hier verloren hatte.

»Ist euch denn in der Freinacht letzte Woche jemand aufgefallen?«, fragte sie die Jungs. »Vielleicht ein Fremder, der hier unterwegs war?«

Felix und Paul schüttelten einmütig die Köpfe. Sie mussten am Abend des 30. April wie an jedem anderen Abend im Stall mithelfen und durften danach nicht mehr aus dem Haus.

»Abr a paar Tag vorher isch immer so a Motorradfahrer rumg'fahra«, sagte Felix. »Der hat alle Feldweg' ausprobiert.«

»Und dann hat'r da doba sei Maschin' parkt«, fügte Paul hinzu und zeigte dabei zu der Stelle, wo der Feldweg am Waldrand endete.

»Habt ihr euch zufällig die Nummer gemerkt?«

Die Jungs schüttelten die Köpfe.

»Es war a Ducati Enduro«, sagte Felix.

»Beschtimmt hundert PS, a super Maschin'«, sagte Paul begeistert.

»Könnt ihr den Fahrer beschreiben?«, wollte Oli wissen.

»Schwarzer Helm, schwarze Kombi«, sagte Felix stolz.

Oli zog ihr Handy hervor und wählte die Nummer der Kripo.

***

»Da hätte die Polizei ja auch mal selbst draufkommen können«, sagte Walter Austin.

Er stocherte missmutig in seinem Salat und schimpfte über die Kripo. Dabei ließ er als ehemaliger Beamter im Landratsamt sonst auf den Staat und seine Diener nichts kommen.

Oli betrachtete das Wohnzimmer ihrer Eltern und fand, es hatte sich in den letzten Jahren gefährlich gefüllt. Bücher, die keiner las, Landschaftsbilder und Nippesfiguren, die keiner anschaute, Geschirr in der Vitrine, das niemals benutzt wurde. Bei Oli verursachte dieser Tand das Gefühl von körperlicher Enge. Im Vergleich dazu war ihre eigene Wohnung eine Baustelle. In den neun Jahren, die sie wieder in Kaufbeuren wohnte, hatte sie es nicht geschafft, auch nur ein einziges Bild an die Wand zu hängen. Und doch hatte sie das Gefühl, dass sich die Dinge unaufhaltsam ansammelten.

Und was bleibt davon?, fragte sie sich. Nichts. Am Ende bist du wieder so nackt wie zu Beginn. So wie Franzi. Sie würde ihr schickes Haus mit den Designermöbeln und Topfpflanzen, den Buddhafiguren und Gebetsfähnchen nie wieder betreten.

Du musst alles hierlassen. Diese Erkenntnis trieb Oli die Tränen in die Augen, und sie putzte sich verstohlen die Nase.

»Hast du dich erkältet?«, fragte ihre Mutter, die mit einer dampfenden Auflaufform aus der Küche kam.

»Schon gut«, näselte Oli.

»Wir haben da ein super Mittel. Das hat uns die Frau Schönacker gemischt«, fuhr Gerda unbeirrt fort.

»Im Moment stehe ich nicht so auf selbst gemischte Mittel«, sagte Oli tonlos.

»Heute Nachmittag hat sie meine Schulter behandelt – nur durch Handauflegen. Und für Walters Hüfte hat sie uns ein Pflaster mit Schweineschmalz mitgegeben.«

Oli wusste, wenn es um Krankheiten ging, war Gerda nicht zu bremsen. Sie würde nicht lockerlassen, bis ihre Tochter mit einer ganzen Tasche voller Säfte, Pillen und Salben nach Hause ging. Deshalb wechselte sie schnell das Thema. »Im Moment habe ich vor allem Hunger.«

Die Einladung zum Abendessen war genau richtig gekommen. Oli hatte den ganzen Tag nichts Ordentliches in den Magen gekriegt, sie hatte keine Lust zu kochen, und die Aussicht auf Gemüse-Lasagne war verlockend. So sah sie nun amüsiert zu, wie ihr Teller aufgehäuft wurde wie für einen Sumo-Ringer. Olis Abwehrversuche ließ Gerda nicht gelten.

»Du hast gesagt, du hast Hunger. Bist eh nur Haut und Knochen.«

Ihr Vater hatte nach wie vor eine Schleife laufen, die da hieß: Die neue Kommissarin taugt nichts. Seit Oli von ihrem jüngsten Ermittlungserfolg erzählt hatte, war er sicher, dass die Kohlbeck eine krasse Fehlbesetzung war.

»So ein verpennter Haufen«, schimpfte er.

»Die können ja nicht an alles denken«, wand seine Frau ein.

»Das ist die falsche Einstellung, Gerda.« Walter klang wie ein Wehrmachtsoffizier. »Solche Fehler sind unverzeihlich. Gerade, wenn es um Mord geht.«

Oli hob den Finger und sprach mit vollem Mund: »Bisher weiß keiner, ob es Mord war.«

»Das liegt doch auf der Hand«, betonte ihr Vater. »So ein hübsches Ding wie die Franzi, das lockt doch die Perverslinge geradezu an.«

»Papa!«, sagte Oli tadelnd. »Jetzt geht die Phantasie aber mit dir durch. Nur weil die Leute ein paar Rituale machen, sind sie nicht gleich pervers.«

»Rituale! Wenn ich das schon höre, weiß ich doch Bescheid.«

Gerda fuhr ihrer Tochter durch die Haare. »Magst nicht mal mit mir zum Friseur gehen?«

Oli schaute ihre Mutter irritiert an. »Was ist mit meinen Haaren? Ich finde sie genau richtig.«

»In deinem Alter trägt man sie nicht mehr so lang.«

»Was soll das heißen: in meinem Alter?«, moserte Oli. »Soll ich jetzt einen Dutt tragen, nur weil ich über dreißig bin?«

»Ich meine ja nur. Ein schöner Schnitt, vielleicht einen Pony, was Modernes halt.«

Während Walter angesichts des Themenwechsels die Hände hochwarf, lachte Oli lauthals los. Ihr war gerade ihr Redaktionsleiter eingefallen.

»Ich kenne da jemanden, der hat einen sehr modernen Pony«, gluckste sie. »Mein Chef war beim Naturfriseur. Den solltest du mal sehen.«

Ihre Mutter war sofort interessiert. »Das ist gerade groß im Kommen. Die Anni hat letztens erzählt, dass sie sogar mit einem Kristallkamm gekämmt wurde. Energetisches Haareschneiden nennt man das.«

Walter legte lautstark sein Besteck weg. »Wieder so ein Krampf, mit dem man den Leuten das Geld aus der Tasche zieht. Das ist doch reine Verarschung.«

Gerda machte eine wegwerfende Handbewegung in seine Richtung. »Wenn du schon keine Ahnung hast, dann halte deine Klappe.«

»Jetzt wird mir schon im eigenen Haus der Mund verboten«, schimpfte Walter zurück.

»Stopp!«, rief Oli und schaute zwischen ihren Eltern hin und her. »Habt ihr eigentlich schon mal was von gewaltfreier Kommunikation gehört?«

Gerda und Walter starrten sie an, als hätte sie laut gerülpst.

»Also«, dozierte Oli, »es geht darum, dass du den anderen nicht beurteilst, aber dass du dich ehrlich und klar ausdrückst. Du sagst, was du beobachtest, was du fühlst, was du brauchst und um was du bittest.«

Große Fragezeichen leuchteten in den Gesichtern ihrer Eltern. Oli atmete tief durch.

»Bleiben wir beim Naturfriseur. Mama erzählt von Anni und ihrem Kristallkamm.«

»Es war nicht ihr Kristallkamm«, warf Gerda ein. »Sie wurde nur damit gekämmt, und sie fühlte sich hinterher –«

»Schon gut«, fiel Oli ihr ins Wort. »Du hast von Anni erzählt, Papa sagte, das sei Verarschung, und du hast gesagt, er soll die Klappe halten.«

»Ist doch so«, sagte Gerda schnippisch. »Immer gibt er seinen Senf dazu, obwohl er keine Ahnung hat.«

»Vielleicht hat er keine Ahnung, aber er hat eine Meinung. Und die darf er ja sagen«, beschwichtigte Oli.

»Genau!«, rief Walter.

»Natürlich, der Herr Schlauberger darf immer sagen, was er will«, maulte Gerda.

Oli blickte zur Decke, in der Hoffnung, von dort würde ein Friedensengel herabschweben. Aber dort schwebte nichts außer einem geflochtenen Lampenschirm.

»Mama, beruhig dich. Wenn dir Papas Meinung nicht gefällt, dann könntest du sagen: ›Ich höre, dass du das Thema Naturfriseur kritisierst. Deine Ausdrucksweise irritiert mich, weil ich sie als aggressiv empfinde. Und ich wünsche mir, dass du meine Meinung respektierst.‹«

»Ja, genau«, nickte Gerda eifrig. »Er soll einfach seine Klappe halten.«

Oli schloss die Augen und zwickte sich an der Nasenwurzel.

»Und du, Papa, könntest anstatt ›reine Verarschung‹ sagen …«

Ihr Vater hob die Hand. »Moment, ich will es selber versuchen.« Im Säuselton sagte er: »Gerda, ich höre, das Thema

Naturfriseur interessiert dich. Ich aber kann damit überhaupt nichts anfangen. Und ich wünsche mir, dass du nicht auf jeden Schmarrn reinfällst.«

Bevor Oli reagieren konnte, fing ihre Mutter an zu motzen. »Andauernd soll ich kuschen. So war das schon immer.«

»Siehst du, es bringt nichts«, sagte Walter frustriert.

»Hauptsache, er kann seinen Willen durchsetzen«, schimpfte Gerda.

»Keinen Satz kann man sagen, ohne dass man angemotzt wird.«

»Und wenn man dann mal was sagt, ist er sofort beleidigt.«

»Sie hört mir überhaupt nie zu.«

»Immer fällt er mir ins Wort.«

Oli stand auf und räumte die Teller weg. Als sie in der Küche stand, hörte sie ihre Eltern weiter zanken. Sie lehnte ihren Kopf an den Dunstabzug und murmelte seufzend: »Manchmal bin ich so müde.«

***

Wie oft hatte sie diesen Motorblock schon ausgebaut, seit sie die Vespa hatte? Bestimmt fünf Mal. Sie kannte jeden Handgriff, jede Schraube, und doch war es immer wieder eine Plackerei.

Sie hatte das Getriebeöl abgelassen und durch ein Teesieb gegossen. Der dicke Ölmatsch, der zurückblieb, war kein gutes Zeichen. Oli war damit klar, dass noch einiges auf sie zukam. Sie bockte ihren Oldtimer auf, entfernte Schläuche und Kabel, Federbeinbolzen und Schwingarmschrauben und konnte den Motor mitsamt Hinterradschwinge unter dem Roller rausholen. Sie hatte das Herz der Vespa vor sich liegen. Über eine Stunde lang schrubbte und putzte sie, bis all die Schmiere und der Dreck beseitigt waren. Eine weitere Stunde kämpfte sie damit, die Schwinge vom Motor zu trennen. Als schließlich eine Dose Rostlöser und ihre letzten Kräfte aufgebraucht waren, gab sie den Versuch auf.

Aus der Halle nebenan hörte sie einen lauten Schlag und danach einen noch lauteren Fluch. Besorgt ging sie nachsehen. In der Nachbarwerkstatt lag Dirk unter seinem Boot, hielt sich den Arm und schimpfte vor sich hin.

»Dammi noch mol, so ’n Schiet aber auch.«

Oli half ihm auf die Füße. »Alles okay bei dir?«

»Na, du bist gut. Ich bin hier volle Lotte runtergesegelt, was soll da okay sein?«

»Hast du dich verletzt?«

»Nee, nur ein büschen den Arm angedengelt, das wird schon wieder.«

Während Dirk zum Kühlschrank ging, um Bier zu holen, betrachtete Oli das Boot. Dirk war gerade dabei, den Rumpf abzuschmirgeln. Dabei kamen jede Menge morscher Planken zum Vorschein. Der Hilfsmotor lag auf einer Werkbank und sah schlimmer aus als Olis Vespa-Innereien.

»Deine Fregatte sieht ja nicht gerade seetüchtig aus.«

»Das ist ein Gaffelkutter, du Banause.«

»Sieht eher aus wie ein Moderboot«, grinste Oli.

»Quatsch. Der ist noch prächtig in Schuss. Büschen Farbe drauf, neue Takelage, dann macht der noch locker seine acht Knoten.«

»Wenn du einen Eimer zum Schöpfen brauchst, ich hab zu Hause noch ein paar rumstehen.«

»Büschen Kieljauche kann doch einen Seemann nicht erschüttern.«

»Kannst du eigentlich schwimmen?«

Dirk zog langsam eine Braue hoch. »Jetzt pass mal auf, du Landratte. Noch ein Wort, dann ist hier Achterbahn.«

Oli grinste breit. »Gibt’s heute kein Bier?«

Dirk öffnete zwei Astra, und sie stießen an.

»Was macht denn eigentlich meine Hose?«, wollte Oli wissen.

»Mensch, die Büx! Hab ich dir wieder mitgebracht.«

Er kramte eine Plastiktüte hervor. Oli zog die Jeans raus, in die faustgroße Löcher geschnitten waren. Er grinste schief.

»Ging leider nicht anders. Aber es war im Dienste der Wissenschaft.«

»Und?«

»War gar nicht einfach. Zuerst ein Alkoholauszug, dann durch den Flüssigkeitschromatografen. In unserem Laden gibt’s ja leider kein Infrarotspektrometer. Da hast du ein viel höheres Signal-Rausch-Verhältnis …«

Oli hob beide Hände. »Jetzt mach's nicht so spannend.«

»Also, in deiner Büx waren Alkaloide. Und zwar in einer Konzentration, die dir locker die Fontanelle wegbläst.«

»Das heißt was?«

»Wir haben leider keine Referenz-Datenbank. Aber die Mischung spricht eindeutig für ein Nachtschattengewächs. Ich würde mal auf Tollkirsche oder so was tippen.«

»Und wie wirkt das Zeug?«

»Kommt auf die Dosis und die Mischung an. Unruhe, Halluzinationen, Herzrasen, Euphorie, dann Apathie.«

Oli musste an Franzis seltsames Verhalten denken. War ihre Überspanntheit eine Folge des Giftes gewesen? Sie bekam eine Gänsehaut.

Dirk holte noch mal eine Lage Bier. Vom Kühlschrank rief er: »Hyoscyamin, Atropin und Scopolamin, das ist übrigens dasselbe Zeug, das man für K.-o.-Tropfen verwendet. Es lähmt dein zentrales Nervensystem, wie eine Narkose. In höherer Dosierung führt es am Ende zu Atemstillstand.«

»Und das kann man einfach so herstellen?«

»Mit ein büschen Kräuterwissen machst du das in jeder Küche.«

»Ich hab da gleich den nächsten Auftrag.« Oli zog eine Plastiktüte aus der Tasche.

Dirk seufzte. »Und was ist das schon wieder?«

»Das ist ein Taschentuch mit ein paar Tropfen aus einem kleinen Fläschchen. Und ich würde mich nicht wundern, wenn du darin das gleiche Gift findest.« Sie schaute ihn mit tiefem Dackelblick an. »Es ist wichtig. Und das hier«, sie zog ein Fläschchen mit der Aufschrift »Olivia« aus der Handtasche, »würde mich auch brennend interessieren.«

# SIEBEN

Susanne Kohlbeck schaute gereizt auf die Uhr. Die Herren der Schöpfung verspäteten sich. Dabei hatte der Chef selbst den Jour fixe angesetzt. Die Kommissarin war unzufrieden. Dieser Fall entwickelte sich immer mehr zu einem Rätsel, und irgendwie wurde sie das Gefühl nicht los, dass keiner ihrer Kollegen Interesse hatte, es zu lösen.

Mit zehnminütiger Verspätung betraten Ellhofer und Dahlen den Konferenzraum. Sie hatten ein Glas mit hellbraunem Proteingetränk in der Hand und schienen gut gelaunt.

»Gibt's auch als Schoko oder Banane«, sagte Dahlen.

»Erdbeere wäre eine Idee«, erwiderte Ellhofer.

»Das können Sie ja selber reinmischen. Ich gebe morgens immer zwei Esslöffel ins Müsli.«

Ellhofer stellte sein Glas ab und ignorierte Kohlbecks verdrießlichen Gesichtsausdruck.

»Was gibt es Neues, Frau Kollegin?«

Kohlbeck schnaufte tief durch. »Das Labor hat den Inhalt des Fläschchens analysiert. Er besteht aus reinem Wasser, versetzt mit sechs Prozent medizinischem Alkohol.«

»Das ist aber schwach«, sagte Ellhofer und lachte als Einziger über seinen Witz.

»Es ist definitiv nicht geeignet, jemanden zu töten«, sagte Kohlbeck. »Unsere tolle Giftspur ist also ein Flop.«

»Was ist mit dem großen Unbekannten?«, fragte Dahlen.

»Da sieht es nicht besser aus. Wir haben nichts. Nur die Aussage von Frau Austin und die der beiden Jungen.«

Die Kommissarin blätterte in den Unterlagen.

»Felix und Paul Zoller, acht und neun Jahre alt. Sie berichten von einem Motorradfahrer, der in den Tagen vor dem 1. Mai mehrmals über die Feldwege gefahren sei, die übrigens für den Verkehr gesperrt sind. Er sei mit einer Geländemaschine der Marke Ducati unterwegs gewesen, habe mehrmals am Waldrand südlich unterhalb des Auerbergs geparkt. Die Jungen hatten den

Eindruck, der Mann suche etwas oder erkunde die Gegend. Aber das ist Interpretation.«

»Reifenspuren?«, fragte Ellhofer.

Dahlen schüttelte den Kopf. »In der Gegend brettern die Kids ständig mit ihren aufgebohrten Mopeds durch die Felder.«

Ellhofer hatte die Arme verschränkt. »Vielleicht fangen wir noch mal von vorne an. Was haben wir?«

Kohlbeck ging zur Pinnwand, nahm einen Marker und begann eine Strichliste:

– Weibliche Leiche, Todesursache Überdosis von Alkaloiden pflanzlicher Herkunft.

– Rund vierzig Verdächtige, die bei dem Fest waren, die meisten selbst berauscht.

– Die Zeugin Austin – auch sie nicht nüchtern –, die von einem Mord ausgeht.

– Die Veranstalterin Ostenried, die im Verdacht steht, Drogen anzubauen und gesundheitsschädliche pflanzliche Mixturen herzustellen.

– Wie Frau Winkler das Gift zu sich nahm, ist nach wie vor offen. Die einzige Spur, das Fläschchen, entpuppte sich als harmlos.

– Dann noch der große Unbekannte, angeblich auf einem Geländemotorrad unterwegs.

Dahlen meldete sich. »Ob der Motorradfahrer aber zur Tatzeit am Auerberg war, wissen wir nicht. Die Jungs haben ihn nur in den Tagen davor gesehen.«

»Es könnte also auch irgendjemand gewesen sein, der mit dem Fall nichts zu tun hat?«, fragte Ellhofer.

Dahlen und Kohlbeck nickten. Ellhofer presste die Lippen zusammen. »Und jetzt?«

»Ich bleibe dabei. Alles spricht für einen Unfall«, sagte Dahlen. »Ein Trip, der schiefgegangen ist.«

Kohlbeck schüttelte den Kopf. »Wenn Sie mich fragen, war es ein geplanter Giftanschlag.«

Die Kommissarin blätterte den Flipchartblock um und malte einen Kreis in die Mitte, in den sie »Franziska Winkler« schrieb. Rundherum gruppierte sie die Verdächtigen. Joscho, der mit ihr ein Verhältnis hatte. Manfred, ihr Mann, der kein Alibi vorweisen konnte. Wilma Ostenried, die mit dem Opfer eine alte Fehde hatte. Olivia Austin, die an dem Abend einen heftigen Krach mit Franziska hatte. Und schließlich, mit zwei Fragezeichen versehen, der große Unbekannte.

Ellhofer und Dahlen nippten an ihren Kraft-Shakes und schauten bewundernd auf das Gemälde.

Kohlbeck war in ihrem Element. »Ich schlage vor, dass wir uns noch mal mit Herrn Winkler unterhalten und dass wir diesem Joscho auf den Zahn fühlen.« Sie machte eine Kunstpause. »Und dass wir die Wohnung von Frau Austin durchsuchen.«

Ellhofer verschluckte sich. »Wie bitte? Frau Austin ist Journalistin.«

»Für mich ist sie eine Verdächtige.«

»Das kriegen wir beim Staatsanwalt niemals durch. Offen gesagt, sehe ich dazu auch keine Veranlassung.«

Kohlbeck atmete tief durch. Dann packte sie ihre Unterlagen und ging.

Dahlen schaute seinen Chef besorgt an. »Sie verrennt sich da in etwas.«

Ellhofer wiegte den Kopf. »Sie ist nicht dumm. Und sie hat beste Beurteilungen.«

»Aber sie hat nichts in der Hand.«

»Kümmern Sie sich um Herrn Winkler. Ich werde die Kohlbeck im Zaum halten.«

***

Oli vermisste ihren Sohn. Ohne ihn herrschte einfach zu viel Ruhe im Haus. So sehr sie von seinem morgendlichen Chaos genervt war, so sehr fehlte es ihr jetzt. Wir sind seltsame Wesen, dachte sie, während sie einen Cappuccino machte. Wir wissen erst, was wir haben, wenn es weg ist.

Sie beschloss, den Kaffee auf der Terrasse zu trinken. So viele schöne Maitage gab es schließlich im Allgäu nicht. In der Morgensonne blätterte sie lustlos durch die Zeitung. Den Aufmacher im Lokalteil kannte sie ohnehin. Ihr Interview mit Dallinger stand dort unter der Überschrift »Einzelhandel demonstriert gegen Einkaufszentrum«. Daneben ein Foto des smarten Geschäftsmanns, das sie in seinem Büro aufgenommen hatte. Dieser Dallinger war ganz schön clever. Einen Verein gründen, öffentliches Interesse vorschützen und hinter der Fassade knallhart die eigenen Ziele verfolgen. Aber das war nur ihr Vorurteil, beweisen konnte sie das nicht.

Oli hätte statt der Händler-Demo die Hausdurchsuchung nach oben auf die erste Seite gestellt. Aber ihr Chef, der sonst seine Geschichten stets für die besten hielt, war gestern sehr kleinlaut gewesen. Die Polizei hatte gemauert. Ellhofer wollte zunächst gar nichts sagen. Worauf Schild meinte, dann werde er schreiben, was er wisse, nämlich dass eine Horde Beamter Haus und Hof von Wilma Ostenried in Baisweil auf den Kopf gestellt hätten. Dass man Drogen gefunden und die Frau festgenommen habe. Und dass sie im Verdacht stehe, den Mord auf dem Auerberg verübt zu haben.

So gab der Marshall zähneknirschend ein paar Informationen. Er bestätigte allerdings nur die Durchsuchung. Was den Drogenverdacht angehe, sei man noch mitten in den Ermittlungen und könne nichts sagen. Die Frau sei nicht festgenommen, sondern lediglich verhört worden. Und bei dem Fall auf dem Auerberg gehe die Polizei nach wie vor von einem Unfall oder Suizid aus.

Das Material reichte denn auch nur für einen dürftigen Zweispalter, den Schild unten auf der Seite platzierte. Oli ärgerte sich. Sie wusste genau, dass die Staatsanwaltschaft nicht leichtfertig das große Fass einer Hausdurchsuchung aufmachte. Dahinter musste ein sehr konkreter Verdacht oder gar ein Hinweis stehen. Sie musste dringend Deep Throat fragen.

In dem Moment klingelte ihr Handy, ohne dass eine Nummer angezeigt wurde.

»Das haben Sie jetzt gerochen«, meldete sie sich.

»Wie bitte?« Die Stimme am anderen Ende klang verunsichert.

»Oh, Entschuldigung. Wer ist denn dran?«

»Anton Langner von der Gärtnerei im Akasha-Hof.«

»Ach, du bist's. Was kann ich für dich tun?«

»Es ist wegen Franzi.« Er stockte. »Also eigentlich weiß ich nicht, ob das was mit Franzi zu tun hat. Aber seltsam ist es schon.«

»Was ist seltsam?«

»Können wir uns irgendwo treffen?«

***

Eine halbe Stunde später saß Oli in der »Wahrheit« in Neugablonz. Anton hatte sehr geheimnisvoll getan und wollte einen Treffpunkt, an dem ihn keiner kannte. Hier in der »Wahrheit« war diese Gefahr äußerst gering.

Das Lokal stammte aus der Zeit, als Neugablonz noch eine armselige Barackensiedlung war, in der sich nach dem Krieg Heimatvertriebene aus dem Sudetenland ansiedelten. Die Alt-Gablonzer stellten auch heute noch einen großen Teil der Kundschaft und pflegten bei Kaffee und Kleckselkuchen ihren sudetendeutschen Dialekt.

Oli wurde von der Bedienung Marga Weidenberg herzlich begrüßt. Als am Nachbartisch der Satz fiel: »Dös hätt's bei uns drhejme ne gegan«, mussten die beiden Frauen unwillkürlich grinsen. Es war ein Standardspruch der alten Gablonzer für alles, was ihnen nicht gefiel. Oli kannte diesen Satz allzu gut von ihrer Großmutter. Immer wenn die sich über etwas aufregte, motzte sie: »Das hätte es bei uns zu Hause nicht gegeben.«

Anton war noch bleicher als sonst. Als er das Lokal betrat, schaute er unruhig durch den Raum. Erst als er sicher war, dass er keinen der Gäste kannte, setzte er sich zu Oli. Er bestellte sich ein Wasser und trank hastig.

»Was ist passiert?«, fragte Oli besorgt.

Anton beugte sich über den Tisch. »Der Akasha-Hof wird erpresst.«

»Also doch«, sagte Oli.

Er riss erstaunt die Augen auf.

»Ich habe bei Joscho ein Papier gesehen, auf dem stand was von einem Geheimnis, das nicht auffliegen soll. Worum geht es?«

»Ich hab keine Ahnung. Heute früh hat Joscho hinter dem Gewächshaus telefoniert. Ich konnte durch die Glaswand alles hören. Normal lausche ich ja nicht, aber dann hat er gesagt, dass jemand eine zweite Geldübergabe will.«

»Wer?«

»Joscho sagte nur: ›Er hat uns in der Hand.‹«

Oli kapierte nicht. »Aber warum eine zweite Geldübergabe?«

»Weil die erste offenbar nicht geklappt hat. Joscho hat sich ziemlich aufgeregt, er könne doch nichts dafür, dass das Ding in der Walpurgisnacht schiefgegangen sei.«

»Scheiße«, sagte Oli und starrte durch Anton hindurch ins Leere.

»Warum erzählst du das mir und nicht der Polizei?«

»Du sprichst mit Kohlrabi und Pastinaken«, sagte Anton sanft.

»Und du bist sicher, dass du dich nicht verhört hast?«

»Ich habe mich nicht verhört.«

»Aber warum wird Joscho erpresst? Und von wem?«

Anton schüttelte nur den Kopf.

»Hast du mitgekriegt, wann und wo die zweite Geldübergabe sein soll?«

Wieder nur Kopfschütteln.

Oli nahm seine großen Hände, die ganz kalt waren.

»Kannst du versuchen, das rauszukriegen?«

Anton wand sich. »Du meinst, ich soll in Joschos Büro schnüffeln? Ich glaube, ich kann das nicht.«

»Wenn wir erfahren wollen, warum Franzi sterben musste, brauchen wir einen konkreten Hinweis.«

Anton biss sich auf die Unterlippe. »Ich schaue, was ich tun kann.«

***

Der Taubenschlag war zwar gereinigt, aber er musste dringend gegen Bakterien und Parasiten desinfiziert werden. Boris Axmann war froh, wieder zu Hause zu sein. Als er aus dem Auto stieg, empfing ihn aufforderndes Gurren von der Scheune. Er hatte sie allein gelassen, und das nahmen sie ihm übel. Er bat sie um Verzeihung, indem er reichlich Gerste nachfüllte. Dann holte er ein Säckchen Leinsamen und hielt ihnen die Leckerbissen mit offener Hand hin. Bald saßen die Tiere auf seinen Schultern und Armen und nahmen die Entschuldigung dankbar an.

Er wusste, er war nachlässig. Er hatte im Moment zu wenig Zeit für seine Lieblinge. Aber zuerst musste er das Puzzle zusammensetzen, dessen Teile er in den letzten Tagen eingesammelt hatte. Im Laufe des Tages hatte Olivia Austin mehrmals angerufen. Bestimmt war sie an ihrem eigenen Puzzle. Und so, wie er sie kannte, hatte sie ebenfalls wertvolle Hinweise gefunden. Allerdings musste auch sie sich noch etwas gedulden. Bald war es Zeit, alle Informationen zusammenzulegen.

***

»Immer wenn man die Männer braucht, sind sie nicht da«, schimpfte Oli vor sich hin. Den ganzen Nachmittag hatte sie abwechselnd versucht, Hartmut und Deep Throat zu erreichen. Aber bei beiden war das Handy aus. Dabei benötigte sie dringend Hilfe. Jemanden, der ihr half, Ordnung in dieses Wirrwarr zu bringen.

Der einzige treue Helfer war Dirk. Er hatte sich gemeldet und das Ergebnis seiner Taschentuch-Analyse mitgeteilt. Allerdings machte dieses Ergebnis Oli noch ratloser.

»In dem Tuch und in deiner Buddel ist genau dasselbe, nämlich nix«, sagte Dirk. »Genauer gesagt viel Wasser und ein büschen Alkohol.«

Zu allem Überfluss ließ sich die Schwinge an ihrem Motor immer noch nicht bewegen. Das Ding saß bombenfest. Oli sprühte noch mal reichlich Kriechöl auf die Verbindung und versuchte es mit dem Gummihammer. Schließlich resignierte sie. Der Motor saß so fest wie sie selbst.

Statt Antworten gab es immer neue Fragen. Wenn das Gift nicht in der Flasche war, woher kam es dann? Was hatte Franzi mit einer Geldübergabe zu tun? War Joscho gar nicht wegen Franzi im Wald, sondern um den Erpresser zu treffen?

Oli bastelte einen Hügel aus abgeschraubten Vespa-Blechen. In eine Mulde schüttete sie zwei Handvoll Schrauben. Das war der Festplatz mit den Gästen. Etwas entfernt, abgetrennt durch eine Stahlbürste, legte sie ein kleines Zahnrad hin, das war Franzi im Wald. Daneben lag Joscho, dargestellt durch eine kaputte Zündkerze. Hinter einem Meterstab verborgen stand eine schwarze Schraube für den Italiener. Oli erinnerte sich, dass er sich am Rande des Festes kurz mit Joscho unterhalten hatte. Dann konnte er nicht der Erpresser sein. Also musste es noch einen weiteren Unbekannten im Wald gegeben haben. Hatte nicht Yasin von einem komischen Mann erzählt, der in der Nacht vom Berg heruntergekommen war und sich verdächtig verhalten hatte? Oli nahm eine verrostete Schelle, legte sie an den Rand und betrachtete die Szenerie. Ihr fiel ein, dass sie die Oberhexe vergessen hatte. Welche Rolle spielte Wilma Ostenried in diesem bösen Spiel? Oli entschied sich für eine dicke Ringmutter, die sie an der Grenze zwischen Festplatz und Wald aufstellte.

Hier eine lustige Party, dort finstere Gestalten. Hier Maibowle, dort tödliches Gift. Hier ausgelassenes Tanzen, dort gegenseitiges Belauern. Und Franzi mittendrin. Hier wildes Leben, dort stilles Sterben. Oli schossen die Tränen ins Gesicht. Sie putzte sich mit einem Lappen die Nase und schlug wütend mit der Faust auf die Werkbank, sodass die Darsteller ihrer Szene durcheinanderpurzelten.

Sie musste noch mal zum Auerberg, musste mit Yasin reden und noch mal die beiden Zoller-Jungen befragen.

Es klopfte laut an der Werkstatttür.

Oli wischte sich über die Augen und rief. »Wenn du ein Astra dabeihast, darfst du rein.«

»Ein was?«

Oli fuhr herum. »Hartmut! Wo zum Teufel hast du gesteckt?«

»Ich freue mich auch, dich zu sehen«, sagte er spöttisch. Dann erstarrte er. »Huaa. Hast du deinen Kopf in den Auspuff gesteckt, oder bist du auf dem Kriegspfad?«

»Kriegspfad natürlich.« Verstohlen schaute Oli auf den öligen Lappen, mit dem sie sich eben das Gesicht abgewischt hatte.

Hartmut hingegen sah richtig gut aus. Er war schmäler geworden, hatte eine gesunde Farbe im Gesicht, Dreitagebart, die Haare wie immer leicht verwuschelt.

Sie zog eine Schnute. »Du hättest dich ruhig mal melden können. Geht man eigentlich so mit seiner besten alten Freundin um?«

»Wenn ich mich recht erinnere, hat meine beste alte Freundin mir für das Wochenende einen Korb gegeben.«

»Du hast mir ja auch keinen Maibaum gesetzt«, erwiderte sie schnippisch.

»Warum sollte ich?«

»Das macht man doch so. Eine junge Birke vor die Haustür, mit bunten Bändern und einer Tafel dran, auf der man seine Bewunderung für die Traumfrau zum Ausdruck bringt.«

Hartmut hüstelte. »Ich hatte keine Zeit. Musste meine beste alte Freundin von einem chaotischen Hexenfest befreien.«

»Das lasse ich gerade noch durchgehen«, schmunzelte sie. »Aber dass du fünf Tage in die Berge verschwindest und nicht mal eine kurze Nachricht schreiben kannst, finde ich schofel.«

»Wusste gar nicht, dass du solche Sehnsucht nach mir hattest«, sagte er grinsend.

»Hey, du Affe, ich hab mir Sorgen gemacht.«

»Mein Handy hat schon am Samstag den Geist aufgegeben.«

Hartmut betrachtete Olis Durcheinander auf der Werkbank.

»Wie war's denn eigentlich bei deinem Guru?«

»Das ist nicht mein Guru.«

»Schon gut. Kein Grund, pampig zu werden.«

Oli rieb sich die Augen. »Es war spannend. Und ich habe einige interessante Dinge erfahren.«

Hartmut nickte. Nach einer Weile sagte er. »Was hältst du davon, wenn wir noch irgendwo was trinken gehen?«

Sie verzog den Mund. »Ich glaube, ich bin heute nicht mehr salonfähig. Aber ich habe bei mir drüben bestimmt noch was rumstehen.«

***

Als Oli in ihrem Badezimmer in den Spiegel schaute, erschrak sie vor sich selbst. Augen, Wangen und Nase waren mit einer Mischung aus Schminke, Getriebeöl und Dreck verschmiert.

Eine Viertelstunde später kam sie mit rot gescheuertem Gesicht aus dem Bad.

»Sag jetzt nichts«, fuhr sie Hartmut an, der es sich auf dem Sofa bequem gemacht hatte.

»Ich wollte gerade sagen, du siehst aus wie das glühende Leben, oder wie heißt das?«

Oli hob den Zeigefinger, und Hartmut machte eine Reißverschlussbewegung über seine Lippen.

Eine Stunde später glühten seine Ohren. Oli erzählte von ihrem Wochenende im Akasha-Hof, wobei sie die Anmache von Joscho ausließ. Sie erzählte von der Hausdurchsuchung bei Wilma, von den zwei Bauernbuben, dem Fläschchen, dem unbekannten Motorradfahrer, vom Gärtner Anton, von der Erpressung.

Bei der zweiten Flasche Wein berichtete Hartmut von seiner Tour, die ihn von der Mindelheimer über die Rappensee- und Kemptner Hütte schließlich zum Edmund-Probst-Haus geführt hatte. Ein paar Tage in den Bergen seien genau das Richtige, um über sich und die Welt nachzudenken.

»Was ist dabei herausgekommen?«, fragte Oli.

Hartmut schnaufte tief durch. »Ich bin noch am Sortieren.«

Sind wir nicht alle am Sortieren?, fragte sich Oli. Auf der Suche nach Sinn, nach Perspektiven? Sie schauten sich lange schweigend an. Dann fasste sich Hartmut ein Herz.

»Darf ich dich was fragen, Oli?«

Sie legte den Kopf schief.

»Bist du glücklich? Zufrieden? Bist du angekommen im Leben?«

Sie verdrehte die Augen. »Fängst du jetzt auch schon so an. Willst du mir jetzt eine Lichttherapie empfehlen, oder was?«

»Nein, ich meine es ganz ernst. Was tust du hier?«

»Was ich hier tue? Ich lebe. Ich arbeite, um mich und meinen Sohn zu ernähren, ich ziehe Alex groß, versuche, eine einigermaßen gute Mutter für ihn zu sein. Das tu ich.«

»Was ist mit deinen Träumen?«

»Ach, Hartmut, ich weiß es nicht. Ich glaube, ich habe aufgehört zu träumen.«

»Männer?«

»Haha. Nächste Frage bitte.«

»Nein, ehrlich, wie sieht es aus? Hast du was am Laufen?«

»Nee, irgendwie ist Kaufbeuren nicht das richtige Pflaster, um Mister Perfect zu finden.«

»Was willst du denn mit Mister Perfect? Da hast du doch gar nichts mehr zum Erziehen.«

»Ich habe genug vom Erziehen. Ich will auch nicht erzogen werden. Will so sein dürfen, wie ich bin. Loslassen, nicht funktionieren, mich nicht verstellen.«

»Vielleicht solltest du erwachsen werden, Oli.«

Sie seufzte. »Du klingst schon wie mein Vater.«

Dann fing sie leise an zu singen. »›Ich wollte nie erwachsen sein, hab immer mich zur Wehr gesetzt. Von außen wurd' ich hart wie Stein, und doch hat man mich oft verletzt. Irgendwo tief in mir bin ich ein Kind geblieben. Erst dann, wenn ich's nicht mehr spüren kann, weiß ich, es ist für mich zu spät, zu spät, zu spät.‹«

Beim letzten Satz hatte sie Tränen in den Augen. »Das trifft so beschissen auf mich zu, Hartmut.«

Er schaute sie lange an. »Du bist so eine starke Frau, Oli. Du schaffst es ganz allein, deinen Sohn durchzubringen, bist eine tolle Journalistin, hast einen großen Auftritt, egal wo du auftauchst. Aber wenn es darum geht, für dich selbst da zu sein, wird aus der großen, starken Oli ein kleines Kind.«

Sie schnäuzte sich kräftig.

»Du bist doch selber ein kleines Kind.«

# ACHT

Die geplante Demonstration der Einzelhändler – in der Redaktion nur »Dallinger-Demo« genannt – zog schnell Kreise. Die Werbegemeinschaft Neugablonz hatte sich spontan zum Mitmachen entschlossen, ebenso meldeten sich täglich neue Einzelhändler aus den umliegenden Dörfern mit Aufrufen und Solidaritätsadressen. Zwei Fernsehsender und mehrere Tageszeitungen und Radiostationen hatten sich angemeldet. Klaus-Peter Dallinger genoss die Publicity, gab Interviews und ließ sich vor leeren Geschäften fotografieren, die er wieder zu füllen versprach.

Der Kaufbeurer Kurier füllte seinerseits täglich eine Seite mit dem Thema und eine weitere mit Leserbriefen. Peter Schild war äußerst zufrieden und überlegte ernsthaft, ob die Redaktion nicht ebenfalls bei der Demonstration mitmarschieren sollte. Man müsse schließlich als Lokalzeitung für seine Stadt Flagge zeigen. Die Argumente seiner Redaktion, dass ein Teil dieser Stadt durchaus für das Fachmarktzentrum war, darunter auch einflussreiche Politiker und Geschäftsleute, wischte er als »kleinkariert« weg.

Erst die Warnungen des Anzeigenleiters brachten Schild zur Vernunft. Dieser befürchtete Umsatzeinbußen, wenn sich die Redaktion im aktuellen Streit auf eine Seite schlage.

Oli heizte die Diskussion weiter an, indem sie den IHK-Chef Sepp Paltzer interviewte. Dieser sagte, nicht das Fachmarktzentrum sei der Feind, sondern der Internet-Handel. Er belegte das mit den enormen Wachstumsraten im Onlinegeschäft. Um dagegen zu bestehen, müsse Kaufbeuren seine Erlebnisqualität steigern. Paltzers Fazit: »Ein Fachmarktzentrum würde dieser Stadt durchaus guttun.«

Für die Freitagsausgabe trug die Redaktion noch mal die Argumente zusammen und rief die Menschen auf der Website und über Facebook zu einer Onlineabstimmung auf.

Oli war gerade bei einer ersten Auswertung, als ihr Mobiltelefon klingelte.

»Hätten Sie Lust auf einen kleinen Spaziergang?«

Oli musste grinsen. Axmann musste sich nicht mit Namen melden, seine tiefe Stimme war unverwechselbar.

»Ich hätte sehr große Lust, ich wüsste nur nicht, wann.«

»Ich würde mich gerne über Ihren Guru unterhalten.«

»Meinen Sie Herrn Dallinger, den neuen Retter Kaufbeurens? Oder eher den Lichtarbeiter Joscho?«

»Witzig, dass Sie beide in einem Atemzug nennen. Es gibt auf jeden Fall Details, die Sie interessieren werden.«

Oli glaubte das sofort. Axmann hatte nicht nur eine ausgezeichnete Spürnase, er war auch bestens vernetzt. Vor allem aber hatte er ein feines Gefühl dafür, wenn eine Geschichte stank.

»Wie wär's um zwölf? Ich muss eh noch auf den Wochenmarkt.«

»Zwölf ist gut«, sagte er. »Aber bitte nicht auf dem Wochenmarkt. Ich schlage vor, wir treffen uns am Hexenturm. Das scheint mir für unsere Geschichte der geeignete Ort.«

***

Der Hexenturm gehörte zu den Resten der mittelalterlichen Wehrbefestigung Kaufbeurens, die gut erhalten waren. Im Gegensatz zu seinem beeindruckenden Namen war der Turm gedrungen und unscheinbar. Dafür war die Aussicht grandios. Vom Hexenturm hatte man das Herz der Altstadt direkt vor sich liegen. In der Kaiser-Max-Straße drängelten sich die Besucher durch die Stände des Wochenmarkts. Die Gassen ringsum waren zugeparkt und verstopft wie jeden Donnerstag. Über die Stadt und das Wertachtal hinweg ging der Blick weit nach Osten über die sanft geschwungene Voralpenlandschaft.

Axmann saß auf dem kleinen Bänkchen und genoss das Panorama.

»Wissen Sie, dass der Turm der Sage nach ein Versammlungsort von Hexen war, die hier ihre dunklen Rituale feierten?«, fragte er.

»Ich befasse mich eher mit der modernen Hexerei.« Oli lächelte sanft. »Zum Beispiel mit Joscho. Sie wollten mir etwas über seine Vergangenheit erzählen.«

Axmann berichtete, dass Josef Brutscher, auch Joscho genannt, gelernter Dachdecker sei. Später habe er als Lkw-Fahrer, Rettungssanitäter, Totengräber, Masseur und Verkäufer von Nahrungsergänzungsmitteln gearbeitet. Dann sei er für zwei Jahre nach Indien verschwunden und erleuchtet wiedergekommen. Vor fünf Jahren habe er in Neugablonz das Akasha-Zentrum eröffnet.

»Tolle Karriere«, meinte Oli.

»Mich interessiert im Moment mehr, was mit Dallinger ist«, sagte Axmann.

»Der macht auch Karriere«, sagte Oli finster.

»Haben Sie ihn zu seinen Plänen gefragt?«

»Alles nur Stadtklatsch, behauptet er.«

»Ihre Freundin hat für Dallinger einen Entwurf für ein großes Einkaufszentrum gezeichnet und sogar ein Modell gebaut. Wussten Sie das?«

Oli verneinte. Franzi war als freie Architektin für viele Auftraggeber tätig gewesen. Aber sie hatte nur selten über ihre Arbeit geredet. Das sei nicht so wichtig, meinte sie, im Übrigen sei die Freizeit dafür viel zu schade.

»Will Dallinger etwa selber am Mühlbach bauen?«

»Nein. Dallinger kann rechnen. In Neugablonz sind die Grundstücke billiger. Und jetzt raten Sie mal, wo.«

»Auf dem Akasha-Hof?«

»Genau. Wobei das Gelände viel zu klein ist. Aber er braucht es wegen der Zufahrt. Es ist das letzte Stück, das ihm noch fehlt. Wissen Sie, dass der Akasha-Hof inzwischen nur noch einen Nachbarn hat? Dallinger hat alles rundherum aufgekauft.«

»Und jetzt erpresst er Joscho, damit er den Hof in die Finger kriegt«, sagte Oli.

»Wie kommen Sie darauf? Er macht ziemlichen Druck, es laufen einige Klagen. Von Erpressung weiß ich nichts.«

Oli erzählte ihm alles, was sie erfahren hatte, von dem Papier in Joschos Büro bis zu ihrem Gespräch mit Anton. Axmann dachte lange nach.

»Das verändert das Bild. Aber es würde passen.«

»Welches Bild? Wozu passen?«

»Ich war die letzten zwei Tage in Vaduz.«

»In Liechtenstein? Haben Sie Geld angelegt?«

»Ich nicht.« Er schaute vielsagend. »Ich musste mit ein paar Menschen persönlich sprechen und ein paar Unterlagen einsehen.« Er kratzte sich am Ohr. »Die Liechtensteiner sind da etwas eigen.«

Olis Gesicht war ein großes Fragezeichen.

Axmann rieb sich die Hände.

»Der Akasha-Hof gehört zu einer Unternehmensgruppe mit Sitz in Düsseldorf. Die Gruppe betreibt sechs solcher Zentren in Deutschland und noch ein Dutzend weitere im Ausland. Das Unternehmen gehört einer Liechtensteiner Holding.«

»Ich verstehe nur Bahnhof.«

»Joscho macht mit seinem Zentrum einen enormen Umsatz. Das allermeiste in Form von Bargeld. Der Gemüseverkauf, das Café, die Beratungen, alles wird bar bezahlt.«

»Übrigens auch die Kurse«, sagte Oli. »Und die sind nicht billig.«

Axmann grinste schmal. »Und? Klingelt da was bei Ihnen?«

Oli schüttelte den Kopf.

»Geldwäsche.«

In groben Zügen erklärte Axmann das Prinzip. Es gehe darum, die Ausbeute aus Straftaten, etwa aus Drogen- oder Waffenhandel, in den legalen Wirtschaftskreislauf einzuspeisen. Dafür würden Scheingeschäfte gemacht. Zum Beispiel teure Beratungen und Kurse, die bar bezahlt würden, aber nie stattfänden. Ziel sei immer, die kriminelle Herkunft des Geldes zu verschleiern.

»Und Sie glauben, der Akasha-Hof ist so eine Geld-Waschmaschine?«

Axmann kniff ein Auge zu. »Die Zentren im In- und Ausland stehen untereinander in Geschäftsbeziehungen. Ich bin sicher, dass sie auch Geschäfte mit Scheinfirmen und Strohmännern machen. Es gibt eine unübersichtliche Zahl von Transaktionen.«

»Aber das muss das Finanzamt doch schnell spitzkriegen.«

Der hagere Exbulle schüttelte den Kopf.

»Die haben den Laden schon mehrmals geprüft. Aber die Buchhaltung ist in Ordnung. Der Akasha-Hof fährt satte Gewinne ein, die er sehr korrekt versteuert.«

Oli sah Mohini in ihrem akkuraten Büro vor sich.

»Ich habe die Frau kennengelernt, die die Bücher führt. Sie machte auf mich einen sehr seriösen Eindruck.«

»Vielleicht ist sie das auch. Womöglich weiß sie gar nicht, was sie da verbucht. Bei solchen Geschäften sind immer nur ganz wenige Menschen eingeweiht.«

»Ich verstehe es immer noch nicht. Ich habe für den Workshop fünfzehnhundert Euro bezahlt. Was ist daran unsauber?«

»Nichts. Außer, Sie haben Ihr Geld mit Drogen oder Zigarettenschmuggel verdient.«

Axmann war aufgestanden und lehnte sich an den Turm.

»Nehmen wir an, Sie leiten einen Kurs für zwanzig Manager. Jeder bezahlt dafür fünftausend Euro. Sie geben teure Beratungen für andere Firmen, oder Sie liefern mit Ihrer Gärtnerei Obst und Gemüse. Weil das so biologisch ist, zahlt Ihr Kunde das Vierfache des normalen Preises. Alles legal. Sie stellen eine Quittung aus und bringen das Geld zur Bank.«

Bei Oli fiel der Groschen. »Ich verbuche das Geld, zahle Steuern, und damit ist es sauber.«

»Genau. Die Papierspur des Geldes ist unterbrochen. Und weil Sie ja nur eine Tochterfirma sind, fließen die Einnahmen als Ergebnis rechtmäßiger Geschäftstätigkeit zurück in die Holding in Liechtenstein. Dort wechselt das Geld übrigens noch mehrmals die Konten, aber nicht den Besitzer.«

»Können Sie das alles beweisen?«

Sein Blick verdunkelte sich. »Im Moment noch nicht.«

Oli stieß einen leisen Pfiff aus. »Wenn das einer rauskriegt, hätte er den Laden in der Hand.«

Axmann nickte. »Und das wiederum wäre ein gutes Motiv, jemanden umzubringen.«

***

Der Wochenmarkt in der Kaiser-Max-Straße wurde bereits abgebaut, als Oli auf dem Rückweg war. Sie schlenderte immer wieder gerne durch die Marktstände. Das lag nicht nur am Angebot. Hier wurden stets der neueste Klatsch und die wildesten Gerüchte ausgetauscht. Der Markt gehörte zu ihren bevorzugten Quellen, aus denen sie immer wieder schöne Geschichten schöpfte. Doch heute eilte sie nur hastig hindurch. Sie hatte den Kopf voll und musste Axmanns Recherchen erst einmal verdauen. War der Erpresser zugleich Franzis Mörder? Zumindest war er die heißeste Spur. Sie überlegte, die Kohlbeck anzurufen. Doch dafür war die Story noch zu vage. Oli entschied sich anders und wählte die Nummer von Anton.

Es dauerte ewig, bis Anton endlich ranging. Er klang außer Atem. Bestimmt war er durch den halben Garten geeilt, um sein Handy zu suchen.

»Ich muss dringend mit dir reden. Es gibt einige interessante Neuigkeiten.«

Er sprach sehr leise. »Ich habe auch was gefunden. Du hattest mit deiner Vermutung recht.«

»Wovon sprichst du? Erzähl.«

»Nicht jetzt. Ich bringe es dir mit.«

»Okay. In einer Stunde in der ›Wahrheit‹.«

***

Schild war alles andere als begeistert, dass Oli noch mal wegmusste. Er liebte es nicht, wenn er die Artikel auf den letzten Drücker bekam. Oli musste ihm versprechen, dass sie Text und Grafik über die Onlineabstimmung selbst auf die Seite stellte und auch die Website und sozialen Medien bestückte.

Nun wartete sie bereits zwanzig Minuten in der »Wahrheit« auf Anton. Auch bei den alten Leuten am Nachbartisch war die Dallinger-Demo Gesprächsthema Nummer eins. Endlich mal einer, der auf den Tisch haut, einer, der nicht kuscht, wenn so ein Geld-Hai aus Frankfurt daherkommt. Man muss die eigenen Leute unterstützen. Gibt ja kaum noch alteingesessene Geschäfte. Da sitzen überall die Türken und Russen drin.

Oli war sicher, würde Dallinger als Oberbürgermeister kandidieren, er hätte gute Chancen, gewählt zu werden. »Wenn ihr wüsstet«, murmelte sie vor sich hin.

Als Anton nach einer halben Stunde immer noch nicht aufgetaucht war, trommelte Oli nervös auf ihrem Mobiltelefon. Sie steckte es weg und beschloss kurzerhand, zu ihm hinzufahren. Irgendein Grund für einen Besuch in der Gärtnerei würde ihr schon einfallen, wenn sie angesprochen wurde. Sie könnte etwas vergessen haben. Oder sie könnte bei Anton etwas bestellen.

Doch ihre Sorge war unbegründet. Der Hof war menschenleer. Bestimmt liefen gerade die Kurse, und alle Mitarbeiter waren beschäftigt.

Auch im Gewächshaus war es still. Nur ein Ventilator surrte vor sich hin. Oli rief nach Anton, aber es kam keine Antwort. Vermutlich war er draußen auf den Beeten oder im Kräutergarten.

Als sie das Gewächshaus beim hinteren Ausgang verlassen wollte, drehte sie sich noch einmal um. Irgendetwas war anders. Sie betrachtete das große Tomatenbeet, wo die Stauden hüfthoch standen. Dann sah sie es. Mittendrin war eine Stelle, an der die Pflanzen niedergedrückt waren. Ein schmaler Pfad führte dorthin. Vorsichtig folgte Oli der Spur. Beinahe wäre sie gestolpert, als ihr Fuß an einem harten Gegenstand hängen blieb. Abrupt blieb sie stehen. Ein klobiger Arbeitsschuh ragte unter den Tomaten hervor. Sie schob die Pflanzen zur Seite. Vor ihr lag Anton mit dem Gesicht zur Erde.

***

Es hatte zu regnen begonnen. Das Trommeln der Tropfen erfüllte das Gewächshaus mit einem brummenden tiefen Ton und dämpfte das Stimmengewirr. Nur Susanne Kohlbeck, die erregt telefonierte, stach aus dem Gemurmel heraus.

»Nein, das hat nicht bis morgen Zeit. Ich brauche das jetzt sofort, Herrgott noch mal. Gut, dann in einer Stunde.«

Obwohl das Gewächshaus mit Flatterleine abgesperrt war, wimmelte es von Menschen. Beamte in weißen Schutzanzügen drehten jeden Krümel Erde um und fotografierten ihn. Oli drückte sich die Finger auf die Augen, das Blitzlicht machte sie verrückt.

Die Kommissarin bahnte sich ihren Weg in die kleine Bude, die Anton in dem großen Glashaus als Büro eingerichtet hatte. Sie wirkte siegessicher.

»Nur dass ich das alles richtig verstehe: Sie haben Herrn Langner besucht, um mit ihm zu reden.«

Oli nickte schwach.

»Weil Sie glauben, dass der Akasha-Hof erpresst wird und dass Herr Langner darüber Informationen hatte.«

Wieder ein Nicken.

»Als Sie hier ankamen«, Kohlbeck schaute auf ihr Klemmbrett mit den Notizen, »etwa um fünfzehn Uhr fünfundvierzig, fanden Sie Herrn Langner tot auf.«

Oli seufzte. Warum nur war jedes Wort dieser Frau von Misstrauen durchsetzt?

»Vor Ihrem Besuch haben Sie mit ihm telefoniert. Da hat er also noch gelebt.«

»Nicht direkt davor. Das war kurz nach Mittag, so gegen zwei. Das müsste man ja auf seinem Handy sehen.«

»Wir werden das prüfen. Im Moment ist das Mobiltelefon von Herrn Langner unbrauchbar. Es lag auf dem Feld in einer Pfütze.«

Kohlbeck betrachtete ihre Kollegen, die wie weiße Gespenster durch die Beete geisterten.

»Als Sie Herrn Langner fanden, was haben Sie dann getan?«

»Ich habe geschrien.«

Oli erinnerte sich, dass dieser Schrei völlig unkontrolliert aus ihr herausgebrochen war, nachdem sie Anton umgedreht und seine Augen gesehen hatte. Sie starrten mit riesigen Pupillen ins Leere. Derselbe leblose Blick, wie ihn Franzi hatte.

Die Kommissarin nickte, und selbst das war ein heimlicher Vorwurf.

»Wie kamen Sie denn überhaupt auf die Idee, im Tomatenfeld zu suchen? Unter den dichten Pflanzen kann man doch von außen gar nichts erkennen.«

Oli wusste es selbst nicht. »Irgendetwas war komisch. So unordentlich. Das war nicht Antons Art.«

Der undurchdringliche Blick der schicken Kommisssarin ruhte auf Oli.

»Wenn Sie Informationen haben, dass der Hof erpresst wird, warum haben Sie mich nicht angerufen?«

Rate mal, du blöde Kuh, schallte es in Olis Kopf. Weil du mir kein Wort glaubst. Weil du mich für eine überdrehte Tusse hältst. Und weil du glaubst, ich sei an dem ganzen Mist schuld. Laut sagte sie: »Ich habe keine Informationen, nur Gerüchte.«

***

Kommissar Dahlen hatte alle Kursteilnehmer und die Belegschaft in den großen Seminarraum zitiert. Joscho war grau im Gesicht. Sein Guru-Habitus war von ihm abgefallen. In einer kurzen Ansprache hatte er den Grund für die Zusammenkunft erklärt, wobei der ohnehin jedem klar war. Auf Olis Schreien hin waren sie alle in das Gewächshaus gestürmt und hatten Antons Leiche gesehen. Nun standen sie in Grüppchen zusammen, tuschelten aufgeregt oder weinten still vor sich hin. Mohini ging durch die Reihen und versuchte, Trost zu spenden. Dabei war sie selbst völlig aufgelöst und weinte ein Taschentuch nach dem anderen voll. Dahlen und zwei Kollegen nahmen die Personalien auf und versuchten, sich einen Überblick zu verschaffen.

Schnell war klar: Anton Langner wurde zuletzt beim gemeinsamen Mittagessen lebend gesehen. Danach war er allein in seiner Pflanzenwelt. Einige Kursteilnehmer hatten ihm am Vormittag beim Umstechen der Beete geholfen. Ihnen war nichts Besonderes aufgefallen. Ab vierzehn Uhr waren sie alle wieder in den Workshops. Joscho leitete einen Kurs in Aura-Heilung, Mohini hatte ihre wöchentliche Frauengruppe im indischen Tanz. Die Küchenfrauen waren mit dem Abwasch beschäftigt und versorgten nebenzu die Gäste im Café. Ob Fremde auf dem Hof gewesen waren, konnte niemand sagen. Auch die Ankunft von Oli hatte keiner der Anwesenden bemerkt.

Dahlen schaute frustriert auf die Notizen. »Da rennen mehr als dreißig Leute rum, und keiner sieht oder hört etwas.«

Im Gewächshaus schaute Kohlbeck auf die Uhr und packte ihre Sachen zusammen.

»Kann ich jetzt gehen?«, fragte Oli.

»Sie kommen mit mir mit. Wir fahren zu Ihrer Wohnung.«

***

Vor Olis Haustür wartete eine kleine Versammlung. Eine Polizistin und zwei Kollegen waren von neugierigen Nachbarn umringt. Oli kannte die drei Uniformierten und grüßte freundlich. Aber ihre Gesichter blieben abweisend. Ein grau melierter Mann trat auf sie zu und gab ihr freundlich die Hand.

»Oberstaatsanwalt Kessler. Würden Sie mir bitte den Wohnungsschlüssel geben?«

Er überreichte ihr das Blatt mit dem Durchsuchungsbeschluss. »Sie haben das Recht, anwesend zu sein.«

Zwei Stunden später bereute sie, dass sie dieses Recht in Anspruch genommen hatte. Zuerst musste Oli alles ausziehen, was sie am Körper trug. Die Polizistin stopfte die Sachen in einen Plastiksack. Dann musste sie hilflos zusehen, wie ihre komplette Wohnung auf den Kopf gestellt wurde. Zusammen mit der Beamtin räumte Kohlbeck Regale, Schränke, Schubladen aus. Sie nahmen in der Küche und im Bad Proben von allen Oberflächen. Währenddessen machte sich einer der Polizisten über den Keller her, der andere über die Werkstatt.

Mitten in dem Trubel schallte eine forsche Stimme von der Wohnungstür: »Wer ist hier der zuständige Beamte? Ich will sofort Auskunft, wessen meine Mandantin beschuldigt wird.«

Der Mann stellte sich als Rechtsanwalt Ganser vor, und Oli war ihrem Vater dieses Mal für seine Einmischung richtig dankbar. Ganser unterhielt sich lange mit dem Oberstaatsanwalt. Oli konnte nicht hören, was sie verhandelten, aber den Körperhaltungen nach zu urteilen, waren die Positionen klar verteilt. Kessler stand fast bewegungslos mit verschränkten Armen da und hatte arrogant das Kinn erhoben. Ganser wirkte gegen ihn wie eine halbe Portion. Das machte er durch große Gesten wett. Er lief aufgeregt hin und her und fuchtelte dem Staatsanwalt drohend mit dem Finger vor der Nase herum. Irgendwann schien der Block zu tauen. Kessler winkte beschwichtigend ab. Zumindest in einem Punkt schien der kleine Anwalt etwas zu erreichen.

Als ihr Handy klingelte, wusste sie bereits, wer dran war.

»Kann ich was für Sie tun?«, fragte Axmann.

»Kommen Sie vorbei und geben Sie mir eine Ohrfeige, damit ich endlich aus diesem Alptraum aufwache.«

»Falls es Sie beruhigt: Die Kohlbeck hat das schon seit Tagen geplant. Sie hat nur darauf gewartet, dass Sie ihr einen Anlass bieten.«

»Dann wissen Sie das mit Anton ja bestimmt auch schon.«

»Scheint dasselbe Gift zu sein wie bei Ihrer Freundin. Ich muss die Karten neu sortieren.«

»Und ich muss mein Leben neu sortieren«, stöhnte Oli.

»Das geht vorbei. Passen Sie nur auf, was die Kollegen mitnehmen. Die sind da gerne mal ein bisschen übereifrig. Nageln Sie vor allem Ihren Computer fest. Der geht die Kohlbeck nichts an.«

Genau hier hatte sich Rechtsanwalt Ganser auch durchgesetzt. Als die Polizisten ihre Beute in mehreren Kartons zum Auto trugen, war Olis Laptop nicht dabei. Kommissarin Kohlbeck war tatsächlich äußerst interessiert daran gewesen, aber Ganser saß in Olis Büro wie eine Bulldogge.

»Wollen Sie allen Ernstes das Grundrecht der Pressefreiheit antasten?«, rief er.

Es sei bereits ein Skandal, Frau Austin überhaupt zu verdächtigen. Wenn die Ermittlungsbehörden nun auch noch in ihrer journalistischen Arbeit herumstöberten, werde er sie erstens durch alle Medien und zweitens vor Gericht ziehen.

Offenbar war genau das die offene Flanke. Staatsanwalt Kessler pfiff die Kommissarin zurück. Olis Arbeitsunterlagen und die Elektronik waren tabu.

***

Das Team unter Ewald Dahlen hatte auf dem Akasha-Hof wesentlich mehr zu schleppen. Es sah aus, als wollte die Polizei das komplette Gewächshaus abtransportieren. Erde wurde in große Tonnen geschaufelt, Pflanzenreste eingepackt, sogar die Hackschnitzel, mit denen die Wege bestreut waren, wurden sackweise eingeladen. Die abgeteilte Bude mit Antons privaten Sachen füllte allein einen ganzen Lieferwagen. Kommissarin Kohlbeck hatte sich die Spurensicherung eigens noch mal vorgeknöpft. Eine Panne wie auf dem Auerberg, wo die Beamten das Fläschchen in der Nähe des Tatorts übersehen hatten, durfte kein zweites Mal passieren.

Während ein Team die Spuren im Glashaus sicherte und die Küche auseinandernahm, durchkämmte ein zweites die Seminarräume und Büros, schließlich die Privaträume der Mitarbeiter. Joscho beschwerte sich lautstark, Mohini und die Küchenfrauen waren kurz vor dem Nervenzusammenbruch, und der herbeigezogene Anwalt legte heftigen Protest ein. Sie konnten aber nicht verhindern, dass Kleidung und Kosmetik, Küchengeräte und Computer sowie jede Menge Papier und Aktenordner in die Transporter geladen wurden.

***

Oli holte eine Flasche Prosecco aus dem Kühlschrank. Wenigstens die hatten sie dagelassen. Sie schnappte sich Flasche und Glas und ging über ihre Terrasse in die Werkstatt. Dort sah es nicht viel besser aus als in der Wohnung. Der Polizist, der hier tätig gewesen war, hatte offenbar nicht viel Feingefühl für Olis filigrane Arbeit besessen. Schrauben und Kleinteile auf ihrer Werkbank waren durcheinander, das Werkzeug lag verstreut auf dem Boden, und ihr ausgebauter Motorblock war vom Sockel gekippt.

Oli fluchte. Die hatten alle keine Ahnung, wie schwer Ersatzteile für so eine Maschine zu beschaffen waren. Vor allem nicht, was sie kosteten. »Wenn da etwas verzogen ist, das wird teuer, meine Herren«, brummte sie.

Als sie den Motorblock wieder aufrichtete, merkte sie, dass die Schwinge locker war. Das festsitzende Teil hatte sich offenbar beim Umfallen gelöst. Ohne es zu wollen, hatte der Polizist eine gute Tat vollbracht. Manchmal waren Bullen halt doch für etwas gut.

## NEUN

In der Redaktion wurde Oli am Freitagmorgen gefeiert wie eine Heldin. Alle regten sich wegen der Durchsuchung bei ihr auf. Ihr Chef lotste sie in sein Büro, bot ihr einen Stuhl an und fragte besorgt, wie es ihr gehe. Oli fand das ein bisschen unheimlich.

»Sehe ich aus, als wäre ich krank? Oder schwanger?«

»Sie haben der Staatsmacht die Stirn geboten«, johlte Schild.

»Wer erzählt denn so was?«

»Ihr Anwalt Wilhelm Ganser. Wäre ja noch schöner, wenn die Polizei jetzt anfängt, die Presse zu überwachen.«

»Haben Sie den Ganser angerufen?«

»Er hat bei mir angerufen. Er vermisst in unserem Aufmacher ein paar delikate Details. Die werden wir morgen nachliefern. Polizei und Staatsanwaltschaft können sich schon mal warm anziehen.«

Oli stand auf. »Immer mit der Ruhe. Was ich überhaupt nicht brauchen kann, sind weitere Scherereien. Und schließlich hat sich der Staatsanwalt sehr fair verhalten.«

»Das nennen Sie fair?«, rief Schild. »Das ist der Versuch, eine kritische Journalistin einzuschüchtern. Und damit uns alle.«

Oli seufzte tief. »Dank Herrn Ganser sind mein Laptop und meine Unterlagen noch da. Also, was soll's.«

Schild war nun in der obersten Stimmlage angelangt. »Schon der Versuch ist strafbar. Wir haben ein Grundgesetz. Wo kommen wir hin, wenn sogar Staatsvertreter das mit Füßen treten.«

Oli reichte es. Sie schlug mit der Faust auf den Tisch.

»Da draußen rennt jemand herum, der zwei Menschen vergiftet hat, und Sie reden über das Grundgesetz. Das darf doch wohl nicht wahr sein. Ich habe keine Lust, hier über meinen Laptop zu diskutieren. Und ich will auch nicht, dass darüber morgen etwas in der Zeitung steht. Ist das klar?«

Die Stille war mit Händen greifbar. Schild starrte Oli an, als würde er im nächsten Moment den dritten Mord verüben. Dann schnaufte er tief durch.

»Sie sind ja völlig durch den Wind. Ich schlage vor, Sie gehen nach Hause und ruhen sich aus. Das war einfach zu viel.«

»Ich will aber nicht nach Hause«, sagte Oli leise. »Da herrscht das blanke Chaos. Wenn ich da jetzt den ganzen Tag rumhänge, werde ich verrückt.«

Schild hob die Hände. »Wenn Sie lieber arbeiten wollen: Es gibt genug zu tun. Dann gehen Sie wie geplant um elf zur Dallinger-Demo. Aber verlieren Sie nicht die Nerven.«

»Tut mir leid«, sagte Oli geknickt.

Antons Tod füllte an diesem Tag fast die komplette erste Lokalseite im Kaufbeurer Kurier. »Giftmord in Esoterik-Zentrum« hatte Schild getitelt. Und gleich in der Unterzeile den ersten Seitenhieb auf die Ermittler ausgeteilt: »Polizei gesteht: Auch die Tote beim Hexenfest war Opfer eines Verbrechens«.

Der Bericht war wenig schmeichelhaft für die Kaufbeurer Kripo. Die Zeitung – aus gut unterrichteten Quellen informiert – habe von Anfang an vom Mord beim Hexenfest geschrieben. Das habe die Kripo stets bestritten. Nun stehe man vor dem zweiten Opfer. Man konnte den Bericht so interpretieren, dass die Ermittler schuld an Antons Tod waren. Oli war sicher, die Polizei würde es genau so verstehen.

***

Das Wetter meinte es gut mit Klaus-Peter Dallinger. Schon um zehn Uhr füllte sich die Kaufbeurer Fußgängerzone mit den ersten Schaulustigen. Nach und nach trudelten die Abordnungen von Geschäften aus den umliegenden Landgemeinden ein. Sie hatten sich etwas einfallen lassen.

Eine Gruppe war als Krankenschwestern und Pfleger verkleidet, die einen nackten Patienten namens »Einzelhandel« durch die Straßen trugen. Eine zweite hatte einen großen Hai gebastelt. In dessen Riesenmaul warfen Männer in schwarzen Anzügen und mit Zigarren im Mund ständig kleine Fische. Eine Clique junger Leute kam im Lumpenkostüm, um auf die Verarmung ihres Gewerbes aufmerksam zu machen. Am schrillsten und lautesten war ein Haufen mit archaischen Hörnermasken, Zottelfellen und großen Kuhschellen. Sie trugen ein Transparent mit der Aufschrift »Nur ein Rindvieh kauft im Internet«.

Pünktlich um elf Uhr gingen in den Geschäften in der Innenstadt die Lichter aus. Nur die Filialen der großen Modehäuser blieben geöffnet. Von allen Seiten strömten Kaufleute und Kassiererinnen, Fachverkäufer und Modeberaterinnen, Optiker und Apotheker, Bäcker und Metzger zu dem Zug. Viele Geschäftsinhaber kamen mit ihrem kompletten Personal und wurden jeweils mit Johlen und Rasseln empfangen. Die Zuschauer klatschten, als präsentierte sich ihnen ein Wanderzirkus. Und viele Passanten, die im Moment ohnehin nicht einkaufen konnten, schlossen sich der Demonstration einfach an.

Klaus-Peter Dallinger hatte eine Trommler- und Fanfarengruppe organisiert, die dem Zug voranging und den Takt vorgab. Er selbst schritt zusammen mit einer Riege von Honoratioren und Funktionären der Stadt an der Spitze des Bandwurms. Sie trugen ein straßenbreites Transparent vor der Brust, auf dem »Für ein lebendiges Kaufbeuren« stand.

Oli fotografierte aus allen Rohren. Auf sie wirkte das Spektakel wie eine Mischung aus Schützenfest und Faschingsumzug. Begleitet von Fanfarenklängen, Trommeln, Rasseln, Trillerpfeifen, Vuvuzelas und Kuhglocken zog die Dallinger-Demo durch die Gassen der Altstadt.

Schließlich versammelten sich die Demonstranten vor dem Rathaus. Oli hatte sich dort postiert und sah, dass die ganze Kaiser-Max-Straße gefüllt war mit Menschen, die Plakate schwenkten und ordentlich Radau machten. Schließlich skandierte die Menge: »Wir sind die Stadt, wir sind die Stadt.«

Dallinger erklomm die Rathaustreppe, auf der eine Lautsprecheranlage aufgebaut war. Er genoss sichtlich den Erfolg und wartete geduldig vor dem Mikrofon, bis die Menge still wurde. Dann hob er die Hände wie ein römischer Imperator und rief: »Willkommen im lebendigen Kaufbeuren.« Die Straße antwortete mit stürmischem Beifall.

Es folgte eine flammende Rede, in der Dallinger vom Erhalt der Altstadt und des Einzelhandels sprach, von jahrhundertealten Traditionen und modernen Entwicklungen, von Zusammenhalt und Verantwortung. Im Grunde dieselben Gemeinplätze, die er in den Interviews und Pressemitteilungen verbreitete, nur dass er nun nach jedem Satz bejubelt wurde.

Am Ende belohnten ihn die Demonstranten mit anhaltendem Beifall. Sie lärmten mit ihren Rasseln, Pfeifen und Kuhschellen und riefen: »Wacht endlich auf, wacht endlich auf.« Die Gruppe mit den Hörnermasken und Zottelfellen legte sich besonders ins Zeug. Die Gestalten tanzten wild um die Rathaustreppe und lärmten mit den Kuhschellen.

Oli, die mit ihrer Kamera das Geschehen umkreiste, fühlte sich an das Hexenfest erinnert. Mit einem Mal hatte sie ein anderes Bild vor Augen. Tanzende Hexen, trinkende Hexen, trommelnde Hexen. Irgendwo dazwischen war etwas, was nicht stimmte. Wie das Reiben im Motor, das einen Totalschaden ankündigte. Das Bild war unscharf, aber etwas in ihr wusste, es war der Schlüssel zu den vielen Rätseln.

Oli taumelte in der Menschenmenge und wurde von starken Armen aufgefangen. Eine bekannte Stimme drang in ihr Ohr.

»Frau Austin, randalieren Sie schon wieder? Wenn das die Polizei sieht.«

Sie stemmte sich hoch. »Hartmut, was machst du denn hier?«

»Ich bin genauso Mitglied im Dallinger-Fanclub wie du.«

»Gib zu, du hast mich verfolgt, um mir heimlich auf den Hintern zu gucken.«

»Höchstens die Beine.«

»Schamloser Lügner.«

Hartmut begleitete sie auf dem Weg zur Redaktion, und sie erzählte ihm von ihren gestrigen Erlebnissen. Dabei verdüsterte sich sein Gesicht zunehmend. »Soll ich mal mit der Kollegin reden?«

»Bloß nicht. Die kriegt das nur in den falschen Hals. Aber du könntest mich heute Abend zum Essen einladen.«

Hartmuts Miene hellte sich wieder auf. »Ich bin mit meinem Neffen im Kino. Aber das müsste so um acht Uhr aus sein. Danach kann ich dich abholen.«

***

»Die Kollegen tun, was sie können.«

Ewald Dahlen hatte die Arme verschränkt und funkelte Kohlbeck böse an.

»Wenn wir in dem Tempo weitermachen, sitzen wir in einem Jahr noch an dem Fall«, schimpfte diese.

»Ich kann doch auch nichts dafür, wenn das halbe Labor krank ist.«

»Dann macht das eben ein anderes Labor. Herrgott noch mal, ist das denn so schwer?«, bellte die Kommissarin.

»Ja, das ist schwer«, maulte er zurück. »Sie kennen doch die Vorschriften.«

»Vorschriften, Vorschriften. Und wir müssen uns jeden Tag öffentlich demütigen lassen.« Sie wedelte mit dem Lokalteil des Kaufbeurer Kuriers, auf dem Schilds Geschichte mit rotem Marker angestrichen war.

Dahlen winkte ab. »Das Geschmier nehme ich schon lange nicht mehr ernst.«

»Sie vielleicht nicht. Aber der Herr Staatsanwalt – und die Direktion in Kempten. Die wollen Ergebnisse, und zwar schnell.«

»Dann sollen die Klugscheißer uns ein neues Labor besorgen!«

Wutschnaubend stürmte Dahlen aus dem Büro und hätte dabei beinahe Oli umgerannt.

»Die hat ja eine Laune«, sagte sie leise.

Dahlen rollte nur die Augen und ließ sie stehen.

Oli steckte den Kopf in Kohlbecks Büro. »Stör ich?«

»Wir haben fünf Uhr ausgemacht«, sagte Kohlbeck scharf. »Jetzt ist es Viertel nach.«

»Ich hab's nicht eher geschafft.«

Unaufgefordert setzte sich Oli vor Kohlbecks vollen Schreibtisch. Die Kommissarin atmete einmal tief durch, schaltete das Band an und diktierte.

»Freitag, 10. Mai, siebzehn Uhr fünfzehn. Zeugin Olivia Austin.«

Die Kommissarin stutzte. »Sie sind ohne Ihren Anwalt da?«

»Brauche ich denn einen?«, fragte Oli zurück.

Kohlbeck zuckte die Achseln und kam sofort zur Sache.

»Josef Brutscher weiß nichts von einer Erpressung.«

»Joscho lügt«, gab Oli zurück.

»Sie sprachen von einer E-Mail. Wir haben weder auf seinem Rechner noch in seinen Unterlagen etwas gefunden.«

»Das lässt sich doch leicht löschen. Und wenn er eine Webmail-Adresse hat, finden Sie die E-Mail sowieso nicht.«

»Wir haben auch da unsere Mittel. Aber wie gesagt, bisher gibt es keine Spur, die Ihren Verdacht bestätigt. Woher haben Sie eigentlich Ihre Informationen?«

»Anton hat davon gesprochen. Über meine weiteren Quellen kann ich nichts sagen.«

»Und Sie können mir auch nichts erzählen, was mich ein Stück weiterbringt?«

Oli nagt an ihrer Unterlippe. »Meine Quelle sagt, über den Hof werde eventuell Geldwäsche betrieben.«

Sie berichtete in groben Umrissen, was sie von Axmann erfahren hatte. Die Kommissarin war aufgestanden und ging hinter ihrem Schreibtisch auf und ab.

»Gibt es dafür irgendwelche Belege?«

Oli schüttelte müde den Kopf.

Kohlbeck setzte sich wieder. Sie schaute Oli scharf in die Augen.

»Wir haben eine fleckige und halb zerschnittene Jeans in Ihren Sachen gefunden. Unser Labor sagt, die Flecken stammen mit hoher Wahrscheinlichkeit von demselben Gift, an dem Franziska Winkler gestorben ist – und wahrscheinlich auch Anton Langner.«

Oli schloss die Augen. Sie könnte sich ohrfeigen. Leise sagte sie: »Ich habe Ihnen was verschwiegen.« Dann erzählte sie, wie Franzi kurz vor ihrem Tod mit ihr angestoßen habe und dabei etwas aus dem Becher über ihre Hose geschwappt sei.

»Das glauben Sie mir jetzt nicht, stimmt's?«, sagte Oli, als Kohlbeck sie nur stumm anschaute.

»Es fällt mir offen gesagt schwer«, erwiderte die Kommissarin.

»Aber es war so. Sie können meinen Bekannten fragen. Dem habe ich die Jeans gegeben, damit er sie für mich untersucht. Deshalb sind auch die Löcher drin.«

»Hat Ihr Bekannter denn etwas rausgefunden?«

»Ja. Hyoscyamin, Atropin und Scopolamin.«

Kohlbeck zog eine Braue hoch. »Guter Mann. Um genau zu sein: Es war eine aus Bilsenkraut hergestellte Tinktur.«

»Aber das hat mich auch nicht weitergebracht«, sagte Oli verzweifelt. »Ich weiß jetzt nur, dass das Gift in Franzis Becher war.«

»Wussten Sie das nicht schon vorher?« Die Kommissarin runzelte die Stirn.

»Ich dachte immer, das Gift wäre aus dem Fläschchen gekommen.«

Kohlbeck lehnte sich zurück. »In dem Fläschchen war nichts außer Wasser und ein bisschen Alkohol. Woher also stammte das Gift?«

»Ich habe keine Ahnung«, sagte Oli frustriert.

»Wirklich nicht?«

»Ich …« Oli stockte und blickte die Kommissarin wütend an. Dann brach es aus ihr heraus.

»Sie halten mich für verdächtig, für Sie bin ich der Feind. Ich weiß nicht, woran das liegt. Ich habe nichts verbrochen, ich habe Ihnen nichts getan, ich habe dasselbe Interesse wie Sie. Ich will wissen, was da im Wald passiert ist und wer Franzi umgebracht hat.«

»Frau Austin, ich habe persönlich nichts gegen Sie. Im Gegenteil. Ich finde, Sie sind eine mutige Frau. Ich mache hier lediglich meine Arbeit.«

»›Ich mache nur meine Arbeit‹«, rief Oli wütend. »Das könnte auch eine Maschine sagen. Alles klinisch, alles sauber, alles gefühllos. Aber zu Ihrer Arbeit gehört auch ein Stück Menschlichkeit und Einfühlungsvermögen.«

Kohlbeck öffnete den Mund und schloss ihn wieder. Sie wirkte ehrlich betroffen, senkte den Kopf und massierte sich die Stirn.

»Sie wissen, dass ich Sie jetzt festnehmen könnte.«

»Das ist doch lächerlich.«

»Was hier lächerlich ist, ist Ihre Naivität. Sie stehen zwei Mal innerhalb einer Woche neben einer Leiche. Beide Personen starben an der Tinktur einer hochgiftigen Pflanze. Sie haben genau dieses Gift an Ihrer Kleidung. Sie rufen beide Male nicht die Polizei an. Sie tischen hier ständig neue Geschichten und Verdächtigungen auf, für die Sie keine Beweise haben. Wenn ich auf meine Liste schaue, habe ich hier zwei Mal Mordverdacht, dazu Irreführung der Polizei, Verschleierung, Behinderung der Ermittlungsbehörden. Das würde für eine U-Haft locker ausreichen.«

Oli schluckte. Tränen standen in ihren Augen. »Aber ich war's nicht«, flüsterte sie leise.

Nach einer langen Pause antwortete die Kommissarin. »Das glaube ich auch.«

Oli schaute Kohlbeck erstaunt an.

»Sie sind viel zu klug. Sie würden niemals so viele Fehler machen, niemals so viele Spuren hinterlassen. Das passt nicht zu Ihnen.«

»Heißt das …?«

Kohlbeck lächelte. »Gehen Sie nach Hause.«

An der Tür drehte Oli sich noch mal um.

»Anton starb am selben Gift, sagen Sie?«

Die Kommissarin nickte. »Und jetzt würden Sie gerne wissen, wo es war?«

Die beiden Frauen schauten sich lange an. Dann gab Oli auf.

»Schon gut, ich verstehe.«

Sie drehte sich um und ging.

»Warten Sie.« Kohlbeck kam ihr hinterher. »Es war in seiner Apfelschorle.«

***

Vor ihrer Haustür stand eine grüne Kiste. Oli schlug sich mit der flachen Hand an die Stirn. Die hatte sie ganz vergessen. Sie brachte die Kiste in die Küche und stellte sie wie einen wertvollen Schatz auf den Tisch. Als sie das Gemüse sah, brachen die Dämme. Sie heulte Rotz und Wasser und konnte sich nicht beruhigen. Diese Kiste hatte Anton noch gepackt, bevor er starb. Und sie war schuld an seinem grausamen Tod. Hätte sie ihn nicht bedrängt, würde er noch leben.

Vor ihren Augen tauchte sein toter Körper auf, wie er hingestreckt zwischen den Tomaten lag. Ausgerechnet Tomaten, die Pflanzen, die Franzi am meisten geliebt hatte.

Oli hielt plötzlich inne und putzte sich die Nase. War das Zufall, oder wollte Anton einen Hinweis geben?

Sie schloss die Augen und sah den Toten vor sich. Er lag da wie ein gefällter Baum. Sein rechter Arm war vorgestreckt, als wollte er mit der Hand auf etwas zeigen.

Oli versuchte sich an die Details des Gewächshauses und an die genaue Lage von Antons Körper zu erinnern. Dann sah sie es vor sich. Antons Arm zeigte genau auf die Rückwand. Dort hing ein großes indisches Wandbild, das einen königlich gekleideten Mann in einem blühenden Garten zeigte.

»Was willst du mir damit sagen, Anton?, fragte Oli leise. Sollte es ein Hinweis auf Joscho sein? Oder sah der Gärtner durch den Nebel des Giftes bereits das Paradies vor sich? Darauf würde sie wohl nie eine Antwort bekommen.

Sanft begann sie, die Kiste auszuräumen. Anton hatte ihr erklärt, sie müsse so befüllt werden, dass die leichten Sachen oben lagen und die schweren unten, damit nichts zerquetscht wurde. Obenauf waren zwei Büschel mit Schnittlauch und Petersilie. Darunter fand sie Lauch, Blattspinat, Salat. Die Mittelschicht bildeten Radieschen, Gurken, Karotten und Tomaten. Auf dem Boden dann Kartoffeln, Kohlrabi und Pastinaken. Sorgsam reihte sie alles auf dem Küchentisch auf. Als sie bei den Pastinaken ankam, entdeckte sie, dass darunter die Rechnung lag. Das fand sie keine gute Idee. Das Papier war mittlerweile feucht geworden.

Sie zog das Blatt heraus. Es war keine Rechnung, sondern eine ausgedruckte E-Mail. Es war das Beweisstück, nach dem Oli gesucht hatte. Anton musste die Kopie hier versteckt haben. Er wusste, dass es auf diese Weise doch noch zu ihr gelangen würde.

Wieder musste sie heulen. Dann wischte sie die Tränen weg und begann zu lesen.

*Ich lasse mich nicht verarschen. Du hast noch eine letzte Chance. Versaue sie nicht wieder, sonst fliegt alles auf.*
*Es bleibt dabei: Du bringst 500.000 Euro in kleinen Scheinen in einer Sporttasche zur alten Buche neben dem Kraftplatz. Du*

*kommst allein. Keine Begleiter, keine Aufpasser, keine Polizei. Du kommst am Freitag um 20 Uhr. Sei pünktlich und versuche keine Tricks.*

Es konnte nicht das Blatt sein, das sie am Sonntag bei Joscho gesehen hatte. Erstens war der Text anders, zweitens war diese E-Mail erst am Dienstag gekommen, wie man dem Nachrichtenkopf entnehmen konnte. Am Dienstag hatte Anton das Telefonat von Joscho belauscht und sich danach bei ihr gemeldet. Auch diese Nachricht trug den Absender nicolist@freenet.de.

Oli schaute auf die Uhr. Es war kurz vor sieben.

## ZEHN

»Du bist bescheuert. Du bist bescheuert. Du bist bescheuert.«

Oli schrie es immer wieder lautstark, während sie an unübersichtlichen Stellen überholte und sämtliche Tempolimits missachtete.

Was zum Henker war nur los mit ihr? War es einfach nur Neugier? Abenteuerlust? Geltungssucht? Es gab keinen auch nur ansatzweise vernünftigen Grund, dorthin zu fahren.

Alles könnte so einfach sein. Sie könnte dieses Blatt Papier nehmen, damit zur Kohlbeck marschieren und die Polizei ihren Job tun lassen.

Aber Olivia Austin musste mal wieder selbst auf Verbrecherjagd gehen. Sie wollte diesen Typen erwischen, der ihre beste Freundin und den armen Anton auf dem Gewissen hatte. Doch im Grunde war ihr sehr genau bewusst, dass es einen viel tieferen Grund gab, der sie antrieb: Sie war Franzi und Anton etwas schuldig.

Sie probierte zum dritten Mal, Hartmut zu erreichen. Dann erst fiel ihr ein, dass er im Kino war und sein Handy bestimmt ausgeschaltet hatte. Sie sprach ihm auf die Mailbox und warf das Mobiltelefon frustriert auf den Beifahrersitz. Dabei wäre sie beinahe in den Graben gefahren. Sie konzentrierte sich. Das Wichtigste war, heil an- und heil aus der Sache wieder rauszukommen.

Der Zoller-Hof tauchte auf der Hangkante auf. Vielleicht sollte sie ihr Auto nicht oben auf dem Berg abstellen, sondern hier unten parken. Aber sie verwarf diesen Plan sofort wieder. Für einen längeren Fußweg reichte die Zeit nicht. Als sie Felix und Paul im Hof herumtollen sah, hatte sie eine andere Idee. Mit quietschenden Reifen hielt sie vor den Geranien des Bauernhauses und winkte die beiden zu sich.

»Könnt ihr mir einen Gefallen tun?«

»Kommt drauf a, was es isch«, sagte Felix.

»Es ist ganz leicht.«

Oli musste den beiden nicht viel erklären. Mit Maschinen und

Motoren kannten sie sich aus. Sie drückte jedem einen Zehner in die Hand.

»Euch darf keiner sehen. Ist das klar?«

Paul kniff ein Auge zu.

Im Rückspiegel sah Oli, wie sie sich auf den Weg machten.

***

Das Dunkle nimmt zu. Es ist wie Tinte, die ein böser Geist in der Luft verteilt hat. Der große Geist hat sein Opfer bekommen. Er muss jetzt zufrieden sein. Das Unzüchtige und Sündige ist bestraft worden. So ist es gut. Jetzt muss doch endlich Frieden sein. Aber das Dunkle lebt, und es wächst weiter.

Mach dein Ritual, schütze dich und wappne dich. Der Feind hat noch nicht aufgegeben. Er sammelt nur seine Kräfte für den nächsten Angriff.

***

Auf dem Parkplatz neben dem Auerberg-Gasthaus war nicht viel los. Zwei Ausflugsbusse, ein Dutzend Autos mit fremden Kennzeichen. Mittendrin stand Joschos alter Mercedes. Oli stellte ihr Auto hinter die Garagen des Gasthauses. Vom Turm der Georgskirche, die auf dem höchsten Punkt des Auerbergs thronte, klangen drei Schläge. Viertel vor acht. Sie musste sich sputen.

Die große Buche war der Baum, unter dem Franzi gestorben war. Sie lag keine hundert Meter vom Kraftplatz entfernt. Oli fragte sich, warum der Erpresser ausgerechnet diesen Ort gewählt hatte. Oli war zwar keine Expertin in Sachen Geldübergabe, aber diesen Platz hielt sie für denkbar ungeeignet. Der mächtige alte Baum stand auf einer kleinen Lichtung im Wald, die von allen Seiten gut einsehbar war. Wie wollte der Erpresser hier an das Geld gelangen, ohne entdeckt und erkannt zu werden?

Die Sonne stand zwar noch über dem Horizont, aber im Wald wurde es bereits düster. Der Ort löste bei Oli eine Gänsehaut aus. Tausend Bilder aus der Mainacht stürmten auf sie ein. Darunter immer wieder der leere Blick ihrer Freundin.

Je näher sie der Buche kam, desto langsamer und vorsichtiger setzte sie ihre Schritte. Ein einziger knackender Ast konnte sie verraten. Vor allem wusste sie nicht, wer alles rundherum auf der Lauer lag. Vielleicht war der Erpresser nicht allein? Hatte Joscho Helfer? Aufpasser?

Im Halbdunkel tauchte die Lichtung mit der Buche zwischen den Baumreihen auf, darunter stand Joscho und lauschte. Der Anblick erinnerte Oli an das Bild des Königs im Garten, das im Gewächshaus hing. Oli schlich sich bis zur vorletzten Fichtenreihe. Von dort konnte sie Joscho gut sehen und blieb selbst verborgen.

Acht Glockenschläge waren vom Kirchturm zu hören. Joscho stand auf und blickte sich nervös um. Plötzlich piepste ein Mobiltelefon. Oli schaute erschrocken auf ihre Handtasche. Aber der Ton kam nicht von dort.

Auch Joscho war herumgefahren und versuchte, die Herkunft des Geräuschs zu orten. Es kam eindeutig aus der Buche. Joscho streckte sich, griff auf die unterste Astgabel und förderte ein Handy zutage, das wild blinkte und piepste. Er fummelte darauf herum. Der Wecker ging aus, und eine deutlich vernehmbare Stimme meldete sich aus dem Gerät. Sie ließ Joscho ebenso wie Oli in ihrem Versteck zusammenfahren. Es war Franzi.

»Mein Lieber, was denkst du, wie lange ich hier schon auf dich warte. Wir hatten eine Abmachung. Und du hast mich hier einfach sitzen lassen. Was glaubst du eigentlich, wer ich bin? Du gehst einfach den Weg zurück bis zur Kreuzung und dann geradeaus in den Wald. Da steht das alte Spiel. Da warte ich auf dich.«

Es folgte Franzis unverkennbares helles Lachen. Dann war es still.

Joscho hatte versucht, das Handy leise zu stellen, aber es war ihm nicht gelungen. Er hatte sich das Gerät vor den Mund gehalten und laut »Hallo, wer spricht da?« gerufen. Jetzt stand er da und glotzte das Telefon an. Oli hörte vom Gebüsch gegenüber ein Rascheln, der Italiener trat hervor und ging auf Joscho zu. Die beiden diskutierten aufgeregt, dann machte sich Joscho auf den Weg in die angegebene Richtung. Der Schönling folgte ihm in sicherem Abstand.

Durch Olis Kopf jagten tausend Gedanken. Das war eindeutig

Franzis Stimme gewesen. Sie war durch das Telefon etwas verfremdet, aber dennoch unverkennbar. Was passierte hier? Wer gab diese Anweisungen? Was sollte das alles? Lebte Franzi noch? War sie die Erpresserin? Aber sie war doch tot unter dem Baum gelegen. So tot, wie man nur sein konnte. Oli hatte ihre Augen gesehen, ihren Puls gefühlt. Das war unmöglich. Oder es ging nicht mit rechten Dingen zu.

Und was hatte der Italiener mit der Geschichte zu schaffen? Sie wartete in ihrem Versteck, bis die Männer außer Sichtweite waren, und nahm die Verfolgung auf.

Sie glaubte zu wissen, von welchem alten Spiel Franzi gesprochen hatte. In dem Waldstück auf der anderen Seite der Wegkreuzung gab es einen Erlebnispfad, der die römische Besiedlung auf dem Auerberg vor zweitausend Jahren beschrieb. An einer der Stationen war ein Kinderspiel aus vorchristlicher Zeit nachgebaut.

Kurz bevor sie den Platz erreichte, schlug sich Oli ins Unterholz. Sie vermutete, dass dort irgendwo auch der Schönling versteckt war. Deshalb blieb sie in sicherem Abstand.

Joscho stand an dem Platz und starrte auf das Handy. Aber es läutete nicht. Stattdessen kam ein Klingeln vom Boden. Hinter einem Sockel lag ein zweites Gerät auf der Erde und blinkte aufgeregt. Unsicher hob Joscho das Ding auf, drückte auf den Knopf. Sofort hörte das Klingeln auf, und Franzis Stimme meldete sich wieder.

»Mein Lieber. Wir haben viele Spiele gespielt. Wir waren oft wie Kinder. Und sollen wir nicht alle werden wie die Kinder? Unverbaut und neugierig. Ja, das ist ein großes Ziel. Sei neugierig, was als Nächstes auf dich wartet. Du kommst deinem Ziel immer näher, mein Lieber. Wir treffen uns auf dem Parkplatz. Ganz hinten am Mülleimer. Da warte ich auf dich.«

Am Ende wieder das helle Lachen.

»Franzi?«

Joschos Stimme klang ängstlich. Er schaute sich nach allen Seiten um, so als wäre Franzis Stimme nicht aus dem Gerät, sondern irgendwo aus dem Unterholz gekommen. Von dort kam aber nur Joschos schöner Begleiter. Leise fingen die beiden an zu streiten. Oli verstand nur Gesprächsfetzen.

»Wir brechen das jetzt ab«, forderte der Italiener.

Joschos Augen flirrten unruhig durch den Wald. »Nein. Ich will wissen, wo sie steckt.«

»Sie ist tot, Mann. Da verarscht dich einer.«

»Ich muss es wissen.« Joscho stapfte entschlossen los.

Oli folgte den beiden zum Parkplatz. Inzwischen war die Sonne untergegangen. Die Dunkelheit machte es Oli leichter. Sie konnte sich ungesehen hinter einem Auto verstecken. Von dort beobachtete sie, wie sich das seltsame Spiel wiederholte. Diesmal kam der Klingelton aus einem Abfalleimer. Joscho stürzte sich auf den Müll, wühlte das Gerät hervor, drückte und hörte Franzis Stimme.

»Mein Lieber, du machst deine Sache gut. Wir sind uns schon sehr nahe. Schau einfach mal nach oben zur Kirche. Ich kann dich bereits sehen. Ich bin hier und warte auf dich. Und vergiss nicht, meine Tasche mitzubringen.«

Joscho blickte hoch zum Turm der Auerbergkirche mit der großen Aussichtsplattform für Touristen. Darauf stand eine Frau. Sie zeichnete sich nur als Schattenriss gegen den Abendhimmel ab und war nicht zu erkennen. Eine Frauengestalt mit schulterlangen Haaren. Sie winkte zum Parkplatz herunter.

Erregt zeigte Joscho nach oben. »Da ist sie«, stöhnte er. »Aber wie ist das möglich?«

Oli stellte sich dieselbe Frage. Sie spähte hinter dem Auto hervor und hielt die Luft an. Stand dort oben wirklich Franzi? War es ein Geist? War sie auferstanden?

***

Die Prophezeiung hat recht. Es wird kommen die Nacht der Schatten, die Nacht der Entscheidung. Die gerüstet sind, werden überleben. Die anderen sind des Todes. Sie müssen vernichtet werden, sonst werden ihre giftigen Nebel alles verschlingen. Du hast dich lange vorbereitet auf den Kampf. Du hast die Nacht auf deiner Seite.

***

Aus der St.-Georgs-Kirche klang vielstimmiger Gesang. Eine Pilgergruppe sang Marienlieder und hatte soeben »Meerstern, ich dich grüße« angestimmt. Der Klang des Chores schwebte in der Luft und füllte die Kirche und die Umgebung aus.

Oli spähte vorsichtig durch den Eingang, in dem Joscho und sein Begleiter verschwunden waren. Etwa die Hälfte der Kirchenbänke war besetzt. Die Menschen sangen andächtig: »Oh, Maria hilf!« Joscho war nirgends zu sehen. Wahrscheinlich war er durch den Zugang seitlich des Altars in den Turm hochgestiegen. Der Italiener hatte sich hinter die Pilger gesetzt und behielt sie und den Aufgang zum Turm im Auge. Dem Kircheneingang drehte er ebenso wie die Sänger den Rücken zu.

Schnell huschte Oli in die halbdunkle Kirche und stieg vorsichtig die Treppen zur hinteren Empore hoch. Hier neben der Orgel hatte sie das Kirchenschiff gut im Blick und wurde selbst nicht gesehen.

Die Pilger hatten ihre Andacht beendet und erhoben sich. Beim Ausgang tauchten sie ihre Finger in das Weihwasserbecken und bekreuzigten sich. Der Schönling war sitzen geblieben. Unruhig schaute er sich um. Oli duckte sich hinter die Orgel. Dabei machte der Holzboden unter ihr ein knarrendes Geräusch, das durch das leere Kirchenschiff hallte. Mit einem Ruck fuhr der Mann herum. Langsam stand er auf und spähte nach oben. Oli rechnete ihre Chancen aus. Hier gab es kein Versteck. Sobald er die Treppe oben war, konnte er den ganzen Chor überblicken und versperrte zugleich den einzigen Fluchtweg. Sie war eine Idiotin, sich in so eine Falle zu setzen.

Von unten hörte sie schwere Stiefel, die Stufe für Stufe hochkamen. Sie faltete die Hände. »Oh, Maria hilf!«

Mit einem Mal drang lautes Rumpeln aus der Tür zum Turm. Wenige Augenblicke später stürmte Joscho schwer atmend in den Altarraum. Der Italiener drehte auf der Chortreppe um. Die beiden Männer flüsterten und gestikulierten, dann rannten sie aus der Kirche.

Oli blies die Luft aus. Sie wusste nicht, wie lange sie nicht mehr geatmet hatte. Was war passiert? Sie hatte kein Wort verstanden.

Sie hatte nur gesehen, dass Joscho vollkommen durch den Wind war, so als wäre er dem Leibhaftigen persönlich begegnet. Und dass er die dunkelblaue Sporttasche, die er die ganze Zeit getragen hatte, nicht mehr bei sich hatte.

Oli war unsicher, ob sie zur Aussichtsplattform hochsteigen oder den Männern folgen sollte. Sie entschied sich für Letzteres. Wer immer dort oben war, er rannte nicht weg. Am Kirchentor tauchte sie automatisch ihre Finger ins Weihwasserbecken. Dann trat sie hinaus ins Dunkel.

***

Es gab keine Vorwarnung außer einem leisen Rascheln, das auch von den Blättern der Eichenhecke kommen konnte. Der Schlag war so hart, dass Oli ungebremst mit dem Gesicht ins feuchte Gras stürzte. Ehe sie reagieren konnte, war jemand auf ihren Rücken gesprungen. Sie spürte ein hartes Knie in ihrem Genick. Eine Hand, die in einem Handschuh steckte, drückte ihr Kinn auf die Erde, eine zweite griff ihr in die Haare und riss ihren Kopf brutal zurück. Ein heftiger Schmerz raste von ihrer Kopfhaut ins Zentrum ihres Hirns. Oli wollte schreien. Aber das Gewicht auf ihrem Rücken presste ihre Lungen zusammen, die Hand an ihrem Hals drückte die Kehle zu. So brachte sie nur ein Gurgeln hervor.

Verzweifelt versuchte Oli, ihren Kopf oder die Hände zu bewegen, aber sie war wie angenagelt. Die Hand an ihrem Hals ließ unvermittelt los, und sofort fing Oli an zu schreien. In dem Moment spürte sie eine Flüssigkeit, die ihr in den Mund lief. Ein ekelhafter, bitterer Geschmack breitete sich in ihrer Mundhöhle aus. Oli röchelte, hustete, spuckte aus, ruderte mit den Händen, schlug mit den Beinen aus, um den Feind auf ihrem Rücken zu treffen. Es half alles nichts. Das Knie in ihrem Nacken und die Hand in ihren Haaren ließen keinen Millimeter nach.

Da hörte sie wie durch dicken Nebel ihren Namen. Lang gezogen und eindringlich. »Oliiiiiviaaaaa!« Einmal, zweimal, das Rufen kam näher.

Oli spürte, wie der Druck nachließ. Das Knie erhob sich. Mit einem letzten Ruck wurde Olis Gesicht in den Boden gepresst, dann war die Gestalt verschwunden.

***

Benommen richtete sie sich auf, kam aber nur in den Vierfüßlerstand. Sie spuckte und würgte und spuckte. Sie musste das Zeug aus ihrem Mund bekommen. Das war das Wichtigste. Und zwar schnell. Sehr schnell. Oli hatte eine grausame Ahnung, was sich da in ihrem Mund ausbreitete. Sie wusste, wenn auch nur ein paar tausendstel Gramm davon in ihren Körper drangen, würde es sie töten.

Eine Hand griff ihr an die Schulter, und Oli schlug sie reflexartig weg. Erst dann vernahm sie Hartmuts Stimme. Das Pochen in ihren Ohren war so stark, dass sie ihn nicht verstand. Aber das war jetzt auch nicht wichtig. Dieses Zeug musste aus ihrem Mund.

»Wasser.«

Ihre Stimme ein heiseres Röcheln.

»Ich bringe dich runter ins Gasthaus.« Hartmut fasste sie unter die Schultern und stellte sie mit einem Ruck auf die Füße.

Oli schüttelte den Kopf und zeigte auf die Kirchentür. Sie brauchte jetzt sofort Wasser. Jetzt sofort.

Hartmut, der nicht verstand, was sie wollte und sie wohl für irre hielt, wollte sie in Richtung Gasthaus ziehen, aber sie riss sich los und stürzte in die Kirche. Einen Moment später hing sie mit dem Kopf über dem Weihwasserkessel. Hartmut war unschlüssig hinter ihr stehen geblieben. Peinlich berührt schaute er zu, wie Oli mit dieser Brühe gurgelte und ihren Mund spülte und alles postwendend auf den Boden spuckte. Aber angesichts ihres kalkweißen Gesichts sparte er sich jeden Kommentar.

Als das Becken leer war, drehte sich eine völlig versabberte Oli zu ihm um. »Hundert Milliliter sind die tödliche Dosis.«

»Vom Weihwasser?«

Oli winkte ab. »Hast du die Polizei gerufen?«

»Du hast mir auf den Anrufbeantworter gesprochen, ich soll auf keinen Fall die Polizei rufen.«

Oli erinnerte sich. »Stimmt. Aber jetzt könnten wir deine Kollegen gut gebrauchen.«

»Aber was ist denn überhaupt …?«

Oli hob die Hand. »Nachher. Ruf sie an. Jetzt! Und ich glaube, ein Arzt wäre auch nicht schlecht.«

***

Als sich zwanzig Minuten später eine Blaulichtkaskade vor dem Gasthaus aufreihte, hatte Oli aus der Notfallapotheke des Wirtes eine Packung Kohlekompretten in sich reingestopft und ihre Mundhöhle ausgiebig gereinigt. Sie fühlte leichten Schwindel aufkommen und beeilte sich, Hartmut über die Ereignisse des Abends zu informieren. Der begnügte sich mit kurzen Nachfragen, machte Notizen, telefonierte mehrmals.

Der Notarzt stellte leichte Vergiftungssymptome durch Alkaloide fest, spritzte ein Gegenmittel und wollte sie ins Krankenhaus bringen. Oli wehrte sich mit Händen und Füßen dagegen, aber der Arzt wollte nicht mit sich reden lassen. Erst als Hartmut sich als Kriminalbeamter auswies und versprach, sie nicht aus den Augen zu lassen, durfte Oli nach Hause.

***

Olis genauen Angaben war es zu verdanken, dass kurz darauf eine Polizeistreife einen gut aussehenden Mann festnahm, der eine Ducati-Geländemaschine am Straßenrand schob und äußerst schlecht gelaunt war. Eine zweite Streife fuhr wenig später beim Akasha-Hof vor und brachte Josef Brutscher, genannt Joscho, ins Präsidium. Auch bei ihm war von buddhistischer Gelassenheit keine Spur mehr.

Die Untersuchung des Kirchturms und der Aussichtsplattform verlief ergebnislos. Allerdings fanden Beamte am Waldrand direkt unterhalb des Turms eine langhaarige Frauenperücke sowie eine dunkelblaue Sporttasche. Sie war leer.

# ELF

Dumpf und drohend klangen die Trommeln und Pfeifen. Sie hatten alles vorbereitet, sie waren erschienen. Schreckliche Masken stierten sie an. Starre Gesichter, die ein stummes Todesurteil sprachen. Sie kamen langsam näher, immer näher. Dann stürzten sie sich auf sie.

Oli schrak hoch. Ihr Gesicht war schweißnass. Erst allmählich erkannte sie ihr Schlafzimmer, ihr rasender Puls beruhigte sich. Es war alles nur ein böser Traum gewesen. Aber das Trommeln und Pfeifen war immer noch da. Es war unrhythmisch und schief.

Sie folgte dem Geräusch. In der Küche stand Hartmut am Herd. Er briet gerade Rühreier mit Speck. Während der Speck vor seinen Augen schwarz wurde, pfiff er vor sich hin und trommelte mit zwei Kochlöffeln auf Herd und Pfanne.

Oli massierte ihre Schläfen. Was war heute Nacht geschehen? Das Letzte, woran sie sich erinnern konnte, war Hartmuts Auto, in dem sie nach Hause fuhren. Auf dem Weg war sie offenbar eingeschlafen. Danach Schwärze.

Aber wie war sie in ihr Bett gekommen? Und wie in dieses schreckliche geblümte Nachthemd, das sie schon lange wegwerfen wollte? Und warum stand Hartmut in ihrer Küche?

»Gibt's auch Kaffee?«, sagte sie verschlafen.

Hartmut fuhr herum und blitzte sie fröhlich an.

»Aber natürlich, Schneewittchen. Eine große Kanne Espresso, sogar mit geschäumter Milch.«

Oli ließ sich auf einen Stuhl fallen und warf die Stirn in Falten. »Schneewittchen?«

Hartmut kredenzte ihr einen großen Cappuccino.

»Weiße Haut, rote Wangen, schwarze Haare. Und beinahe vergiftet.«

Oli gähnte. »Hab ich einen Brummschädel. Und mir tut jeder Knochen weh.«

»Ist ja auch kein Wunder. Du kannst gottfroh sein, dass dein Abenteuer noch glimpflich ausging.« Er grinste. »Wahrscheinlich hat dich das Weihwasser gerettet.«

»Oh Gott, hör bloß auf. Ich hab bestimmt die halbe Kirche eingesaut.«

»Das hast du. Die Kirche und dich selbst.«

Sie schaute an sich hinunter. »Sag mal, hast du mich umgezogen und ins Bett gebracht?«

»Ich wollte ja. Aber du hast dich energisch gewehrt.«

»Ich hab mir freiwillig dieses Ding hier angezogen?«

»Mhm, die Socken übrigens auch.« Er unterdrückte ein Lachen. »Und du hast dabei ziemlich unflätig über die Bullen geflucht, die so ein Chaos in deinem Kleiderschrank angerichtet haben.«

Sie schaute an sich runter, entdeckte zuerst, dass ihre spitzen Knie aus dem viel zu kurzen Nachthemd ragten, dann die violetten Stricksocken, die drei Nummern zu groß waren. Sie stützte den Kopf in ihre Hand und flüsterte: »Ich hab den totalen Filmriss.«

Hartmut erzählte ihr, dass sie tatsächlich nach fünf Minuten im Auto eingeschlafen war. Als er sie in ihre Wohnung tragen wollte, wachte sie auf, behauptete, sie sei jetzt wieder fit und komme allein klar. Allerdings wankte sie ziemlich stark. Hartmut ließ sich nicht abwimmeln, er hatte schließlich dem Notarzt versprochen, auf sie aufzupassen. Während sie im Bad verschwand, kochte er einen Tee. Als sie nach zwanzig Minuten immer noch nicht wieder auftauchte, schaute er nach ihr. Sie saß in ihrem geblümten Nachthemd auf dem Fliesenboden und hatte den großen Weltschmerz. Ihr Leben sei eine einzige Katastrophe. Sie mache alles falsch. Sie sei eine schlechte Mutter, eine schlechte Journalistin, überhaupt in allem schlecht. Außerdem sei sie hässlich. Es dauerte eine weitere halbe Stunde, sie zu beruhigen und dazu zu bewegen, ins Bett zu gehen. Hartmut holte sich eine Decke und setzte sich daneben in den Sessel.

»Übrigens hast du geschnarcht. Sehr süß«, grinste er.

»Ich schnarche nicht«, empörte sie sich.

»Es war eher so ein Knarren wie von einer alten Wetterfichte.«

Sie warf einen Topflappen nach ihm.

***

»Dieser Giorgio ist ein harter Brocken. Aber dem Guru gebe ich höchstens noch eine Stunde.«

Kommissar Dahlen erfrischte sich in der Büroküche mit einem neuen Kraftgetränk.

»Da bin ich mir nicht sicher«, sagte Susanne Kohlbeck müde.

Sie rieb sich die Augen. Den ganzen gestrigen Abend und den heutigen Morgen hatten sie Josef Brutscher und seinen italienischen Kumpan in die Mangel genommen. Die Ausbeute war mehr als dürftig.

Giorgio Selino, Halbitaliener mit einer deutschen Mutter, zog es vor, zu schweigen. Giorgio hatte Erfahrung mit solchen Situationen. Er war wegen Drogen- und Gewaltdelikten mehrfach vorbestraft.

Joscho spielte zunächst das Unschuldslamm. Er habe mit seinem Bekannten lediglich einen Ausflug zum Auerberg gemacht, um spirituelle Plätze zu testen. Als man ihm erklärte, die Polizei ermittle wegen des Mordversuchs an Olivia Austin, war Joscho regelrecht schockiert. Noch mehr brachte ihn die Nachricht aus der Fassung, dass Oli ihn und Giorgio bei ihrem »Ausflug« beobachtet hatte.

Ewald Dahlen fackelte nicht lange.

»Sie waren dort, weil Sie erpresst wurden und das Geld übergeben sollten.«

»Was reden Sie da? Welche Erpressung?«

»Die hier.«

Dahlen legte ihm die kopierte E-Mail vor die Nase. Joscho las und schüttelte den Kopf. Das dürfe man nicht ernst nehmen. Deshalb habe er auch die Polizei nicht eingeschaltet. Es gebe da seit Längerem einen Verrückten, der ihm solche E-Mails schicke. Das sei lästig. Deshalb sei er zum Schein auf die Forderung eingegangen und habe seinen Bekannten gebeten, mitzukommen, um den Typen zu erwischen. Die angebliche Geldtasche sei nur mit Papier gefüllt gewesen.

Zu dem Mordversuch an Olivia Austin könne er gar nichts sagen. Nach dem Verlassen der Kirche sei er einmal um das Gebäude gerannt, habe aber niemanden gesehen. Danach sei er ins Auto gestiegen und heimgefahren.

»Was hatten Sie denn mit dem Erpresser vor, wenn Sie ihn erwischt hätten?«

»Wir wollten ihm Angst machen, mehr nicht. Ich glaube, es reicht schon, wenn man solche Leute auffliegen lässt.«

Dahlen legte seinen hageren Finger auf die E-Mail. »Und was will der Erpresser mit dem Satz ›sonst fliegt alles auf‹ sagen?«

»Das müssen Sie den Verrückten schon selbst fragen.«

»Das klingt so, als hätte er etwas gegen Sie in der Hand.«

Joscho öffnete die Arme wie ein Prediger. »Ich wüsste nicht, was. Ich habe keine Geheimnisse.«

***

Den Speck mussten sie wegwerfen. Aber die Rühreier waren noch essbar. Oli fühlte sich nach dem dritten Cappuccino deutlich besser.

»Wir müssen dringend Manfred Winkler auf den Zahn fühlen.«

»Wir müssen gar nichts«, sagte Hartmut sanft.

Aber Oli war bereits wieder voller Tatendrang.

»Wer außer ihm kann die Stimme von Franzi auf Band haben und so zusammenschneiden, dass man sie für eine Schnitzeljagd verwenden kann?«

Hartmut wusste, es war aussichtslos, sie in ihrem Elan zu bremsen. Also lehnte er sich zurück und hörte ihr zu.

»Er muss der Erpresser sein. Vielleicht auch der Mörder. Es passt alles zusammen. Er ist Computerfachmann. Wahrscheinlich hat er sich irgendwie sensible Daten von Joscho beschafft und ihn damit erpresst. Bei der Geldübergabe kommt ihm Franzi in die Quere. Oder er erwischt sie in flagranti mit Joscho und bringt sie aus Eifersucht um.«

»Dazu müsste er aber das Gift dabeigehabt haben«, wandte Hartmut ein.

»Warum nicht? Dirk sagte, das sei dasselbe Zeug, das man auch für K.-o.-Tropfen nimmt. Manfred war ja auf dem Weg zu einer Geldübergabe und wollte sich wappnen.«

Hartmut wiegte den Kopf hin und her. »Aber warum sollte er Anton umbringen?«

Oli hob beide Zeigefinger und schloss die Augen.

»Die Geldübergabe geht schief. Also macht er einen zweiten Versuch. Jetzt kommt Anton ins Spiel. Der kriegt was mit und will das Ding auffliegen lassen. Manfred hat das erfahren und sich gesagt: Bevor der Schrat mir alles kaputt macht, schaffe ich ihn beiseite. Und lenke den Verdacht zugleich auf den Akasha-Hof. Tricky, nicht wahr?«

Hartmut schüttelte den Kopf. »Das ist doch absurd. Wie sollte Manfred erfahren haben, dass Anton Bescheid weiß?«

»Vielleicht hat Anton ihn angerufen. Oder Manfred war in der Gärtnerei. Anton hat mal beiläufig erzählt, dass er ein gutes Verhältnis zu Franzis Mann hatte.«

Hartmut kratzte sich am Kopf. »Und gestern Abend hat Manfred das Geld abgeholt und gemerkt, dass du ihm in die Quere kommst.«

»Genau. Er hat mich von hinten niedergeschlagen und wollte mich vergiften – so wie seine anderen Opfer.«

»Schöne Theorie«, sagte Hartmut. »Sie hat nur einen Haken: Manfred Winkler hat ein Alibi. Er ist gestern Nachmittag fürs Wochenende zu seiner Mutter nach Zwickau gefahren.«

Mit betrübtem Blick sah Oli, wie ihr Kartenhaus in sich zusammenfiel. »Das kann nicht sein.«

»Doch. Ich habe mit Dahlen telefoniert. Winklers Mutter hat bestätigt, dass Manfred gegen zehn bei ihr ankam. Er war zur Tatzeit also schon mindestens zwei Stunden auf der Autobahn.«

»Warum sagst du das nicht gleich? Lässt mich hier wilde Theorien aufstellen und grinst sich einen«, empörte sich Oli.

»Aber es hätte gut gepasst«, sagte er lächelnd.

Frustriert rührte Oli in ihrer Tasse. Sie ließ die Bilder an sich vorbeiziehen. Das wilde Treiben in der Walpurgisnacht, die tote Franzi im Wald, der tote Anton im Gewächshaus, das Verwirrspiel gestern Abend. Sie hatte etwas übersehen. Es war vor ihren Augen, vor ihrer Nase, aber sie bekam es nicht zu fassen.

»Vielleicht war es der schöne Italiener«, sagte sie.

»Er heißt übrigens Giorgio Selino und ist nur Halbitaliener«, sagte Hartmut. »Dann lass mal hören.«

»Stell dir vor, er ist das Auge. Er muss auf das Geld aufpassen. Das Auge sieht, dass sich Franzi am Ort der Geldübergabe rumtreibt, und beseitigt sie. Das Auge bekommt mit, dass Anton plaudern will, und beseitigt ihn. Das Auge merkt, dass ich mich für die Geldübergabe interessiere. Und beseitigt mich. Zumindest beinahe.«

Oli war aufgestanden und wanderte im Raum hin und her.

»Woher wusstest du eigentlich, dass Giorgio sein Motorrad auf dem Heimweg schieben muss?« Hartmut kniff ein Auge zu. »Da hattest du doch sicher deine Mechanikerhände dran.«

Oli spreizte die Finger. »Ich doch nicht. Ich denke mal, wenn man das Motorrad untersucht, wird man feststellen, dass jemand Dreck unter die Zündkerzenstecker geschmiert hat. Das waren bestimmt ein paar Lausbuben.«

Hartmut schüttelte lachend den Kopf. Dann wurde er wieder ernst.

»Warum tippst du eigentlich nicht auf Joscho?«

»Der ist doch viel zu harmlos.«

»Kann es sein, dass unser stattlicher Guru dich ziemlich beeindruckt hat?«

»Ach, hör auf. Das ist doch Quatsch.«

»Findest du? Er war bei allen drei Taten vor Ort. Er hatte ein Motiv, er hatte die Gelegenheit, und er hatte die Mittel.«

Oli war bei ihrem Rundgang durch die Küche stehen geblieben. In ihrem Kopf purzelten die Gedanken durcheinander.

»Leider kann man ihm nichts nachweisen«, brummte Hartmut. »Die Kollegen haben ihn heute früh laufen lassen. Er hat sogar die Geldübergabe abgestritten. In der Tasche sei nur Papier gewesen.«

»Soll das heißen, ich wurde wegen einer leeren Sporttasche beinahe umgebracht?«, rief Oli empört. »Das kann er vielleicht seiner Großmutter erzählen.«

Hartmut hob nur machtlos die Hände.

»Weißt du, was das Beste ist?«, fuhr sie fort. »Irgendein Typ holt sich eine halbe Million ab, und keiner vermisst das Geld.«

»Und alle machen weiter, als sei nichts gewesen«, sagte Hartmut mit Grabesstimme. »Der große Guru darf sich weiter vor die Leute stellen und seine Pseudo-Weisheiten verzapfen. Das ärgert mich am meisten.«

Nachdenklich schaute Oli aus dem Fenster. »Der stolze König in seinem Garten«, murmelte sie.

»Wie bitte?«

»Mir fiel nur gerade ein Bild ein, das –«

Ein lautes Rumpeln an der Tür unterbrach sie. Eine helle Stimme rief in die Wohnung.

»Hallo?«

Oli hielt sich erschrocken die Hand vor den Mund. »Scheiße, ich hab Alex vergessen.«

Abgekämpft trat ihr Sohn in die Küche und fing sofort an zu maulen.

»Super! Alle werden von ihren Eltern abgeholt. Nur ich muss zu Fuß heimlatschen.«

Oli nahm ihn in die Arme. »Es tut mir so leid. Ich hab einfach nicht dran gedacht. Wo kommst du denn jetzt her?«

»Na, vom Busbahnhof«, raunzte Alex. »Und das mit der schweren Tasche.«

Sofort ging Oli daran, den Fehler wiedergutzumachen. Sie kochte Kakao und bestrich einen Berg Toastbrote dick mit Marmelade. Währenddessen erzählte Alex von seiner Woche im Schullandheim.

Hartmut stupste ihn mit dem Ellenbogen an. »Und? Wie war es mit den Mädels?«

»Hartmut!« Oli warf ihm einen tadelnden Blick zu.

»Mädels sind blöd«, sagte Alex.

»Ja, zumindest schwierig.« Hartmut fasste sich an die Nase, um ein Grinsen zu unterdrücken.

Oli drehte ihm mit ihren Fäusten symbolisch den Hals um.

Hartmut hüstelte. »Ich muss jetzt los, muss noch packen. Morgen früh geht mein Zug.«

»Kannst du nicht noch bleiben?«, bettelte Alex.

Aber Hartmut drängte zum Aufbruch. Seine Mutter stehe bereits am Herd für ein großes Abschiedsmenü. Und seine Mama dürfe man niemals enttäuschen. Alex zog nur die Nase kraus.

***

Draußen vor der Tür klatschte sich Oli an die Stirn. »Mein Auto steht ja noch auf dem Auerberg.«

Hartmut zeigte mit dem Finger zur Straße. »Ein Kollege war gestern Abend so freundlich.«

»Bist ein Schatz.«

»Weiß ich.«

»Eingebildeter Affe.«

»Zicke.«

»Scheusal.«

»Miststück.«

Sie grinsten sich an, halb neckisch, halb verlegen.

»Sehen wir uns noch mal?«, fragte Oli.

Er schüttelte nur den Kopf.

»Warum fährst du eigentlich schon morgen? Du hast doch noch ein paar Tage frei.«

»Ich muss mal die Wohnung aufräumen, die Steuer machen – all so Kram.«

»Schade«, sagte Oli und grinste einseitig. »Ich hatte mich grade wieder an dich gewöhnt.«

Als Hartmut um die Straßenecke bog, schluckte sie einen Kloß hinunter.

***

Im Flur kam ihr ein aufgebrachter Alex entgegen. »Was war denn hier los? Mein Zimmer sieht ja aus wie Sau.«

»So sieht es doch immer aus«, sagte sie milde.

»Spinnst du? Du hast alle meine Sachen aus dem Schrank gerissen.«

»Das war ich nicht. Ich hatte vorgestern Besuch von der Polizei.«

Alex starrte sie mit weit aufgerissenen Augen an.

»Keine Sorge«, beruhigte ihn Oli. »Sie kamen nicht wegen deines Computerspiels.«

»Sondern?«

Er schluckte.

»Wegen eines Mordes.«

Oli hatte Tränen in den Augen. Sie nahm ihren Sohn an den Schultern und setzte sich mit ihm aufs Sofa.

***

Zwei Stunden später verließ Oli erschöpft das Haus ihrer Eltern. Alex hatte postwendend bei Oma und Opa angerufen und ihnen von den Abenteuern seiner Mutter erzählt. Oli blieb nichts anderes übrig, als mit Alex sofort vorbeizukommen und sie zu beruhigen.

Geduldig nahm Oli tausend Ratschläge entgegen. Sie müsse sofort ins Krankenhaus. Zum Arzt. Mit dem Anwalt sprechen. Etwas essen. Viel trinken. Sich hinlegen. Brauche eine Wärmflasche, Kamillentee, frische Luft.

Standhaft sagte sie wieder und wieder: »Nein, mir geht es gut.« Lediglich das Angebot, Alex dazulassen, nahm sie widerwillig an. Sie hatte ihren Sohn eine Woche lang nicht gesehen und wollte ihn nicht schon wieder abgeben. Aber er wollte gerne bleiben. Ist vielleicht auch gut so, dachte sie, dann kann ich in Ruhe die Wohnung wieder flottmachen.

In ihrer Küche ließ sich Oli erschöpft auf einen Stuhl fallen. Nach all dem Trubel war die plötzliche Stille bedrückend. Ebenso das Chaos. Sie wünschte sich fleißige Heinzelmännchen, die nachts kamen, die Wohnung putzten und alles wieder an seinen Platz räumten. Danach konnten sie gleich in ihrem Kopf weitermachen. Auch dort war ein Großputz dringend nötig. Vielleicht würde sie dann auch herausfinden, woher dieses Grummeln in ihrem Bauch rührte.

Müde schaute sie sich in ihrer Küche um. Spüle und Tisch waren voll mit dreckigem Geschirr, auf dem Herd standen die eingebrannten Reste von Hartmuts Brutzelaktion, auf dem Boden die Tasche von Alex, aus der seine schmutzige Wäsche quoll. Dann blieb ihr Blick an der Gemüsekiste hängen, die ausgeräumt in der Ecke stand. Das Bild des toten Anton tauchte in ihr auf – und hinter diesem Bild ein zweites.

***

Der Akasha-Hof war wie ausgestorben. Nur aus der Küche hinter dem Café hörte Oli Stimmen und Geschirrklappern. Die beiden Küchenfrauen tuschelten mit ernsten Gesichtern. Sie fuhren erschrocken herum, als Oli an die Tür klopfte.

»Seid ihr ganz allein?«

Beide seufzten. »Wenn du zu Joscho willst, der ist nicht da. Mohini auch nicht. Sind alle ausgeflogen.«

»Ich wollte nur kurz ins Gewächshaus. Ist das okay?«

»Da kannst du nichts mehr kaputt machen, so wie die Polizei da gehaust hat. Ein Jammer ist das.«

Die Frauen hatten recht. Das Glashaus bot ein Bild der Verwüstung. Die Beete waren zertrampelt, Pflanzen ausgerissen oder verdorrt. Seit Anton vor zwei Tagen diesen Ort verlassen hatte, hatte sich niemand mehr darum gekümmert.

Oli ging zu der Stelle, an der Anton gelegen hatte. Der Umriss seines Körpers war mit weißer Farbe nachgezeichnet worden. Sie hatte sich nicht getäuscht. Seine rechte Hand hatte geradeaus auf die Rückwand des Gewächshauses gezeigt. Das Bild, das dort hing, hatte die Spurensicherung offenbar nicht interessiert. Ein großes Poster im Querformat, ein billiger Druck, vermutlich ein Andenken aus Indien. Darauf ein paradiesischer Garten in quietschbunten, leuchtenden Farben. Mittendrin stand ein Mann in königlichem Gewand und stolzer Haltung. Oli hatte keine Ahnung, wer das sein sollte. Doch der Mann hatte eindeutig etwas Göttliches. Er hatte die Augen geschlossen, als wollte er den Vögeln auf den Bäumen und dem Brunnen im Hintergrund lauschen. Die Bäume trugen schwere Früchte. Dazwischen waren Beete angelegt, auf denen eine Vielzahl von Gemüse wuchs. Kein Wunder, dass Anton dieses Bild hier aufgehängt hatte.

In der rechten unteren Ecke hatte jemand etwas draufgeschrieben. Die Schrift war klein und verblasst. Oli musste mit dem Gesicht ganz nahe rangehen, um sie zu entziffern. Plötzlich zuckte sie zurück, als hätte sie einen Stromschlag bekommen.

***

Der Kraftplatz lag in der warmen Nachmittagssonne. Ein sanfter Föhnwind streichelte die Bäume und rückte das Bergpanorama in greifbare Nähe. Dieser Ort hat wirklich einen eigenen Zauber, dachte Oli, als sie aus dem Wald trat.

In der Mitte des Platzes saß Mohini im Yogasitz. Ihr Gesicht war der Sonne zugewandt und strahlte eine tiefe Ruhe aus. Als sie Olis Schritte hörte, öffnete sie die Augen und strahlte erfreut.

»Suchst du auch die Ruhe und die Wärme? Komm, setz dich zu mir.«

Oli folgte der Aufforderung und betrachtete die schöne Frau mit den warmen Augen.

»Was bewegt dich?«, fragte Mo. »Du wirkst so unruhig.«

Oli atmete durch. »Das große Poster im Gewächshaus – ist das von dir?«

Mo war erstaunt. »Warum fragst du?«

»Ich habe gelesen, was auf dem Bild steht. ›Für eine allzeit reiche Ernte. Alles Liebe, Mohini‹.«

Sie lächelte. »Ja, ich habe es ihm von einer Indienreise mitgebracht. Das ist viele Jahre her. Anton hat es geliebt.«

Eine lange Pause entstand, in der nur der Wind und ferne Kuhglocken zu hören waren.

»Ich habe darüber nachgedacht, was du über Joscho und die freie Liebe gesagt hast.«

»›Liebe ist ein Kind der Freiheit‹«, sagte Mohini sanft. »Darin steckt die größte Wahrheit unseres Daseins.«

Oli dachte nach. »Aber wenn ich verliebt bin, will ich gar nicht frei sein. Ich will mich binden, will festgehalten werden.«

Mo nickte. »Das ist der Fehler. Festhalten.«

»Ist es nicht so, dass wir zwar von Liebe sprechen, aber in Wahrheit sind es oft Neid, Eifersucht, Machtspiele, Angst, alte Muster?«

Mohinis Augen trübten sich ein. »Und woran erkennst du die wahre Liebe?«

»Vielleicht am Loslassen«, sagte Oli leise. »An der Bereitschaft, zu verlieren. An der Bereitschaft, selbst verloren zu gehen.«

Mo schaute mit glasigen Augen auf das Panorama.

»Wann wusstest du, dass du ihn verloren hast?«, fragte Oli.

Mo sprach leise, ohne ihren Blick von den Bergen abzuwenden. »Wahrscheinlich war es mir von Anfang an klar. Jemanden wie ihn kannst du nicht gewinnen, also kannst du ihn auch nicht verlieren. Ich hab mir das nur lange nicht eingestanden.«

»Erst als Franzi kam.«

»Erst als Franzi kam«, wiederholte Mo und lächelte bitter. »Mit ihr war es etwas anderes als sonst. Joscho war bereit, für diese Frau alles aufzugeben.«

»Und das durfte nicht passieren«, sagte Oli tonlos.

Mohinis Gesicht verzerrte sich. Mit einem Schlag war die Sanftheit und Eleganz dieser Frau völlig verschwunden. Ihre Augen starrten leblos ins Leere. Von einer Sekunde auf die andere kippte ihre Stimme in eine dunkle Tonlage.

»Die Gefahr ist hier. Sie gibt sich freundlich, aber du lässt dich nicht täuschen. Das Dunkle ist noch nicht besiegt. Aber du bist vorbereitet. Du wirst nicht zulassen, dass das Böse siegt.«

Oli gefror das Blut in den Adern. Sie hatte das Gefühl, einer völlig anderen Person gegenüberzusitzen. Nichts mehr erinnerte an die Mohini, die sie bisher kannte.

»Sollte ich mir etwa von dieser Schlampe alles kaputt machen lassen, wofür wir Jahre gearbeitet haben? Dabei war sie nur auf das Geld aus«, zischte Mo.

»Sie hat aber den Erpresserbrief doch gar nicht geschrieben«, betonte Oli.

Den Einwand schien Mohini nicht zu hören. »Du hättest sie sehen sollen, wie sie sich auf dem Waldboden gewälzt haben. Wie die Tiere. Ich habe ihre Augen gesehen. Sie hat ihm alles nur vorgespielt.«

»Du hast ihr das Gift in die Maibowle gegeben. Du warst hinter der Theke. Dort standen den ganzen Abend die zwei Hexen, die dafür eingeteilt waren. Aber für kurze Zeit gab es dort eine dritte Maske.«

Für einen Moment kehrte das Leben in Mohinis Augen zurück. Sie blickte Oli an, als würde sie aus einem Alptraum erwachen.

»Woher willst du wissen, dass ich das war?«

»Deine Hände riechen so stark nach Patchouli, dass der Geruch an Franzis Becher hing. Er hing übrigens auch in meinen Haaren, nachdem du mich überfallen hast.«

Mohinis Miene verfinsterte sich wieder. Abrupt stand sie auf.

»Sie wollte den Hof an sich reißen und dazu die Seele von Joscho besitzen.« Ihre Stimme wurde immer schriller. »Nur alles haben. Alles, alles, alles!« Dann brach sie ab. Ihr Kopf zuckte zur Seite, als hätte sie etwas Unheimliches entdeckt. Wieder drang die Grabesstimme aus ihrem Mund.

»Hörst du die armen Seelen, die in den unterirdischen Höhlen leben? Hörst du sie rufen und klagen? Hörst du die Kutsche mit dem Gebieter der Gottlosen? Er kommt mit brennendem Schwert, um die Sündigen zu bestrafen.«

Auch Oli hatte sich erhoben und wich langsam zurück, bereit, sofort wegzulaufen, wenn sich die unheimliche Frau auf sie stürzen würde. Mit tränenerstickter Stimme sagte sie: »Franzi war nicht böse. Sie wollte dasselbe wie alle Menschen: lieben und geliebt werden.«

Langsam drehte Mo ihr Gesicht wieder Oli zu. Ihre Augen waren leer. »Ihr redet alle immer von der Liebe und habt überhaupt keine Ahnung.«

Sie lachte gehässig. »Jetzt werde ich dir mal zeigen, was wahre Liebe ist.«

Sie zog ein Fläschchen aus ihrem Umhang, legte es an die Lippen und leerte es in einem Zug. Einen Moment später war sie im Wald verschwunden.

***

Auf der Sonnenterrasse des Gasthauses am Auerberg staunten die Touristen über das ungewöhnliche Schauspiel. Nach und nach hatte sich der Parkplatz mit Einsatzwagen gefüllt. Dutzende Polizisten schwärmten aus und durchkämmten Wälder, Hecken und Feldscheunen rund um den Berg. Mittlerweile hatten sie Unterstützung aus der Luft bekommen. Ein Hubschrauber kreiste um die Kirche und zog Schleifen über dem Gelände.

Oli lehnte an ihrem Auto und steckte sich eine Zigarette an.

»Kann ich auch eine haben?«, fragte Susanne Kohlbeck, die neben ihr stand.

Oli hielt ihr die Schachtel hin. »Wusste gar nicht, dass Sie rauchen.«

»Ganz so klinisch, wie Sie glauben, bin ich dann doch nicht.« Kohlbeck grinste.

Die beiden Frauen blickten abwechselnd auf die Beamten in den Wiesen, auf den Hubschrauber und auf Kohlbecks Funkgerät.

Plötzlich drang eine laute Stimme von der Asylbewerber-Unterkunft zu ihnen. Ein junger Mann mit Vollbart stand mit fuchtelnden Händen am Gartenzaun und rief etwas in einer unverständlichen Sprache.

Oli und Kohlbeck eilten zu ihm. Aufgeregt führte er sie hinter das Haus zu einer großen Hecke. Dort kniete Yasin und pumpte mit beiden Händen rhythmisch auf den Brustkorb eines leblosen Körpers. Dann beugte er sich über das Gesicht der Person und blies ihr Luft in den Mund. Schweißperlen standen auf Yasins Stirn. Als er Oli sah, war er sichtlich erleichtert.

»Helfen«, hauchte er atemlos.

Kohlbeck zog ihr Funkgerät: »Wir haben sie.«

Als Mohini auf einer Trage in den Notarztwagen geschoben wurde, seufzten Oli und Kohlbeck gleichzeitig. Dann mussten sie grinsen.

Kohlbeck gab Oli die Hand.

»Machen Sie's gut.«

»Sie auch.«

# ZWÖLF

Ein durchdringender Schrei riss Oli aus dem Schlaf.

»Alles Gute zum Muttertag, Mama!«

»Muttertag beginnt frühestens um neun«, sagte Oli verschlafen und zog sich die Decke über den Kopf.

»Wir haben aber schon halb zehn«, rief Alex und riss ihr die Decke weg.

Oli blieb nichts anderes übrig, als aufzustehen. Alex hatte den Frühstückstisch hergerichtet, Kaffee gemacht und Toasts in Herzform geschnitten. An ihrem Platz lag eine selbst gemalte Karte: »Für die beste Mama der Welt«. Oli wischte sich eine Träne ab und knuddelte den besten Sohn der Welt.

Während Oli sich mit Kaffee begnügte, aß Alex alle Toasts, dick mit Butter und Marmelade bestrichen, allein auf. Mümmelnd erzählte er von den Erlebnissen der vergangenen Woche. Wobei er besonders stolz darauf war, dass er beim Tischfußball Klassenmeister geworden war.

»Siehst du, es geht auch mal ohne Playstation«, grinste Oli ihn an.

Alex wurde verlegen. »Da fällt mir ein, du sollst nächste Woche mal zur Frau Abröll kommen.«

»Was will sie denn von mir?«

Er zuckte die Achseln. »Reden.«

Sie senkte die Stimme. »Was ist los gewesen?«

»Es war eigentlich gar nichts.«

»Du hattest die Playstation doch dabei.«

Er wand sich. Oli beschlich eine dunkle Ahnung.

»Und du hattest auch ›Dark Souls‹ dabei.«

»Sie hätte es gar nicht gemerkt, wenn nicht Moritz, der Arsch, beim Frühstück damit angegeben hätte.«

Die vier Jungs im Zimmer, alle dreizehn Jahre alt, hatten bis tief in die Nacht gedaddelt. Mit einem Spiel, das erst ab sechzehn war. Die Klassleiterin Frau Abröll hatte Spiel und Konsole konfisziert und Alex die vorzeitige Heimreise angedroht.

»Vielleicht sollte ich deinen Opa zu Frau Abröll schicken. Der hat dir das Spiel schließlich gekauft.«

Alex verdrehte die Augen.

***

»Herzlichen Glückwunsch!« Aus der tiefen Stimme von Deep Throat klang ehrliches Lob. »Das war gute Ermittlerarbeit – wenngleich Ihre Methoden ungewöhnlich sind.«

»Mit ungewöhnlichen Methoden kennen Sie sich ja aus, Herr Axmann«, antwortete Oli. Sie sah ihn vor sich, wie er lächeln musste. Bestimmt genoss er, während er telefonierte, die grandiose Bergsicht aus seinem Arbeitszimmer.

»Tjaaa«, sagte er gedehnt, »die beiden Morde sind ja nun aufgeklärt, aber ich bin noch nicht ganz zufrieden mit uns.«

»Sie meinen diese Finanz-Geschichten? Das ist Ihr Puzzle, nicht meins«, sagte Oli.

»Ich dachte nur, vielleicht können Sie zu meinem Puzzle ein paar Teilchen hinzufügen.«

»Ich wüsste nicht, wie.«

»Ich habe inzwischen einige neue Hinweise von meinen Quellen bekommen.«

»Aus Liechtenstein?«, fragte Oli.

»Unter anderem.«

Axmann machte eine Kunstpause. Oli wusste, er sprach ungern am Telefon über seine Ermittlungen.

»Ich habe jetzt ein ziemlich klares Bild darüber, wie die Zusammenhänge und Verflechtungen sind.«

»Aber?« Oli wusste nicht, worauf er hinauswollte.

Axmann räusperte sich. »Ich brauche konkrete Beweise. Unterlagen, die die verborgenen Transaktionen unseres Gurus belegen.«

»Und Sie glauben, die liegen bei mir hier in der Schublade?«

Er ging auf Olis ironischen Ton nicht ein. »Sie haben doch einen guten Bekannten, der uns vielleicht ein bisschen weiterhelfen könnte.«

Jetzt dämmerte es ihr. Sie lachte auf. »Wenn es stimmt, was Sie vermuten, dann hockt mein Bekannter auf einer halben Million

Schwarzgeld. Der wird den Teufel tun und irgendwelche Unterlagen rausrücken.«

Schweigen.

»Sie meinen, ich soll da einfach hingehen und fragen?«

Schweigen.

»Ungewöhnliche Methoden anwenden?«

Schweigen.

Oli seufzte. »Es ist immer wieder nett, mit Ihnen zu plaudern.«

»Ganz meinerseits«, sagte Axmann und legte auf.

Oli war sicher, dass er grinste.

***

Die Wohnung war inzwischen wieder begehbar. Oli hatte den gestrigen Abend dazu genutzt, klar Schiff zu machen. Das war das beste Mittel, sich von den bohrenden Gedanken abzulenken. Über Mohini, die sie so sehr für ihre Ruhe und Kraft bewundert hatte und die doch innerlich arm und zerrissen und zutiefst gestört war. Über Joscho, der innerhalb einer Woche zuerst seine Geliebte verloren hatte, dann seinen Gärtner und jetzt seine alte Vertraute und Freundin. Nebenbei noch eine halbe Million Euro. Über Hartmut, der so wunderbar für sie da war und dann wieder auf Abstand ging. Ein schmaler Grat zwischen Nähe und Distanz. Er musste sich selbst davor schützen. Über irgendeinen gewieften Erpresser, der sich jetzt ins Fäustchen lachte.

Oli fragte Alex, ob er nicht zur Feier des Tages die Küche aufräumen und den Müll rausbringen wolle. Aber seine Muttertagsbegeisterung war bereits abgeflaut, er machte es sich lieber vor dem Fernseher bequem.

Vor der Haustür wäre ihr beinahe der Mülleimer aus der Hand gefallen. Am Geländer war eine junge Birke angebunden. Bunte Krepp-Bänder flatterten lustig in der Mittagssonne. Oli umrundete den Baum. Als sie das kleine Holzschild sah, schlug sie die Hand vor den Mund: »Für Schneewittchen in Liebe«.

***

Manfred konnte es immer noch nicht fassen. »Ausgerechnet Mohini.«

»Du kannst in keinen Menschen reinschauen«, sagte Oli.

Manfreds Wohnzimmer sah noch genauso aus wie vor zehn Tagen. Wie ein Museum für Franzi, dachte Oli. Sie hatte das Gefühl, Franzi würde im nächsten Moment lachend mit zwei Weingläsern aus der Küche kommen.

Sie schüttelte sich. Für Wehmut war jetzt keine Zeit.

»Ich weiß, dass du da warst.«

Er schaute sie fragend an.

»Du warst auf dem Auerberg. In der Walpurgisnacht genauso wie am Freitagabend.«

Sein Gesicht versteinerte. »Was redest du da für einen Unsinn.«

»Du hast es schon lange gewusst. Du dachtest, du hättest sie verloren. Und wenn schon Joscho dir die Frau wegnimmt, sollte er teuer dafür bezahlen.«

»Oli, ich glaube nicht, dass ich mir diesen Quatsch jetzt –«

Sie unterbrach ihn. »Der Trick mit Franzis Stimme war übrigens genial. Sie hat uns allen immer wieder lange Nachrichten auf den Anrufbeantworter gesprochen, mal lustig, mal poetisch. Du hast daraus die Texte für deine Schnitzeljagd gebastelt. Ich hätte es beinahe geglaubt, dass sie selber spricht.«

Er starrte sie regungslos an.

»Mir war aber schon vorher klar, dass du hinter der Erpressung steckst. Du bist Perfektionist, du überlässt nichts dem Zufall. Auch die E-Mail-Adresse nicht. Du hättest dich ja einfach Schlumpf oder so nennen können. Aber du hast Nicolist gewählt.«

Oli wartete, ob der Name etwas bei Manfred auslöste. Aber sein Gesicht zeigte keine Regung.

»Ich habe ein bisschen mit dem Namen gespielt und im Internet geforscht. Und rate mal, auf wen ich gekommen bin: auf einen Räuberhauptmann, der vor mehr als dreihundert Jahren lebte. Sein Name war Nickel List, auch Nicol genannt. Er hat sich auf Kirchenraub spezialisiert. Und wo war sein Stammsitz? In Sachsen, unweit von Zwickau.«

»Na und?«, sagte Manfred tonlos.

»Du bist am Freitag auch nicht um zehn in Zwickau angekommen.«

»Wer sagt das?«, zischte er.

»Deine Mutter ging schon immer mit den Hühnern schlafen. Das hat sie ständig erzählt, auf eurer Hochzeit und bei jeder Geburtstagsfeier. Die ist spätestens um neun ins Bett. Die hat gar nicht mitgekriegt, um wie viel Uhr du bei ihr angekommen bist. Du hast ihr am nächsten Morgen gesagt, dass du gegen zehn Uhr da warst. Dabei war es weit nach Mitternacht.«

Er blickte sie finster an.

»Du hattest genug Zeit, deine Schnitzeljagd durchzuziehen. Du hattest Zeit, das Geld einzusacken und dann in Ruhe zu deiner Mutter zu fahren.« Oli lächelte schwach. »Wer weiß, vielleicht hat sie eine halbe Million unter dem Kopfkissen, ohne etwas davon zu ahnen.«

»Das ist reine Spekulation. Ich will, dass du jetzt gehst.«

»Damit du mich nicht falsch verstehst: Das Geld interessiert mich nicht. Ich habe auch nicht vor, die Polizei zu informieren. Du hast deine Frau verloren. Das ist Strafe genug. Alles, was ich will, ist das Material, das du über Joscho hast.«

»Du irrst dich. Ich kann dir nicht helfen. Bitte geh jetzt.«

Sie stand auf. »Ich glaube übrigens nicht, dass du Franzi verloren hättest. Sie wäre zu dir zurückgekommen. Joscho war nichts als ein Fehltritt, ein Versehen. Sie hat dich immer geliebt.«

Manfreds Augen glänzten. Er senkte den Kopf. »Geh jetzt.«

In der Tür drehte sie sich noch einmal um.

»Du bist Franzi was schuldig.«

## DREIZEHN

»Na, wie wär's heute mit einem kleinen Tanz in den Mai?«

»Hi, Oli, wie geht's dir?« Hartmuts Stimme am Telefon klang ehrlich erfreut.

Sie ging nicht darauf ein. »Wenn du nicht tanzen willst, können wir einfach nur ein Glas trinken. Obwohl ein bisschen Bewegung dir bestimmt guttut. Du hockst doch bestimmt wieder auf dem Sofa und glotzt Hartz-IV-Fernsehen.«

Hartmut lachte. »Du Miststück, was soll das?«

»Ja, sag böse Worte zu mir! Gib mir Tiernamen«, erwiderte sie fröhlich.

»Du bist mir gerade ein bisschen unheimlich.«

»Keine Sorge, ich verhex dich schon nicht. Aber ich habe Hunger. Und ich habe heute Abend noch nichts vor.«

Hartmut war irritiert. »Wo bist du denn eigentlich?«

»Na, in Köln. Hab ich das nicht gesagt?«

»Du nimmst mich auf den Arm.«

»Willst du jetzt weiterlabern oder mich am Bahnhof abholen?«

***

Hartmut hatte beim Chinesen um die Ecke Essen besorgt, hatte Wein und eine Kerze auf den Balkontisch gestellt und saß jetzt da, als wäre er im falschen Film gelandet. Die Geräusche der Großstadt drangen hoch in den fünften Stock. Oli genoss die Kulisse ebenso wie die milde Abendluft. Hier war es deutlich wärmer als im Allgäu. Da könnte man um diese Zeit nicht mehr draußen sitzen.

Sie erzählte ihm ausführlich von ihrer Begegnung mit Mohini und der darauf folgenden Suchaktion.

»Sie wird durchkommen. Jetzt ist sie erst mal in der Psychiatrie. Die erste Diagnose lautet: gespaltene Persönlichkeit.«

Hartmut schüttelte den Kopf. »Auf der einen Seite die sanfte friedliche Frau, die allen hilft und sich für die Gemeinschaft einsetzt und aufopfert. Auf der anderen Seite die böse, eifersüchtige Hexe, die alles tut, um ihren göttlichen Geliebten und den Akasha-Hof zu schützen.«

»Sie sah ihr Lebenswerk bedroht«, sagte Oli. »Mohini glaubte, dass Franzi hinter der Erpressung steckte. Alles, was Mohini mit aufgebaut hatte, drohte zerstört zu werden. Das durfte sie nicht zulassen.«

»Das heißt, sie war auf dem Hexenfest?«

»Hinter der Maske ist sie nicht weiter aufgefallen. Sie hat ein bisschen hinter der Theke ausgeholfen und schwups, war das Gift in Franzis Becher.«

»Aber warum musste Anton sterben?«

»Als die zweite Erpressung kam, war sie irritiert. Dann hat sie mitgekriegt, dass Anton herumschnüffelt. Sie dachte, er steckt mit dem Erpresser unter einer Decke oder ist es sogar selber.«

»Und zuletzt hatte sie dich im Verdacht.«

»Ihre größte Angst war, dass ich Franzis Platz einnehme. Sie lag bei der Geldübergabe am Freitag genauso auf der Lauer wie ich. Als ich aus der Kirche kam, war für sie alles klar.«

Hartmut fuhr sich durch die Haare. »Schon ein seltsamer Prozessionszug. Joscho verfolgt den Erpresser, du verfolgst Joscho, Mohini verfolgt dich.«

Er sah zu, wie Oli an der Kerze herumpulte.

»Und der schöne Giorgio?«

Versonnen tauchte Oli ihren Finger ins Wachs. »Er hatte den Job, das Geld zu hüten und den Erpresser auszuschalten. Der Mann fürs Grobe.« Sie hob die Stimme, als würde sie zu einem Kind sprechen. »Aber es gab ja gar kein Geld, und es gab gar keine Erpressung. Es gab nur eine kleine Schnitzeljagd – und das ist doch nicht strafbar.«

Hartmut schnitt eine Grimasse. »Die haben tatsächlich eine halbe Million in den Wind geschossen. Und niemand vermisst sie.«

Sie lächelte milde. »Ist es nicht schön, dass es noch solche Wunder gibt?«

»Und Joscho? Der muss doch jetzt einen Wahnsinns-Riss in der Aura haben.«

Oli zuckte mit den Schultern. »Ich habe mit einer der Küchenfrauen gesprochen. Die Kurse sollen weitergehen, nur die Gärtnerei wird aufgelöst.« Sie grinste schief. »Vielleicht macht ihm ja der Dallinger ein gutes Angebot. Der ist ganz scharf auf das Gelände, um sein eigenes Fachmarktzentrum zu bauen.«

Hartmut runzelte die Stirn. »Hab ich irgendwas verpasst?«

Oli schüttelte schmunzelnd den Kopf. »Der Oberbürgermeister hat nach der Dallinger-Demo erst einmal eine Denkpause vorgeschlagen. Wie wir Kaufbeuren kennen, kann das noch zehn Jahre dauern, bis etwas entschieden wird.«

Nachdenklich blickte Hartmut in den diesigen Kölner Nachthimmel. »Eines ist mir noch schleierhaft«, sagte er. »Wie kam Mohini an das Gift? Auf dem Hof wurden keinerlei Spuren gefunden.«

Oli grinste. »Du wirst es nicht glauben. Sie hat es bei der Oberhexe Wilma bestellt – für magische Rituale. Die Tinktur hatte sie in einem hohlen Baum hinter dem Gewächshaus versteckt.«

Hartmut verzog das Gesicht. »Das ist ja kein Ruhmesblatt für die Spurensicherung.«

»Du kannst dir denken, wie die Kohlbeck getobt hat.«

Hartmut stutzte. »Moment mal. Wenn Wilma das Gift hergestellt hat, musste sie doch wissen, wer hinter den Morden steckte.«

Oli nickte finster. »Ich bin sicher, dass sie es zumindest ahnte. Aber vermutlich hat sie sich gedacht, die Konkurrenz soll sich ruhig mal selbst zerfleischen.«

»Mohini selbst hatte jedenfalls mehr Glück als Verstand.«

»Das kann man wohl sagen. Sie hat es allein Yasin zu verdanken, dass sie überlebt hat. Bei der Dosis, die sie genommen hat, versagen nach etwa einer halben Stunde Herz und Kreislauf. Wenn man rechnet, wie lange wir nach ihr gesucht haben, muss Yasin sie fast eine Stunde mit Atemspende und Herzdruckmassage am Leben erhalten haben.«

Hartmut runzelte die Stirn. »Aber warum hat er nicht um Hilfe gerufen?«

»Er hat es wohl versucht, aber hinter dem Haus hat ihn keiner gehört. Du darfst nicht vergessen, Wiederbelebung ist Schwerstarbeit. Er hatte selbst fast keine Luft mehr. Ein Landsmann, der hinter dem Haus eine Zigarette rauchen wollte, hat ihn dann zufällig entdeckt.«

Kopfschüttelnd schenkte Hartmut Wein nach. »Für eine Giftexpertin war das ja ein eher schwacher Selbstmordversuch.«

Oli schaute ihn fragend an.

»Sie hätte doch auch eine Dosis nehmen können, die schneller wirkt.«

»Ich bin sicher, sie wusste nicht, was sie tat«, sagte Oli. »Sie ist auch keine Giftexpertin. Sie ist verrückt.«

Hartmuts Gesicht wurde plötzlich fahl. »Dann hätte ja auch Franzi …« Er stockte.

Oli fuhr sich mit der Hand über die Augen. »Wenn ich Idiotin nicht so lange gewartet hätte.«

»Woher solltest du das denn wissen.«

Stumm starrten sie beide auf die Kerze, die im Abendhauch flackerte. Wenn es einen Gott gab, dann war er ungerecht, dachte Oli. Über das eine Licht hielt er schützend die Hand, das andere ließ er einfach erlöschen.

Sie schüttelte sich. Ihr war plötzlich kühl geworden. Hartmut verschwand in der Wohnung und kam mit einer Decke zurück, die er ihr über die Schulter legte.

»Und was ist mit dem Erpresser?«

»Ich glaube nach wie vor, dass Manfred es war. Er hat Franzis Stimme benutzt und Joscho damit an der Nase herumgeführt. Um das Spiel perfekt zu machen, hat er sich eine Perücke aufgesetzt und von der Aussichtsplattform der Kirche runtergewunken. Ich dachte selbst für einen Moment, dass Franzi dort oben steht.«

»Aber da oben saß er doch in der Falle?«

»Denkste. Auf der Rückseite des Turms gibt es eine Feuerleiter. Während Joscho im Turm die Holztreppe hoch ist, ist Manfred hinten abgestiegen.«

Amüsiert schaute Hartmut zu, mit welchem Eifer Oli den Fall rekonstruierte. »Und dann, Miss Marple?«

»Als Joscho oben ankommt, findet er wieder eine Nachricht vor. Die Anweisung – bestimmt wieder mit Franzis Stimme – sagt ihm, er soll die Geldtasche runterwerfen.«

»Und der Idiot tut das auch noch.«

Oli nickte. »Und dann rennt er runter, um mit dem schönen Giorgio die Verfolgung aufzunehmen. Aber bis dahin war Manfred schon lange im Wald verschwunden.«

»Wenn es Manfred war.«

»Auf jeden Fall lässt er nichts raus.«

Hartmut zuckte mit den Achseln. »Letztlich kann es uns egal sein. Wenn es stimmt, was Axmann vermutet, ist es ohnehin dreckiges Geld.«

»Das Geld ist mir egal. Ich wüsste nur gerne, welche Informationen der Erpresser hat.«

»Das wirst du wahrscheinlich nie erfahren.«

Sie hob das Glas und schaute ihm tief in die Augen. Plötzlich gluckste sie. »Schneewittchen – ich glaub es nicht. Mich hat heute früh beinahe der Schlag getroffen.«

»Du wolltest unbedingt einen Maibaum.«

Er strahlte sie an.

»Prost, Schneewittchen.«

»Prost, du Schuft.«

Damit war ihr Wortschatz für diesen Abend aufgebraucht. Sie saßen nur da, mit ernsten Gesichtern, einem versteckten Lächeln in den Augen, sprachlos, atemlos.

Sie betrachteten sich, als hätten sie den anderen noch nie gesehen. Oli überlegte, wer dieser Fremde war, der entfernte Ähnlichkeit mit einem alten Freund hatte. Hartmut war nicht sicher, ob er diese Frau aus einem früheren Leben kannte oder ihr heute zum ersten Mal begegnete.

Er folgte mit seinen Blicken dem leichten Schwung ihrer schulterlangen braunen Haare, dann der Linie ihrer Wangenknochen und der großen und wie immer leicht geröteten Nase. Er bereiste Olivias Gesicht wie ein fremdes Land voller unbekannter Schönheiten und blieb schließlich im Zentrum ihrer graugrünen Augen mit den bernsteinfarbenen Einsprengseln hängen. Es war wie Nachhausekommen.

Oli staunte, wie sie es all die Jahre geschafft hatte, diesen Mann nicht wahrzunehmen. In seiner Männlichkeit, seiner Verletzlichkeit, seiner Melancholie, seiner Einsamkeit. Wie sie stets nur einen Kumpel sah mit Dreitagebart um das kantige

Kinn und den dunkelblonden Haaren, die sich standhaft jeder Frisur widersetzten. Wie sie den Zauber in seinen erdbraunen Augen so lange übersehen konnte. Sie machte in diesen Augen eine Entdeckung, die sie zugleich ängstigte und beruhigte: die Bereitschaft, zu verlieren und verloren zu gehen.

Nachdem ihre Blicke eine kleine Ewigkeit miteinander getanzt hatten, legte Hartmut seine offene Hand auf den Tisch. Oli schloss die Augen, dann legte sie ihre Hand hinein.

Sie kannte diese Hand seit Kindertagen. Damit hatte er sie hochgezogen in sein Baumhaus, um ihr seine gesammelten Schätze aus Schrott zu zeigen. Damit hatte er ihr beim Skifahren aufgeholfen, hatte sie beim Bergwandern auf schmalen Tritten festgehalten, beim Tanzen zaghaft geführt, hatte linkisch ihre Schulter getätschelt, wenn sie ihren Liebeskummer bei ihm ausheulte. Doch jetzt fühlte sie eine Wärme, die ihr direkt in die Wangen stieg, zugleich ein Kribbeln, das durch ihren ganzen Körper fuhr und für eine Gänsehaut sorgte.

Als sie die Augen wieder öffnete, sah sie die Tränen, die über Hartmuts Gesicht liefen, sich in den Bartstoppeln sammelten und auf den Tisch tropften. Dann sah sie nichts mehr außer Wasser, das aus ihren Augen strömte wie ein angestauter Wildbach.

Ohne seine Hand loszulassen, ging sie um den Tisch herum, setzte sich rittlings auf seinen Schoß und küsste ihn.

***

»Das mit dem Frühstück müssen wir noch üben«, neckte Oli und fuhr Hartmut durch die Haare.

Er stand am Herd, nur mit Unterhose bekleidet, und fischte verkohlten Schinken aus der Pfanne. Er drehte sich um. Sie hatte ein Hemd von ihm übergeworfen, das bis zum Nabel offen stand.

»Warum haben wir eigentlich so viele Jahre gewartet?«, fragte er und presste sie an sich.

»Weil du doof bist.« Sie küsste ihn sanft auf die Nase. »Und weil ich auch doof bin.«

»Dann wäre das ja mal geklärt«, seufzte er.

Es klingelte an der Wohnungstür. Hartmut schlüpfte in einen Bademantel und öffnete.

»Ich hab dir Frühstück mitgebracht, mein Tiger.«

Eine junge blonde Polizistin drückte Hartmut eine Tüte in die Hand und stürmte fröhlich an ihm vorbei in den Flur.

»Du brauchst nämlich ...« Ihr Lächeln gefror, als sie Oli erblickte, die halb nackt in der Küche stand.

Hartmut fuchtelte mit den Händen, als wollte er einen landenden Jumbo einweisen.

»Tina, wie du siehst, habe ich Besuch. Eine alte Freundin aus dem Allgäu.«

»Oh«, sagte Tina mit spitzen Lippen. Dann drehte sie sich auf dem Absatz um, riss Hartmut im Vorbeigehen die Tüte aus der Hand und knallte die Tür zu.

Hartmut presste die Lippen zusammen.

Oli bedachte ihn mit einem Mörderblick. »Tiger!« Dann ging sie sich anziehen.

***

Die Landschaft raste am ICE-Fenster vorbei. Oli summte das Lied aus »Tabaluga«: »Ich wollte nie erwachsen sein, hab immer mich zur Wehr gesetzt.« Sie ließ sich davontragen und ihre Gedanken über das Land schweben. Das ganze Leben war eine Reise. Menschen steigen ein, bleiben eine Weile in deinem Abteil und steigen wieder aus. Irgendwann kommt die Zeit, wo du aussteigen musst.

Sie kramte ihr Tagebuch hervor und notierte:

*Woran erkennst du die wahre Liebe?*

*Vielleicht am Loslassen. An der Bereitschaft, zu verlieren. An der Bereitschaft, selbst verloren zu gehen.*

## VIERZEHN

Vier Wochen später lag ein kleines Päckchen in Olis Briefkasten. Es trug keinen Absender, Briefmarke und Stempel waren aus Kuba. In dem Päckchen war nichts außer einem kleinen Schlüssel und einem kurzen Brief.

*Liebe Olivia,*
*du hattest recht. Franzi wäre zu mir zurückgekommen. Aber ich war einfach blind vor Wut und vor Eifersucht.*
*Weißt du, was mich am meisten ärgert? Dass ich zu früh aufgegeben habe. Dass ich nicht an uns geglaubt habe. Dass ich nicht mit ihr geredet habe.*
*Es tut mir unendlich leid, was passiert ist. Ich würde das alles gerne rückgängig machen. Aber das geht nicht.*
*Ja, ich bin Franzi noch etwas schuldig. Die Nummer des Postfachs steht auf dem Schlüssel. Die Unterlagen müssten ausreichen, um Joscho an den Haken zu bekommen. Und vielleicht mit ihm auch die großen Fische. Viel Glück.*
*Manfred*

*PS: Sei so lieb und kümmere dich um Franzis Grab.*

Oli nahm den Schlüssel, holte einen dicken Umschlag aus dem Postfach und fuhr damit nach Großkemnat.

Boris Axmann, der gerade seine Tauben fütterte, war von dem Besuch überrascht. Noch mehr staunte er, als er den Inhalt des Päckchens sah. Wenige Blicke auf die Unterlagen genügten ihm, um zu wissen, was er da in Händen hielt. Behutsam schob er die Papiere wieder in den Umschlag und reichte ihn Oli zurück.

»Das sollten Sie besser Ihrer neuen Freundin Susanne Kohlbeck bringen.«

»Ich finde, diese Ehre gebührt Ihnen.« Oli zwinkerte ihm zu. »Sie haben doch schon neunzig Prozent des Puzzles. Machen Sie es fertig.«

»Und Sie?«

»Ich gehe ein wenig spazieren.«

***

Wenig später schlenderte Oli über den Dächern von Kaufbeuren an der Stadtmauer entlang, setzte sich auf die Bank vor dem Hexenturm und betrachtete die kleine Stadt und die große Landschaft.

Sie zückte ihr Handy und wählte Hartmuts Nummer.

# Danke

Ich möchte mich aufrichtig bei den vielen Menschen bedanken, die mich bei dieser Geschichte unterstützt haben. Sei es, dass sie ihr Wissen mit mir teilten, mir Inspiration gaben oder mit konkreten Hinweisen den Text verbessern halfen.

Bei Peter Ernst, der mir die Geschichte des Auerbergs ebenso nahebrachte wie die Welt der Allgäuer Mythen und Sagen.

Bei Friedrich W. Teller, der mir zahlreiche Nachhilfestunden in Sachen Heil- und Giftpflanzen gab. Sein pharmazeutisches Fachwissen war enorm hilfreich.

Bei Michael von Cranach, der mir geduldig jede Schraube seiner alten Vespa erklärte. Mehr jedoch als seine fachliche Hilfe wiegt seine Freundschaft.

Bei den guten Geistern von Emons für ihre Geduld und ihr Vertrauen. Besonders bei meinem Lektor Carlos Westerkamp, der professionell und engagiert das Manuskript verbessern half.

Bei meiner Agentin Lianne Kolf und ihren Mitarbeiterinnen, bei denen ich mich seit Jahren bestens aufgehoben fühle.

Unter den vielen Freunden, die mir wertvolle Tipps gaben und die mit aktiver Hilfe beistanden, möchte ich Kai und Silke Vogel besonders danken. Kai inspirierte mich, einen Hamburger im Allgäu auftauchen zu lassen, und er stand gerne für diese Figur Pate. Silke steuerte ihr chemisches Fachwissen bei.

Bei allen meinen Kindern, ob groß oder klein, die mein Leben wertvoll machen und die mir immer wieder beibringen, wie wichtig es ist, schöne und spannende Geschichten zu erzählen.

Mein größter Dank gebührt meiner wunderbaren Frau Simone. Sie war auch diesmal eine kluge Erstleserin, die viele wertvolle und kluge Impulse gab. Vor allem aber hat sie nie ihren Glauben an mich und ihre Geduld mit mir verloren.

Robert Domes
**VORALPENPHÖNIX**
Broschur, 192 Seiten
ISBN 978-3-95451-252-2

*»Der mitreißende Kriminalroman verbindet geschickt Lokalkolorit mit Vergangenheitsbewältigung. Auf weitere Fälle der sympathischen Ermittlerin darf man gespannt sein.«* Bayern im Buch